ぽちゃモブ女子の私が執着強めのイケメンヤクザに溺愛されるなんて！

ルネッタブックス

CONTENTS

Lunetta

第一章　ヤクザ、拾いました

「ヤバい、ヤバい！　すっかり遅くなっちゃった。明日は会議で早く出勤しなくちゃなのに～！」

アパートへ向かう線路沿いの道を、日葵《ひまり》は息を切らして走っていた。

左肩には通勤用の大きなバッグ、右手にはガサガサとコンビニの袋を揺らして。線路を囲う柵のあたりでは、夏の夜虫がジージーとがなり立てている。

今夜も遅くまで残業だったけれど、駅前のコンビニに寄るのは忘れなかった。

目当ては新作のスイーツ。夏らしくメロンが載ったムースで、中間層にサクサクのパイが仕込まれているのだ。ＳＮＳの広告で見てから、ずっと心待ちにしていた。

（今日はサッとシャワーを浴びて、スイーツを食べながらドラマを見ようっと）

走りながら、ムフフ、と口元をほころばせる。

今、日葵の冷蔵庫には甘いものがぎっしりと詰まっているのだ。いただきもののパウンドケーキ、チョコがかかったバウムクーヘン、プリンに水ようかん。冷凍庫にはアイスクリームだってある。

無機質な白い扉を開けた時にスイーツが並んでいると、なんとも言えず幸せな気持ちになる。

アパートが見えてきた。急いで走ったせいで息が苦しく、揺れすぎたバストもちょっと痛い。

(また太ったかなぁ。雄志《ゆうし》に笑われちゃう)

雄志は三歳下の弟だ。日葵は彼に、『ぽちゃモブ女子』という不名誉なあだ名をつけられている。子供の頃からのぽっちゃり体型で、肩下までの栗色《くりいろ》の髪。おまけに印象に残らない平凡な顔、とくれば自分でも納得してしまう。弟には少ない収入から仕送りしてあげているのに、ひどくないだろうか。

日葵にしたって、痩せたい気持ちがないわけではないのだ。しかし、食べることが好きすぎて、どうにも痩せられない。これまでにダイエットに失敗した回数、星のごとく。会社の同僚からは『癒《いや》し系《けい》』とかわいがられていても、見知らぬ人からの視線は痛い。

(それでも、健康で日々何ごともなく過ごせているのはきっと幸せなんだよね。一生独身、彼氏なしのモブでも、私はスイーツさえあれば、生きていける！)

謎の意気込みを胸に、アパートに到着した日葵は外階段を上り始めた。

このアパートには、父親が亡くなったのち、弟が地方の大学に入学すると同時に引っ越した。築年数は古いものの、きちんと手入れがされた部屋を日葵は気に入っている。手取り収入の三割弱で二階角部屋を借りられたのだから、まあまあだろう。

「ん……？」

階段を三段ほど上ったところで、階段下から呻《うめ》き声《ごえ》のようなものが聞こえた。耳を澄ますと、やはり男の低い呻き声が聞こえる。

慌てて駆け下りて階段下に回った。暗がりに目を凝らしてみれば、集合ポストの前でスーツ姿の男が外壁に寄りかかっているではないか。

「ひゃっ……！　だっ、大丈夫ですか⁉」

どさりと荷物を落として、男の前にしゃがみ込む。

歳の頃三十前後に見える男は、苦しそうに顔を歪《ゆが》め、額《ひたい》に玉の汗を浮かべている。額にはまだ乾いていない血がこびりつき、黒いシャツとシルバーのネクタイにも血液が付着していた。

「い、今救急車呼びますから！」

バッグから急いでスマホを取り出す。ところが、むくりと起き上がった男に腕を掴《つか》まれた。

「ダメだ……呼ばないでくれ」

「でも……！」

（ひっ）

その時、鋭い目がギロリとこちらを捉えて、思わず震えあがった。険しく寄せられた眉と、血走った三白眼。恐ろしいまでの迫力に、闇の中で獣に睨《にら》まれた気持ちになった。

「大丈夫だから」

かすれた声で言って、男はまた外壁にもたれため息をつく。

日葵は荷物を拾い、急いで階段を駆け上がった。震える手で鍵を開け、入ってすぐに施錠をして、はーっとドアに寄りかかる。

「なんなの、あれ。こわ……！」

ドアチェーンまでかけてしばらくドアに寄りかかっていたが、ドキドキがなかなか収まらない。

「ダメだ……いったん落ち着こう」

1Kにしては広めのキッチンにのそりと上がり、スイーツを冷蔵庫にしまった。シャワーを浴び、ルームウェアを着て頭にタオルを巻いたが、蒸し暑いのもあってかまだ汗が止まらない。

季節は夏だ。梅雨明け後のムッとするような暑さは、ぽっちゃり体型の日葵には辛い。今年の暑さは異常で、節電対応している会社は毎日地獄みたいだ。

(あの男の人、大丈夫かな)

冷蔵庫から取り出したジュースをごくごくと飲み干し、考える。

あの男がいつからああしているのかわからないが、このままひと晩じゅう何も飲まずにいたら脱水になってしまわないだろうか。

日葵は小中高校と十二年間保健委員だった。怪我《けが》をした人がいれば飛んでいって絆創膏《ばんそうこう》を貼り、熱のある人がいれば保健室に手を引いていった。具合が悪い人を見たら放っておけないのは性分だ。

「そうだ、さっき買ったスイーツ……」

冷蔵庫を開けたものの、いつもみたいにはときめかない。やはりあの男のことが気になっているからだろう。

私には関係ないことだ。

いくらそう思おうとしても、階段下でぐったりしている男の姿が頭にちらついて離れない。

このまま放置した結果、朝になったらすでにこと切れていた——なんてことになったら、たぶん一生後悔する。

（それに明日は大事な会議があるし。気になって眠れなかったら遅刻しちゃうし）

自分に言い訳をして外廊下に出た。階段の手すりから身を乗り出してみると、男性ものの靴の先が見える。

いったん部屋に戻り、濡《ぬ》らしたタオルを手にして外階段を下りた。

男はまだそこにいた。汚れた外壁にぐったりと寄りかかり、眉間に皺《しわ》を寄せて目を閉じている。

びくびくしながら濡らしたタオルで額の傷を拭くと、男がパチッと目を開けた。

「ひゃっ」

いきなり険しい目で睨みつけられて跳び上がった。白目の部分が多い男の目は鋭く、暗闇で爛々《らんらん》と輝いている。睫毛《まつげ》が長いせいか、恐ろしいのにどこか美しさを感じた。

「あ、あの……ほ、本当に大丈夫ですか？」

「少し休めば治る」

男はため息をついてまた目を閉じた。血が黒く固まりつつある額を、日葵はそっと拭いた。

「頭でも打ったんですか？」

「そうだ」

「車に撥《は》ねられたとか？」

返事がない。気を失っているわけではなさそうだが、表情からして辛そうではある。

日葵は自分の首筋に滲《にじ》んだ汗を手の甲で拭った。ただ外にいるというだけで、汗が身体じゅうから噴き出してくる。やはり男をこのままにしておくのは危険だ。

「よい……しょ」

男の腕を持ち上げて、脇の下に肩を入れた。しかし、立ち上がろうにも重すぎてびくともしない。

「何してる？」

「あなたを……二階の私の部屋に、はっ、運ぶんです……重っ‼」

苦労している様子を見兼ねたのか、男がよろめきながら立ち上がった。片手で男を支えつつ、手すりを頼りにどうにか階段を上る。ドアを開けると、男はすぐさま床に倒れ込んだ。

日葵は男のネクタイを緩め、汚れたタオルを持ってバスルームに入った。この部屋は三帖《じょう》のキッチンがついた七帖の１Kで、風呂トイレは別だが、洗面は浴室にくっついている。

洗ったタオルで男の顔についた血を拭きとった。よく見れば、顔だけでなくあちこちに血がついている。しかも酒臭い。酔っぱらって事故にでも遭ったのだろうか。

「涼しい……助かる」

傷の手当てをしていたら、男が目を閉じたまま洩《も》らした。

照明の下で見る男はやはり睫毛が長く、びっくりするほど整った顔立ちをしている。眉はすんなりとまっすぐで、鼻柱は細く、唇は薄めで横幅が広い。後ろに流した黒髪は艶のあるツーブロックで、清潔感もある。

ダークカラーのスーツは質がよさそうだし、ひげだって伸びていない。ドアを開けたままとはいえ、見知らぬ男を家に入れたのはちゃんとした見た目のせいもあるだろう。

額の傷を水でよく洗い流し、ワセリンを塗ったラップを被《かぶ》せると、男が一瞬顔をしかめた。

様子を窺《うかが》いながらラップの隅をサージカルテープで留める。

「本当に何があったんですか？　こんなにひどい怪我をしているのに救急車も呼ばないなんて」

「お前に言う必要はない」

（助けてもらったのに「お前」呼ばわりかーい！）

ギリギリと歯噛《はが》みしつつ、ツッコミをのみ込む。すると、目を開けた男が日葵の手を掴んだ。

「お前、俺が怖くないのか？」

「もちろん怖いですよ。でも放っておけませんから」

男は無言のまま、鋭い三白眼で日葵を見つめた。ドキッとするほど強い目だ。怖いのに目が離せず、不思議な魅力すら感じる。

手当てをするうちに男は眠ってしまった。このままここにいられても困ると思ったが、どんなに声を掛けても叩《たた》いても起きてくれない。

「どうしよう……困ったな」

日葵は所在なくため息をついた。いくら怪我人《けがにん》とはいえ、見ず知らずの男をひとり暮らしの家に泊めるのは危険すぎる。かといって、ひと晩じゅうドアを開けておくわけにもいかない。

散々悩んだがどうにもならず、急に何もかもが面倒になった。時計の針もてっぺんを過ぎた今、明日起きられる自信だってないのだ。いざとなったら、階段側の窓から階段に飛び下りて逃げるしかない。

ドアを閉めて施錠をし、男をそのままにしてもう一度シャワーを浴びた。夕飯代わりのスイーツを食べ、歯を磨いてベッドに入る。男は変ないびきをかいているわけでもないため、このまま寝かせておいても大丈夫だろう。

翌朝、日葵はシャワーの音で目を覚ました。

男のために、部屋とキッチンのあいだの引き戸を開けた状態でエアコンを回していたが、肝心の男の姿が見えない。脱衣所を兼ねたキッチンの床には、脱ぎ捨てられた服が散乱している。

（普通、人の家のシャワー、勝手に浴びる？）

男の行動には首を捻《ひね》ったが、シャワーを浴びるくらい元気になったのはよかった。

ベッドから下り、キッチンでスーツのジャケットを拾い上げる。すると、何か重いものがゴトリと落ちた。

「ん？」

足元に転がっている黒い物体を見た瞬間、日葵はその場に凍りついた。

（け、拳銃⁉）

無造作に床に横たわったくろがねの物体は、ごつごつしていて鈍く黒光りしていた。

一瞬モデルガンかとも思ったが、昨夜、救急車を呼ぼうとした時に見せた男の目を思い出し、本物だと確信した。暗闇に光る三白眼があまりにも鋭くて、身体がガタガタと震えたっけ。

（あれは……人を何人か●してる目……⁉）

ひゅっと息を吸い込むと、日葵はジャケットを放り捨て、急いで部屋に戻った。男がバスルームから出てきたら大変だ。その前に逃げなければ、とあわあわと貴重品をかき集める。

「つ、通帳はどこにやった⁉　印鑑は？　そうだ、免許証！　乗らないくせに無駄にゴールドな免許証〜〜！」

ところが、もたもたしているうちにバスルームの扉が開く音がした。

「なんだ、起きたのか」

「ひゃあっ‼」

部屋の入口を振り返ると、男がぽたぽたと雫《しずく》を垂らして入り口に立っている。驚いたのは男が素っ裸だったからではない。いや、素っ裸でいることにも驚いたが、それ以上に驚いたのは男の見た目だ。傷だらけの筋肉質な身体には、びっしりと色鮮やかな和彫りの刺青《いれずみ》が彫られている。

ヤクザだ。

その事実に気づいた瞬間、日葵は大きな口を開けた。

「きゃ――」

思い切り叫ぼうとするも、素早く近づいてきた男の手によって口を塞がれた。

「おっと、騒ぐなよ。まさか、逃げようとしてねえよな……？」

低い声ですごまれて、日葵はふるふると首を横に振った。

男の顔がすぐそばにある。素っ裸だし、たぶんヤクザだし。二十五年ものあいだ『ぽちゃモブ』を続けている日葵は、裸の男にここまで接近を許したことがない。いろいろと渋滞している。

男の手がパッと離れた。

「だよな。その気がなけりゃ見ず知らずの男を家に上げないもんな」

（はい⁉　何言ってんの……⁉）

文句のひとつも言ってやりたいが、恐怖のあまり声が出ない。

立ち上がった男はかなり大柄だった。身長一九〇センチはあるだろうか。一五五センチの日葵からすると、頭ひとつぶん以上は背が高い。

逆三角形の筋肉質で、ぽっちゃりの自分とは真逆の体型だ。おまけに顔がすこぶるいい。昨夜は顔色も悪く終始険しい表情をしていたが、生気を取り戻した今は、元の整った顔立ちに加えて凄《すご》みと色気がダダ洩れている。

「えっ。ちょっ、まっ……」

遥《はる》か高みから睨みつける男に気圧《けお》されて、日葵はどんどん壁際に追い詰められていった。ついには両手首を掴まれて、頭の上で壁に縫い留《と》められる。

（ひぃぃぃ〜〜）

男の顔が迫ってきて、きつく目をつぶった。押し付けられた柔らかなものが男の唇だと気づいたのは、震える瞼《まぶた》を開けた時だった。

「はじめてじゃないだろう？　力を抜けよ」

美しくも迫力のある男の目が、日葵の目をまっすぐに覗《のぞ》き込む。

強い眼差《まなざ》しとは裏腹に、男の唇は優しい動きで日葵の唇の上をさまよった。ちゅ、と羽根が触れるように吸い立てたり、舌でそっとくすぐってきたり。そうかと思えば、今度は顎を開かされ、熱い舌で口内を滑《なめ》らかにかき回される。

「ふ……う、んぁ……」

拒みたい気持ちとは裏腹に、心地いい粘膜への刺激に頭がとろかされていく。

まるでドラマや映画で見るような大人のキスだ。胸はドキドキ、脚は震えて立っているのもやっとのことで。

喪女の日葵は、キスなんて当然したことがなかった。男性と手を繋《つな》いだことすらない。それが、一足飛びに見ず知らずの男（しかもヤクザ！）と粘膜同士の接触を果たしてしまうなんて。

その時。日葵の腹が、ぐうぅぅぅ――と声をあげた。

（んんっ!?）

一瞬にして現実に引き戻され、つい腹に力が入ってしまう。すると、腹の虫の声が余計に止まらなくなった。

「腹鳴りすぎ」

唇をつけたまま、男がクスクスと笑い声を立てる。ついには腰を折って本格的に笑いだした。

男があまりにも笑っているので、日葵もだんだんおかしくなってきた。ファーストキスをヤクザに奪われたというのに、情報が多すぎて心が追い付かないのだ。

「あ、朝はお腹《なか》が空《す》いちゃって」

男の裸体が目に入らないよう、明後日の方向を見ながら言う。

「だろうな。お前、仕事は？」

「し、してますけど」

「会社はどこだ？　何時《いつ》までにつけばいい？」

「え？　ええと……」

矢継ぎ早の質問に胸がざわつく。そんな個人情報をヤクザに教えていいものだろうか。見ず知らずの男を部屋に上げたのは自分の落ち度だが、会社には迷惑を掛けたくない。

「嘘《うそ》ついてもいいことねえぞ」

黙っていたら、ドスの利いた声ですごまれた。日葵は震えながら唇を開く。

「わ……わかりました。かっ、会社は西新宿《にししんじゅく》で、は、八時四十五分までにつけば大丈夫です……！」

「そうか。ちょっとスマホを貸してくれ」

日葵がスマホを渡すと、男はどこかへ電話をかけ始めた。

「おう、俺だ。悪いんだが、迎えに来てくれねえか？　……ちょっといろいろあってな。スマホはバキ割れするし、足がねえ」

男が背を向けて電話をしているあいだ、日葵は床に散らばった通帳やバッグ、大切にしてきたアクセサリーをチラチラと横目で見た。

なんだか大変なことになってしまった。男の様子からしていきなり命を取られることはなさそうだが、彼は拳銃を持っている。脅されて金品を奪われたり、身体の関係を強要されるかもしれない。現にさっきだっていきなりキスをされた。

アクセサリーや父の形見は仕方ないとしても、通帳と印鑑だけはどうしても死守したかった。この通帳には、弟に仕送りするお金が入っているのだ。

「ありがとうな」

通帳と印鑑を素早くバッグにしまったところで、男がスマホを投げてよこした。

男が伸びをして、冷蔵庫の前にしゃがみ込む。

「さぁて、一宿一飯《いっしゅくいっぱん》の恩義に報いて朝飯でも作るか。……って、なんだこりゃ」

「あっ、それは！」

大切な宝物であるスイーツたちを、男が取り出しては眺めている。

「ろくなもん入ってねえな。玉子とハムと……冷凍庫にほうれん草と油揚げ。味噌《みそ》もあるか」

男は冷蔵庫から取り出した食材を調理台の上に置いた。そして、ボクサーショーツを拾って身に着ける。

どうにか男の姿を直視できるようになり、日葵はホッとした。いくら弟で見慣れているとはいえ、見知らぬ男とふたりきりの部屋でブラブラさせられたらたまったものではない。

男が料理を始めた。きちんと手をハンドソープで洗い、鍋をコンロにかけて湯を沸かす。フライパンもコンロにのせたが、そちらはまだ火をつけない。出来上がりのタイミングを合わせようというのだろうか。

男は手際よく動きながら、直立不動の体勢の日葵を見る。

「甘いもんばかり食ってちゃダメだぞ。身体は資本で、健康は食事から作られるんだからな」

「は、はい」

「あと、風呂場は使ったら水で流し、窓を開けて換気扇を回すこと。常に風を通して乾燥させておかないと、秋の終わりにカビが胞子を飛ばす。カビアレルギーとかないか？」

「ないですね」

「そうか。ならいいんだが、清潔にするに越したことはない。風呂場は雑菌の温床だ」

「ごもっともです」

こんな恐ろしい見た目をしているのに、言っていることがいちいちきちんとしている。

しばらくすると、食欲を刺激するいい匂いがしてきた。出勤の準備をしながらチラチラと様子を窺うに、メニューは味噌汁とハムエッグらしい。

おいしそうな匂いにつられて、日葵は虎の子であるレトルトご飯をレンジに入れた。

「ご飯、ひとパックで足ります？」

「大丈夫だ。よし、できたぞ」

男が火を止めた時、ちょうどレンジがピーと音を立てた。

数分後、楕円形《だえんけい》の小さなテーブルに湯気の上がった料理が所狭しと並んだ。香ばしい匂いのするほうれん草と油揚げの味噌汁に、ハムエッグ、それとほかほかのレトルトご飯。ハムエッグは折りたたんで両面焼いてある。男は器と箸を完璧な位置に並べた。

「いただきます」

張りのある男の声とともに一緒に両手を合わせる。

「ん、うまい」

次々と料理に箸をつける男を尻目に、日葵はごくりと喉を鳴らした。口の中は唾液でいっぱいだが、ヤクザが作った手料理なんて信用できない。

日葵の様子に気づいたのか、男がギロリと睨みつけてきた。

「食わねえのか？　毒もクスリも入ってねえぞ」

「そっ、そんなこと思ってません。食べます、食べますから……」

湯気を上げるお椀《わん》を手に、ひと口だけ啜《すす》る。程よい塩味の味噌汁が喉を通過した途端、いい香りがふわりと鼻に抜けた。

「おいしい……！」

「だろ？　部屋住みのあいだは毎日食事ばかり作ってたからな」

男の顔に柔和な笑みが広がり、日葵の胸がドキッと音を立てた。

首から下を見なければ、男は見目麗しい好青年だ。素直な眉と鼻、切れ長の二重瞼《ふたえまぶた》を取り囲む睫毛は長く、朝日を浴びる視線が妙に色っぽい。

『部屋住み』が何のことかさっぱりわからないが、ぎこちない愛想笑いでごまかした。余計な会話は交わさないほうがいい。緩みかけた警戒心がそう発している。

両面をこんがりと焼いたハムエッグもやたらと味がよく、ひとりだと半パックしか食べないご飯がどんどん進んだ。調味料はいつもと同じはずなのに、いったい何が違うのだろう。

（こんなにちゃんとしたご飯を食べたのは久しぶりだなあ）

本当は毎日自炊したいところだが、残業して帰ってきて遅い時間から料理をするなんて、とてもじゃないが考えられない。疲れているのもあって、ついつい甘いものに頼ってしまう。

パクパクと料理を口に運びながら、日葵は男の様子を窺った。ヤクザといったら、もっといい加減で粗野な食べ方をするのかと思ったがそうではない。背筋はピンと伸びているし、箸の持ち方も正しい。何より所作がきれいだ。

(料理は上手だし、意外とちゃんとしてる？　でもヤクザだしなあ)

食事が終わり、先に食べ終わった男が後片付けまでしてくれた。そのあいだに日葵は出勤の準備を整える。

すぐ前の道路に大きな車が停《と》まる音がして、カーテンの隙間から覗《のぞ》いてみた。一見してその筋の車とわかる黒塗りのセダンだ。

「あっ、お迎えが来たんじゃないですか!?」

「嬉《うれ》しそうだな」

頰《ほお》の緩みを抑えきれない日葵の横に並んだ男が、シャツのボタンを留めながら道路を見下ろす。

「そんなことはありませんよ。朝ごはん、ごちそうさまでした。では気をつけてお帰りくだ――」

「よし、出るぞ。西新宿って言ってたな」

「はい？」

日葵はお辞儀しかけていた頭を上げた。

「送っていく。準備はもういいのか？」

「い、いえいえ、そんなことまでしていただくわけにはいきません」

「ああ？」

遥か高い位置から見下ろす鋭い視線に、日葵は固まった。

「いいから遠慮すんなって。ほら、行くぞ」

踵《きびす》を返した男は、キッチンの床に散らばったスーツを素早く着た。洗いざらしの髪が動くたびにさらさらと靡《なび》き、服を着てしまうとやり手のサラリーマンに見える。この見た目に騙《だま》された。

日葵はドキドキしながら男と一緒にアパートの階段を下りた。

黒塗りの車から若い男ばかりが三人降りてきて、男に向かって頭を下げる。全員黒のスーツを着た彼らは、日葵が助けた男に負けず劣らずの強面《こわもて》だ。日葵は震えあがった。

「カシラ。ご苦労様です」

「おう。悪いな、朝っぱらから」

「いえ、カシラのお呼びとあればどこへでも飛んできます」

男たちの目が一斉にこちらを向き、日葵はカシラと呼ばれた男の背中に隠れた。

「いいかお前ら。この人は俺の命の恩人だから、そのつもりで接しろよ」

「へい！」

男たちの野太い声が辺りに響き渡る。日葵は周りをきょろきょろした。どうしてこんなに大勢で迎えに来る必要があるのだろう。

若い男のひとりが車の後部座席のドアを開けた。

「どうぞ、お嬢」

（お、お嬢⁉）

日葵は唖然《あぜん》として立ち尽くしていたが、カシラと呼ばれた男に車の中に押し込まれた。無情にもドアは閉まり、閑静な住宅街の中を車が走り出す。

（う、嘘でしょ……）

両隣を強面の男たちに挟まれ、日葵は置物みたいに固まった。右にはカシラと呼ばれていた男、左には若者のなかで一番年上に見える男がいる。運転席にも、助手席にも、ヤクザ、ヤクザ、ヤクザ。昨日まではただ地味なだけのぽちゃモブ女子だったのに、どうしてこんなことに⁉

カシラと呼ばれた男がこちらを向いた。

「そういや、まだ名前を聞いてなかったな。俺は獅堂《しどう》だ。獅堂魁斗《かいと》」

「わ、私はええと……佐伯《さえき》日葵です」

ここまで来たら名前を偽っても意味がないだろう。自宅だって知られているのだ。

「日葵か。いい名前だな」

ふふん、と口の端を持ち上げる獅堂は妙に色っぽい。ドアに肘をつき、ゆったりと煙草《たばこ》をふかしている。

「あの……傷の具合はどうですか？　あとでちゃんと病院にかかってくださいね」

「昨日は頭を打ったせいで目が回ってただけだ。ありがとうな。手当てしてくれたおかげでもうなんともない」

「しかしカシラ、大変な目に遭いましたね」

助手席の男が振り返る。さらに日葵の左隣の男が身を乗り出した。

「やっぱり乙原《おとはら》組の奴《やつ》らですか？」

「そうだ。あいつら、今度見つけたら山だな」

「今の時期、海はむしろ快適ですからね」

「錘《おもり》をつけて沈められたら、さすがに快適じゃねえだろ」

ははは、と低い笑い声が車内を渦巻く。

（な、何か不穏な会話がされている……）

日葵は生きた心地がしなかった。明らかに棲《す》む世界が違う男たちに囲まれて、場違いなことこの上ない。

お願いだから早く着いて！　と祈ること三十分余り。やっと会社の近くまでたどり着いた。

「も、もうこの辺で結構です。降ろしてください！」

運転席に向かって叫ぶけれど。

「そんなわけには参りませんや。きちっと最後までケツ拭かせてもらいませんと」

「てめえ、カシラの恩人にケツとか言ってんじゃねえぞ！」

「すんません」

（ひ〜〜……！）

助手席の男が運転手に向かって怒鳴る声が怖くて、もう泣きそうだ。

数分後、黒塗りの車は七階建てのビルの前で停まった。大通り沿いの歩道には通勤を急ぐ人たちが行き来していて、一見してその筋とわかる車をチラ見している。

「あ、ありがとうございました！　獅堂さん、絶対に病院に行ってくださいね！」

「おう」

逃げるように車から降りつつ言った日葵に、獅堂がひらひらと手を振る。

「いってらっしゃいませ、お嬢！」

男たちの大合唱を背中に受けながら、日葵は会社の入り口に駆け込んだ。とにかく会社に入ってしまえばこっちのもの。

（これでやっと、ヤクザとおさらばできる！）

この時の日葵は確かにそう思っていた。


日葵の勤務先は中規模の総合商社だ。

扱う品は主に食料品で、アジアを中心とした世界各国の食材や菓子、酒類を輸入、卸売している。

ここ東京本社のほかに、国内では大阪と北九州に支社があり、東南アジアや南米にもいくつか拠点がある。

日葵が新卒でこの会社に入ってから三年が過ぎた。

所属している第二営業部は男性七人、女性五人で、日葵は営業事務だ。メンバーが少ないせいか、プライベートでも遊んだりするほど仲がいい。残業も多いし、仕事はそれなりに大変だけれど、このメンバーのおかげで毎日が充実している。

（あ〜、朝から大変な目に遭ったなぁ）

いつもより少し早く会社に着いた日葵は、休憩スペースでちびちびとアイスココアを飲んでいた。

社内は冷房が効いているのに、変な汗がまだ止まらない。朝からひと仕事終えた気分で、もうすでに疲れ切っている。

昨夜、あの男――獅堂魁斗を助けた時には、こんな大事になるとは思わなかった。

朝、目が覚めたら礼のひとつでも言われるのではないか。後日、菓子折りでもいただけるのではないか。そんな皮算用までしていたのに、蓋を開けてみたら相手はヤクザ。キスだけで済んだのはもっけの幸いだろう。

最後のアイスココアをあおって、首を傾《かし》げる。

（でも、なんだかんだで逆にお世話になっちゃったかも）

食事の支度と後片付けだけでなく、浴室を覗いたら昨夜よりもきれいになっていた。昨日の今日でもう普通に動けるなんて、あの男、タフすぎやしないだろうか。

今日は残業なしで帰って、ちゃんと料理をしようと思う。身体が資本で、健康は食事からだと獅堂も言っていた。ヤクザのアドバイスを真に受けるのもどうかと思うが、言っていることは正しい。

（さーて、今日も頑張ろう）

立ち上がって、自販機の隣にあるごみ箱に向かう。

「ひまちゃん、おはよう」

カップをゴミ箱に入れた時、背中に声がかかった。やってきたのは同じ課の先輩、長野千夏《ながのちなつ》だ。

「千夏さん！　おはようございます」

日葵は笑みを浮かべて軽く頭を下げた。

すらりと背の高い千夏は、三十路《みそじ》を迎えたばかりの既婚者で、日葵と同じ営業事務をしている。スレンダーな体型に、玉子型の小さな顔を包むショートボブ。緩いシルエットのブラウスに、ぴったりしたデニムパンツがよく似合う。日葵が新人の時からずっと隣の席同士のため、頼れるお姉さん的な存在だ。

「ひまちゃん、今朝はすごい車で来てなかった？」

自販機のボタンを押しながら千夏が尋ねてくる。コーヒーのいい匂いが漂ってきた。

あー、と言いながら、日葵は苦笑いをした。あの黒塗りの車が見られていたなんて、やはり離れた場所で降ろしてもらうのだった。

「実は、昨夜から大変なことがありまして……」

落ち着きなく指先を弄《いじ》りながら、昨夜から今朝にかけてのできごとを話した。事が事だけに迷ったが、彼女にだけは聞いてもらったほうがいいと思ったのだ。

しかし、話が進むにつれ千夏の顔がどんどん険しくなっていくことに、後悔を覚えた。

大好きな先輩には、できるだけ心配をかけたくない。だいぶオブラートに包んだにもかかわらず、話し終える頃には彼女はすっかり渋面となっていた。

「ひまちゃん、それってもしかしたら大変なことじゃない？　警察には連絡した？」

ものすごい力で日葵の手首を掴む千夏の手を、やんわりと振りほどく。

「警察だなんて、そんな……！　何かされたわけではありませんし、むしろ逆にお世話されたというか――」

そう言ってから、キスをされたことを思い出す。あれも犯罪に入るのだろうか。今さら言い出しにくい。

「だって、アパート知られちゃったんでしょう？　待ち伏せされたり、付きまとわりするかもしれないじゃない。その様子だと気に入られちゃったみたいだし」

「えっ？　私、気に入られたんですか？」

千夏が笑った拍子に、啜っていたアイスコーヒーを噴きそうになった。

「それは見てないからわからないよ。ひまちゃんの話から、なんとなくそうなのかなーと思って」

日葵はぱちくりと目をしばたたいた。ヤクザが一般人と関わりを持つなんて聞いたことがない。

それに、獅堂はヤクザといえども見た目は高身長のイケメンだ。日葵みたいなぽちゃモブを相手にするほど女性に困っているとは思えないが……

ポン、と肩を叩かれて、日葵は顔を上げた。

「とにかく、もうこれ以上その人と関わっちゃだめだよ。ひまちゃんは営業部の癒《いや》しなんだから、絶対に悲しい目に遭ってほしくないの。もし何かあったら私に相談して。ね？」

「ありがとうございます……！」

ニコッと優しく微笑《ほほえ》まれて、胸にあたたかなものが広がった。やはり千夏は頼りになる先輩だ。

この人に迷惑を掛けないためにも、お人好《ひとよ》しはほどほどにしなければ。

日葵が議事進行役だった月次会議も無事終わり、フロアに戻ってきた。

デスクに着いた瞬間に、どっちゃりと仕事が残っていたことを思い出す。今日は金曜日だから、これらをすべてやっつけないことには帰れない。

「今日も残業かぁ」

そう発したのは千夏だ。有能なベテラン社員の千夏も、自分と同じ考えだと思うとホッとする。

「千夏さんもいっぱい積んでるんですね。私もですよ」

「だよね。月末近くは請求書の数がヤバい」

「ホントですよ。今日は早く帰ってスーパーに寄りたかったんですけど」

ふたりして、カチャカチャと忙しくタイピングしながらおしゃべりする。

「ひまちゃん、料理するんだ。えら〜い」

「今日はたまたまですよ」

えへへ、と日葵は頬を緩めた。大好きな千夏に褒められるとつい照れてしまう。サバサバしていて華やかな性格の彼女は憧れの存在だ。こんな大人になりたいとずっと思ってきた。

やっつけても、やっつけても現れる請求書の山に四苦八苦して、午前は終わった。千夏とふたりでランチに出かけ、戻ってきたらまた請求書の作成。その後は取引先にメールを送り、営業から頼まれた提案書を二件作成。それが終わる頃には定時を回っていた。

「ああ～、疲れた……！」

日葵はドッ、と休憩スペースのソファに背中を預け、深いため息をつく。今日はとてつもなく忙しい一日だ。請求書作成や商品の受発注、伝票の処理だけでなく、電話も来客も多かった。

おまけに今年入った新人のサポートも重なって一日じゅうバタバタ。新人は試用期間が満了したばかりのため残業させるわけにもいかず、仕事に慣れているメンバーでどうにか仕事を回していたのだ。

あと少しで今日やるべきことが終わる。最後のひと踏ん張りをするために小腹を満たしたくて、休憩スペースにやってきたのだった。

「うまっ。あー……癒される」

お菓子の自販機で買ったチョコバーを貪りながら、スマホを眺める。

〈ヤクザ　知り合った　どうなる〉

〈ヤクザとかかわった　一般女性　危険〉

検索バーに並ぶ文字が我ながら不穏だ。ヤクザは一般人を相手にしないというが、本当のところはどうなのだろう。帰ったらアパートの前に黒塗りの車が停まっていた、なんてことになったらますます笑えない。

……と、そこへ、エレベーターから重たそうな営業カバンを持った男性が降りてくるのが見えた。

すらりとした体格に、少し明るい色のツーブロック。スーツが似合う痩せ型のスタイルは、営業部の先輩である木崎《きざき》誠也《せいや》だ。時刻は夜の六時半。営業先から戻ってきたらしい。

「お疲れ様です！」

すかさず立ち上がった日葵は、ぺこりと頭を下げた。

「お疲れ、日葵ちゃん。これからまだ仕事？　よく頑張ってるね」

優しい顔つきのすべすべした頬に、爽やかな笑みが浮かんだ。廊下とオフィスを仕切るパーテーションの奥へと消えていくその姿を、胸を高鳴らせつつ見送る。

（木崎さん、やっぱり素敵だなぁ）

だらしない笑みを顔に張り付けつつ、彼が消えたドアへ向かう。

日葵よりみっつ年上の木崎誠也は、仕事ができるうえになかなかのイケメンだ。優しい眉に少しタレ目のアイドル顔。紳士的で穏やかな性格をしているため、男女問わずファンが多い。

もちろん日葵もそのうちのひとりだが、ぽちゃモブ女子の自分には高嶺《たかね》の花《はな》だ。こうして時々世間話をするくらいが関の山。

（でも、声を掛けてもらえただけありがたいよね。今朝は大変な目に遭ったし、仕事も忙しかったけど、今ので吹っ飛んだ！）

そう思っていたけれど。

いい気分でドアノブに手をかけた瞬間、ふいに獅堂の顔が頭をかすめ、手を止めた。

見上げるほど高い背は、木崎より十五センチくらいは高そうだ。獣みたいに獰猛《どうもう》な三白眼と、横に大きく広がる艶のある唇。筋肉質な身体つき。雄を感じさせるギラギラした風貌と性格は、木崎と対極にあるだろう。

思いがけず柔らかだった唇の感触を思い出し、自分の唇にそっと触れる。

（そういえば私、あのヤクザとキスしちゃったんだっけ……）

急に頬に熱が差し、慌てて首を横に振った。

（ううん、忘れよう。もう過ぎたことだし、ファーストキスだったけど、忘れよう……！）

獅堂とのキスを思い出してドギマギするなんて、きっと疲れているのだ。あれは事故。あの男と会うことも二度とないのだから。


「では、お先に失礼します」

まだ残っている営業マンに声を掛けて、日葵はエレベーターに乗り込んだ。

ビルの外に出た途端、ムワッとした外気が肌にまとわりつく。日中温められたアスファルトから発せられた熱で、息苦しいくらいだ。

駅に向かって歩道を歩きつつ、腕時計を見る。時刻は七時四十分。この時間なら、近所のスーパーの営業時間に間に合うだろう。

休みは何をしようかと考えながら歩いていると、黒いスーツを着た男たちがいきなりわき道から出てきた。

びっくりして立ち止まった日葵を、男たちが一斉に取り囲む。

「お疲れ様です、お嬢！　今朝はカシラがお世話になりました！」

（ちょっ……嘘でしょう⁉）

膝に手を宛てて頭を下げる男たちには見覚えがある。まさか、あの悪夢がふたたび訪れるなんて。

くるりと背を向け、日葵は元来た方向へ逃げようとした。しかし、男たちが素早く回り込む。男たちの奥から、咥《くわ》え煙草の獅堂が悠然と現れた。

「ご苦労さん。仕事、終わったのか？」

煙を横に吐き出しつつ、目の前に立った獅堂が見下ろしてきた。

少し寄った眉と、迫力満点の三白眼。腹の立つことに顔がすこぶるいい。額には病院で処置したと思われる痕があり、なんとなく安堵《あんど》した。

ヤクザに囲まれてはいるものの、ここは往来で怯《ひる》む必要はない。日葵はショルダーバッグのベルトを握りしめ、彼を下から睨みつけた。

「ま、まだ何かご用ですか？」

「今からうちに来いよ」

「はいっ!?　う、うちにって、あなたの自宅にですか？」

煙草をくゆらせながら獅堂が見下ろす。

「そうだ。明日休みなんだろう？」

「それはそうですけど……」

つい正直に答えてしまい、ハッとする。

「じゃ、決まり」

投げ捨てた煙草をぴかぴかに磨かれた靴の先でにじって、獅堂が日葵の腕を引っ張った。

「ちょ、ちょっ……！　何するんですか、放して！」

「騒ぐなって。サツが来ちまうだろう？」

抵抗したものの、大柄の男に力で敵《かな》うはずもなく、あっけなく車に押し込まれた。道行く人は皆見て見ぬふり。ヤクザに関わりたい人なんてひとりもいないのだ。

今朝と同様、強面の男たちに挟まれた日葵は、後部座席できょろきょろと目を動かしていた。

いったいどこまで連れていかれるのだろう。ヤクザの自宅といったら、雑居ビル？　それとも漁港近くの倉庫の中？　そこがどこだろうと、入ったが最後、二度と出てこられなくなりそうだ。

スマホで調べた実話系サイトには、『監禁』だの『クスリ漬け』だの、この世の終わりとしか思えない言葉ばかりが並んでいた。ヤクザの中には、自分の女を風俗で働かせて金づるにしている者もいるというではないか。

そんな日葵の妄想を破るかのように、獅堂が肩を寄せてきた。

「お前、すき焼き好きか？」

「えっ？」

煙草の匂いがするほうを向くと、獅堂が日葵の顎を掴んで自分のほうへ向かせた。

「すき焼きだよ。好きか？　って聞いたんだ」

あまりの近さにドギマギして、獅堂の手を振り払う。

「す、すき焼きが好きじゃない人なんていないんですか？　なんでいきなり？」

「聞いてみただけだ。一緒に食うだろ？」

日葵は無意識にゴクリと喉を鳴らした。すき焼きなんて大好きに決まっている。愛していると言っていいほどだが、ヤクザと一緒には食べたくない。

「いいえ。食べません。そんなことより家に帰りたいです」

獅堂は眉を上げてフッと息を吐いた。

「そうか、残念だなぁ。せっかくすげぇいい肉があるのに」

「い、いい肉？」

「ああ、Ａ５ランクの黒毛和牛。すき焼き用の薄切り肉をもらったんだ。一キロはひとりじゃ多すぎるし、こいつらに食わせるには少ないしで、どうしようかと思ってたんだが……」

やけにもったいぶった言い方が引っかかるが、『すげぇいい肉』のことが気になって仕方がない。

「あ、あの、私が食べなかったら、そのお肉はどうなっちゃうんでしょうか？」

「捨てるしかないだろうな。冷凍したらせっかくの松阪牛《まつさか》が台無しだろ？　ああ、本当に残念だなぁ。サシがこう、たっぷり入っててきれいなピンク色なんだ。薄くスライスされて、まるで極上のシルクみたいに桐箱《きりばこ》に並べられてて――」

その時、ぐうううう、と日葵のお腹が派手に鳴った。極上の薄切り肉なんて、口の中に入れた瞬間に、すうっと脂がとろけるはずだ。その口どけとふくよかな香り、鼻に抜ける甘味《あまみ》を想像したら、唾液が口の中に溢《あふ》れた。

「お前もひとり暮らししてりゃわかるだろうが、男の場合はさらにわびしいもんだぜ。ひとりで飯食っても味なんてしねえから、濃い味つけの飯を酒で流し込むんだ。それで身も心も荒《すさ》んだ生活になるんだよな……」

寂しげに語る獅堂の横顔は、車窓を流れる車のヘッドライトに照らされて青白い。その横顔を見ていたら、晩年の父の姿と重なって胸がキュッとなった。

「えっと……捨てちゃうくらいなら、私……食べたいかもしれません」

ダメダメ～！と心は警告を発しているのに、獅堂がかわいそうやら、肉が食べたいやらで、言うのが止められなかった。

松阪牛なんて一生に一度食べられるかどうかのシロモノだ。弟の生活費を稼ぐために切り詰めている日葵にとっては、輸入牛ですら高級品なのだから。

「マジか……」

こちらを向いた獅堂の目が突然大きくなる。肩をがしりと掴まれた瞬間に後悔がよぎったが、後の祭りだ。

「よし、たらふく食わせてやるぞ！　肉は一キロで足りるか？　いや、やっぱり追加しよう。――おい、スーパーに寄ってくれ」

「了解っス！」

「あっ、ちょっ……あ、あの――」

周りで勝手に進んでいく話に、自分のお人好しをこれほど呪ったことはない。日葵は唇を噛《か》んでスカートギュッと握りしめた。

（もう、なんでまたヤクザとかかわっちゃうかなぁ！）

二十分ほど車を進めてスーパーに寄り、野菜と豆腐としらたき、念のため追加の肉を買った。

そこから少し走って、獅堂のマンションに到着したのが午後九時のこと。

車の運転をしない日葵は道に詳しくないが、方角からして練馬《ねりま》のあたりだろう。幹線道路から少し奥まったここは住宅街だ。タイル張りのマンションは比較的新しく見える。

車寄せで日葵と獅堂を降ろして、取り巻きの男たちは帰っていった。ホッとしたような、かえって緊張するような。大勢のヤクザに囲まれているのと、獅堂とふたりきりでは、どちらが安全なのかまだわからない。

「行くぞ」

「は、はい」

スーパーの袋を提げた獅堂に続き、オートロックのエントランスを潜《くぐ》った。

コンシェルジュこそいないが、ダーク系の色味で統一されたホールは高級感がある。天井は高く、床はぴかぴか。日葵が暮らしているアパートとは雲泥の差だ。

エレベーターに乗り込むと、急にドキドキしてきた。他人の家に入るのなんて、高校時代に友達の家に遊びに行って以来だ。しかも相手は男。かなり危険な部類の。

(またキスとかされたらどうしよう。何か話しかけなくちゃ)

「あ、あの、素敵なマンションですね」

日葵はバッグの金具をしきりに弄りながら言った。

「そうか？」

恐ろしい三白眼がこちらを向き、ドキッとする。

「は、はい。ええっと、こちらはちなみに家賃はおいくらまんえんで……？」

「ここは去年即金で買ったんだ。スジモンはローンが組めねえからな」

（スジモン？）

何かのキャラクターだろうか。

「そうなんですか？　すごいですね」

「なかなか悪くないだろう？　最上階だから富士山がよく見えるんだ。新宿の夜景も見える」

「へえ」

エレベーターが停まり、明かりが煌々《こうこう》と灯《とも》る共用廊下に足を踏み出した。大きな背中に小走りでついていく。一番端のドアの前で足を止めた獅堂が、カードキーをかざしてドアを開けた。

「お邪魔しまーす……」

小声で言って、日葵は先に玄関に入った。自動点灯した明かりに照らされた玄関は、すっきりと片付いている。縮こまっていると、すぐ脇をスーパーの袋を持った獅堂が通過した。

「入れよ。遠慮するな」

「は、はい」

靴を揃《そろ》えて彼に続いた。くの字に折れ曲がった廊下にはいくつかドアが並んでおり、一番奥まったところにあるドアの中へ入る。

「わぁ」

獅堂が明かりをつけると、日葵の部屋が丸々入ってしまうくらいの空間が目の前に広がった。高い天井には洒落《しゃれ》たシーリングファンが回り、グレーのフローリングの床は塵《ちり》ひとつなくぴかぴかだ。ここはリビングらしく、中央のラグにローテーブルとソファが向かい合って置かれている。家具はモノトーンでまとめられていた。ソファセットのほかはテレビとオーディオ、しゃれた観葉植物だけで、日葵の部屋みたいにごちゃごちゃと余計なものが置かれていない。煙草のにおいはせず、逆にいい匂いがする。

「すごい……きれい」

思わず感嘆の声が洩れてしまう。男のひとり暮らしの部屋といったら、酒の空き缶やごみが散らかっていて荒んでいるものだと思っていた。ましてや獅堂はヤクザだ。その彼がこんな、モデルルームと見紛《みまが》うほどおしゃれな部屋に住んでいたなんて。

「日葵」

興味津々であちこち眺めていたところ、キッチンから声がかかった。

（ひ、日葵？）

いきなりの呼び捨てに戸惑いつつ、獅堂のもとへ向かう。ドアからリビングに向かって左側がアイランドキッチンになっており、彼は冷蔵庫の前にいた。

「ちょっと手伝ってくれ。えーと、これとこれが冷蔵庫で、これが冷凍庫……」

次々に渡されて冷蔵庫を開ける。と、そこでまたびっくりした。冷蔵庫の中はこれまたきれいに整頓されていて、乳製品、肉、野菜とバランスよく食材が揃っている。冷凍庫には小分けした野菜や、フリーザーバッグに日付を書いたスープストックまであった。

「めちゃくちゃしっかりしてますね……びっくりです」

感心して洩らすと、獅堂がにやりと口の端を上げる。

「料理は好きなんだ。自分好みの味に作れるだろう？」

「そうですね」

自分の冷蔵庫の中身を思い浮かべて、日葵は苦笑した。普段から料理をしている人があんな冷蔵庫を見たら、心配になるのも無理はない。

ふたり掛かりで大急ぎで準備をして、必要なものをテーブルへ運んだ。刻んだ白菜と長ネギ、春菊、しいたけ、チンしたニンジン、焼き豆腐、しらたき。それと、カセットコンロにセットしたすき焼き鍋が目の前に並ぶ。

「肉を開けるぞ」

獅堂が桐箱を開けた瞬間、日葵は「わーっ」と目を輝かせた。彼が言っていた通り、サシがまんべんなく入ったピンクの薄切り肉は、輝かんばかりの美しさを放っている。この肉がおいしいすき焼きとなって口に入ったところを想像しただけで、じゅわっと唾液が溢れた。

「すき焼きは俺が作るから、お前はそこで見てればいい」

「はい、頑張ってください！」

獅堂の向かいにいそいそと座り、彼が手際よく調理するさまを固唾をのんで見守った。

最初に、桐箱の隅に入っていた脂身が鍋にこすりつけられ、肉が丁寧に広げられた。その上から、あらかじめ作っておいた割り下が注がれる。

鼻腔《びこう》をくすぐるとてつもなくいい匂いに、思わず喉が鳴る。さっきからうるさかった日葵のお腹の虫はもう大合唱だ。

「ヤバい匂いがしますね……」

「これはうまそうだな」

続いて野菜が投入され、さらに割り下が加えられた。ぐつぐつと煮える音がしてきたところで、焼き豆腐とその他の具材が入れられ、白菜が煮えたら完成だ。

できあがる直前に冷蔵庫からビールを取ってきた。日葵は甘党でもまったくの下戸というわけではない。まずはビールで乾杯して喉を潤《うるお》し、いよいよすき焼きにありつく。

「わぁ、おいしそう！」

器に盛られたすき焼きを前に、日葵は頬を緩ませた。溶けた脂《あぶら》をキラキラと纏《まと》わせた肉の神々しさが堪《たま》らない。滅多《めった》にありつけない高級品だから、味わって食さなければ。

いただきます、と唱和して、溶き卵につけた肉を恭《うやうや》しく持ち上げる。

「ん～～～～!!」

口に入れた瞬間、舌の上ですうっと溶けてなくなった肉の味に目をしばたたく。なんという贅沢《ぜいたく》な旨味《うまみ》、ふくよかな香気。鼻から抜ける脂の甘さにうっとりする。霜降り肉の脂がこんなに甘いなんて知らなかった。

「おいしい‼　私、こんなにおいしいお肉食べたのはじめてです！」

あまりのおいしさに目を潤ませていると、向かいに座る獅堂が、クッ！　と顔を押さえた。

「えっ。どうしたんですか？」

「お前があんまり嬉しそうな顔するから泣けてくる」

目元を押さえて泣きまねをする獅堂に、日葵は眉を寄せた。

「だって、めちゃくちゃおいしいんですよ！」

「それはそうだろうが、砂漠でオアシスを見つけた人みたいな顔してたぞ？」

「そんな、私が何日も食べてないみたいに……」

「違うのか？　あんな中身の冷蔵庫で」

白菜をのどに詰まらせそうになり、日葵は慌ててビールで流し込んだ。それを言われるとぐうの音も出ない。

獅堂はニヤニヤしていたが、すき焼きを口に入れた途端に深く頷《うなず》いた。

「確かにこれはうまいな。しかしお前はもっと自分を労《いた》わってやれよ。普段からあんな甘いもんで腹を満たしてんのか？」

「あれが私なりの自分の労わり方なんですよ」

クッ、とまた獅堂が箸を握った手の甲を額に押し付ける。

「またですか？」

湯気が上がる鍋の向こうから、白目がちな目が睨みつけてきた。

「そのうち悪い男に引っかかるぞ。食いモンで釣られてホイホイついてきやがって」

「あなたがそれを言います？　こんないいお肉、捨てるなんて聞いたら食べにくるしかないじゃないですか。……んー、おいしい～～」

肉を口の中に放り込むたび、じゅわっとトロけてすぐになくなる。肉のだしを吸った白菜も、豆腐もネギも最高においしい。

獅堂に対して警戒心が薄れつつあるのは自覚があった。服を着ていれば強面なだけの普通の人に見えるし、世話焼きで暮らしぶりもきちんとしている。さらに一緒に料理をして食事なんてしたら、気が緩むのも仕方がない。

「どんどん食えよ。ほら、器よこせ」

「お願いします」

空になった器を差し出すと、きれいに盛り付けられた状態で戻ってきた。あまりのおいしさに口に運ぶたびに頷いてしまう。箸が止まらない。

「まだまだ肉はあるからな。日本酒もあるぞ」

「私、日本酒ってのんだことないです」

「そうか。取ってこよう」

そう言って獅堂は冷蔵庫に向かった。その後ろ姿を不思議な気持ちで見送りながら、日葵はすき焼きを頬張《ほおば》る。

（こんなにちゃんとしてるのに、どうしてヤクザになったのかな）

きれい好きで料理が得意な、世話焼きのオカン体質。黙っていれば普通の人に見えるのに、どうしてわざわざヤクザになる道を選んだのだろう。

獅堂が戻ってきて、きれいな水色の瓶に入った酒を猪口《ちょこ》に注いだ。日葵の何倍もビールをのんでいるにもかかわらず、彼は涼しい顔をしている。

「はじめてなら冷やがのみやすいだろう。この酒ならススめられる」

日葵は、スッと差し出された猪口を覗き込んだ。うっすらと黄みがかった透明な液体から、華やかな香りが立ち上っている。

グッとあおると、熱い塊が喉を滑り下りた。すっきりとのみやすく、それでいて芳醇《ほうじゅん》な香気が鼻から抜ける。日葵はパチパチと目をしばたたいた。

「は～、日本酒っておいしいですね！」

「だろ？　これがまた、すき焼きと合うんだよな」

「ですね～」

すき焼きを食べながら、日葵は注がれた日本酒をちびちびとのんだ。獅堂はもっと豪快にのんでいるけれど、酒に強いのかまったく顔色が変わらない。

気がつけば獅堂がこちらを見つめていて、ドキッとする。視線が合うと、彼の鋭い目が優しく弧を描いた。

「な、なんですか？」

「いや。お前と一緒に食うと飯がうまく感じると思ってな」

「普段ひとりだからそう思うんじゃないですか?」

「そうじゃない。お前がうまそうに食ったりのんだりしてるからか、いつもの何倍もうまい」

それはなんというか……日葵がぽっちゃりしているからそう思うのではないだろうか。

だとしたら微妙だ。この体型を気にしていないわけではないし、頭の隅には常に『ダイエット』の文字がある。

「普段はひとりでご飯を食べるんですか?」

日本酒をちびりと啜って、日葵は尋ねた。もうすき焼きは入りそうにない。

「若い奴らと食うこともあるけど、基本ひとりだな。自分で作って食べることが多い」

「料理上手ですもんね」

「上手とまでは言わないが、まあ好きだな」

「なるほど……ところで、獅堂さんはどうしてこの道に?」

急に鋭くなった三白眼が、ギロリとこちらを捉える。はじめて見た時は凍り付くほど恐ろしかったこの目にも、今ではだいぶ慣れた。酒が入って気が大きくなっているのもあるだろう。

彼はため息をついてグラスをあおった。

「よくある話さ。昔からヤンチャで、気づけばこの道にどっぷりと漬かっていた。それだけだ」

そう言って、手酌で酒を注ぐ獅堂の顔を、日葵はじっと見つめた。何か言いたくない過去でもあるのだろうか。秘密にされたら逆に知りたくなってしまう。

「じゃあ、プロフィールだけでも教えてくれませんか?」

すると、渋々といった様子で獅堂が口を開く。

「俺は千葉《ちば》の生まれで、育ったのは群馬《ぐんま》だ。三十歳で壱佑会《いちゆう》の若頭《わかがしら》をしてる。壱佑会は関東道現会《かんとうどうげん》の二次団体なんだが、聞いたことあるだろ？」

「ないですね。なんなら若頭がなんなのかも知りませんし」

「あ？　そんな奴がこの世にいるのか」

「幸いにも、その筋の方とまったく関りがないもので」

ふ、と獅堂の唇に笑みが浮かんだ。

「そのほうがいいに決まってる。今度はお前のことを聞かせろよ。どこの出身なんだ？　家族は？」

日葵は居住まいを正した。

「私は都内出身で、ご存じの通り独身の会社員です。よく食べ、よくしゃべり、よく眠る、健康が取り柄の二十五歳です。家族のことは秘密にしたいです」

獅堂が小さく笑って頷いた。

「結構。健康でよく眠れるってのは最高だな」

「何も気負いがないからですよ。生まれてこの方、ずーっとモブですし」

「モブ？」

日葵は猪口の底に残った酒をあおり、腕組みをしてテーブルに身を乗り出した。

「特に注目もされない地味な人ってことです。目立たないから自然体でいられるのかもしれません」

そう言うと、獅堂が困惑したように眉を寄せつつ、日葵の猪口に酒を注ぐ。

「そうか？　俺からすると、お前はめちゃくちゃかわいいけどな」

（かわいい!?）

「や、やめてください、そんな冗談」

思わず下を向いて熱くなった顔を隠す。これは酒の席でよくある冗談だ。もしくはお世辞。それでも、男性に『かわいい』なんて言われたのははじめてでドキドキしてしまう。

酒の瓶と猪口を手にした獅堂が、ローテーブルを回ってきて日葵の隣に座った。顎を掴まれて、彼のほうを向かされる。

「俺は冗談を言ったわけじゃない。お前はかわいい」

真剣な目でまっすぐに見つめられて、日葵はドギマギした。長い睫毛に囲まれた力強い瞳と、艶《つや》のある薄い唇、男らしく骨ばった輪郭。ついぞ出会ったことがないイケメンに、こんなふうに言われるなんて。

（でも、きっと真に受けたら笑われるパターンだよね……今までだってずっとそうだったもん）

子供の頃からぽっちゃりしていた日葵は、昔から不名誉なあだ名をつけられがちだった。

今でも時々『痩せたらかわいい』などと、心ないことを言われたりするし、もっとあからさまにからかう人もいる。だからのみ会には行かなくなった。

中学生の時には、『隣のクラスの男子が告白したいらしい』と聞き、ドキドキしながら校舎裏に行ってみたら、大勢の人が集まっていて笑われたこともあった。そんな時日葵は、『なんだ〜、騙されちゃった！』とわざと明るく笑ってみせるのだ。それが自分の役目だと思っていたから。

唐突に思い出された古傷の痛みを抱えながら、日葵はけらけらと笑った。

「もう、からかわないでくださいよ～。私はこんな体型だし、顔も性格も地味だし、弟に『ぽちゃモブ女子』って呼ばれてるくらいなんですから」

ところが、獅堂の反応は想像していたものとは違った。彼は理解できないといったふうに眉を寄せている。

「それは『ぽちゃかわ女子』の間違いじゃねえのか？」

「ぽちゃかわ⁉ ……い、いやいやいや！ 獅堂さん、ここは笑うとこですよ！」

日葵は笑いながら、顎を掴む彼の手から逃れようと猪口を手に取る。正直なところ、すごく嬉しかったし、胸がドキドキしている。自嘲して笑われなかったのははじめてだ。

「よし、決めた」

コン、と音を立てて、獅堂が猪口をテーブルに置く。

「お前、俺の女になれ」

酒を口に含んでいた日葵は思わずむせた。ゲホゲホと咳《せ》き込みながら、獅堂のほうを向く。

「はい⁉ や、ヤクザの女にですか？ ……ないない！」

獅堂の目がスッと細くなる。

「俺のこと舐《な》めてんのか？」

「舐めてるんじゃありません。慣れたんです」

「慣れ――」

次の瞬間、獅堂が噴き出した。よっぽどおかしかったのか、腹を抱えて笑い転げている。その姿を見ていたらこっちまでおかしくなり、一緒になって涙が出るまで笑った。

「おもしれえ女だな。ますます気に入った。日葵、今日からここで一緒に暮らせよ。毎日うまいもん食わせてやるから」

「う、うまいもん……？」

思わず喉を鳴らした。はち切れんばかりにお腹が膨れているのに、勝手に口の中に唾液が溢れてくる。

獅堂の薄い唇が横に広がった。

「なんでも好きなものを言えばいい。外で食ってもいいし、俺が作っても構わない。お前が好きな甘いものだって食わせてやる」

「甘いものも!?」

「ああ。食べ放題でも、高級なスイーツを取り寄せてもいいぞ」

日葵の頬を撫《な》でつつ甘言を弄する獅堂を、日葵は崇《あが》めるような目で見つめた。

こんな話、『お断り』の一択だと頭ではわかっている。それなのに、どうしても首を横に振ることができない。今夜のすき焼きも生まれてはじめてのおいしさだった。それが毎日。憧れだった高級なスイーツだって食べさせてもらえるかもしれない。

（でも……）

冷静な思考を奪う整った顔から視線を外す。

いくら優しくされても、身なりや暮らしぶりがきちんとしていても、獅堂はヤクザだ。おいしい話には裏があるし、彼のことをまだほとんど知らない。頷いたが最後、いいように弄ばれたり、金づるとして風俗で働かされる可能性もあるのだ。

日葵は彼を、探るような上目遣いで見た。

「あのー……それって、タダじゃないですよね？　もしかして、お金ですか？　それか、臓器とか」

「金も臓器もいらねえよ。ただし——」

「あっ」

いきなり肩を押されて、ソファに押し倒された。その上から圧し掛かってきた獅堂が、ぎらついた目で日葵の顔を覗き込む。

「俺の女になるなら相応の対価はもらう。毎日抱かせろよ。それだけだ」

「やっ、ちょ……っ！　ひぁっ」

ブラウスの裾をまくり上げようとする手を、日葵は必死に引きはがそうとした。けれど、大の男に力で敵うはずがない。獅堂は大柄で、大変な筋肉質なのだ。キスをされた時だって、まったく抵抗できなかったではないか。

「ダメっ、汗かいてるし！」

「暴れるなって」

「無理です、無理！　このブラウスも高かったの！　破れちゃう！」

本当はそんなことはどうでもいいのだが、こういう時のスマートな断り方なんて知らない。

獅堂の手が急に緩んだ。彼の顔に目を向けると、先ほどとは打って変わって研いだナイフみたいな顔つきをしている。おまけにはだけたシャツの胸元から刺青が見えて、一気に恐怖心が舞い戻ってきた。

「どのみちお前は逃げられない。家も会社も知ってるんだからな」

日葵は獅堂を睨みつけた。

「ひどい……やっぱりヤクザなんですね」

「まあな。でも、女には優しくするぜ。必ず満足させるから」

「きゃっ」

自信たっぷりに言われて、一瞬気持ちがぐらついた。それで隙ができたのか、両手を掴まれて、ソファに押さえつけられてしまう。

こうなってはもう抵抗できない。すぐに獅堂が覆いかぶさってきて、首筋に唇が押し付けられる。優しくするといわれても、所詮はヤクザだ。断ろうものなら無理やり犯されるのだろう。弟の存在も知られてしまったし、会社に乗り込まれても困る。

「んっ……！」

首筋をぬらりとしたものが這《は》い、ビクッと身体が揺れた。逃れようとして身を捩《よじ》るが、全体重で圧し掛かられて身動きができない。

「じっとしてろって」

「そんなこと言われても……！　あ、あの、痛いことはしませんよね？」

「当たり前だろ」

今度は耳元にキスが落ち、ぞくりと腰が震える。

「本当に？　絶対の絶対に？」

「うるせえ奴だな。約束するよ。もし嘘だったら、お前の言うことをなんだって聞く」

そう言った彼の顔つきが真剣そのものだったため、日葵はゆっくりと力を抜いた。こうなったらやけだ。どうせ普通に暮らしていても、『かわいい』と言ってくれる男性と知り合うことなんてない。すれ違いざまにからかうような男と比べたら、獅堂のほうがマシだろう。

ブラウスの中にもぐり込もうとする手を、必死に押さえる。

「ちょっと待って！　じゃ、じゃあ、せめてシャワーだけでも浴びさせてください」

獅堂がため息をついて身体を起こした。

「わかった。ちょっと待ってろ」


それから二十分ほどのち、日葵はバスルームにいた。

調光された仄《ほの》かな明かりのなか、ぬるめに入れたお湯の中には、やたらとムーディなバスライトが沈んでいる。浴室は一般的なユニットバスよりもかなり広めで、バスタブも数人がゆったり入れるサイズだ。聞けば、このマンションを新築で買ってすぐに、リフォームして特注品を入れたのだとか。床も壁も小物も、よく磨かれていてぴかぴかに輝いている。

でも。

（だからって、なんでこんなことに――――!?）

生まれたままの姿になった日葵は、バスタブの中で獅堂に後ろから抱きしめられていた。腹部に巻き付いているのは、浅黒い色をした逞《たくま》しい腕。背中には筋肉質な胸筋がぴたりと密着していて、視線の先に長い脚が投げ出されている。

心臓がバックンバックン揺れていて、今にも破裂しそう。先に風呂に入った日葵が身体を洗っていたところ、素っ裸の獅堂が突然入ってきたのだ。自分がシャワーを浴びている隙に逃げられたらかなわない――そういうことだろう。

ちゃぷ、と水音をさせて、ごつごつした手が日葵の腹部を撫でる。彼の肌の色は日葵の白い素肌とは対照的だ。

「柔らけぇ……」

（ひっ）

後ろからかすれた声がして、肩に唇らしきものが触れた。

「それに肌がきれいだ」

「あ、ありがとうございま――ひゃっ！」

乳房の脇を指で押された途端に、びくりとした。ぷにぷにの身体を他人に見られるだけで恥ずかしいのに、男性に、しかもヤクザに撫でられているなんて、自分の身にいったい何が起きているのだろう。

子供の頃から、林間学校や修学旅行で友達と風呂に入るのが本当に嫌だった。友達は皆、無駄な肉などないスリムな身体つきをしていた。そして、成長するにつれメリハリの利いた女らしい身体つきになっていく。

そんななか、日葵だけはいつも全身ムチムチしていた。胸と尻が特に大きく、それがコンプレックスで、バスタオルで身体を隠しながら入ったものだ。

だから、獅堂が耳元で囁《ささや》いた時は本当にびっくりした。

「お前、モテるだろ」

「ふぇっ⁉　も、モテませんよ！　こんなぽちゃモブ——うぐぅ」

後ろから口を押さえられて、両手をバタつかせる。すると、さらに強い力で抱きすくめられた。

「いいか？　その言葉は二度と口にするなよ。自分を卑下することばかり言っていると、自分自身がその言葉に囚《とら》われるようになるんだぞ？」

日葵の頬にぴたりと顔をくっつけて、獅堂が言う。

「こんなけしからん身体しやがって……クソッ。最高かよ」

片手で太腿《ふともも》を撫でつつ、もう片方の手で乳房の脇をたぷたぷと揺らされる。

この身体のどこがいいのかさっぱりわからないが、彼の言うことには納得した。いくら自分で発した言葉でも、他人に言われたのと同じように自己肯定感が下がるのだと、何かで読んだことがある。子供に諭《さと》すみたいな声に、図らずもキュンとしてしまった。

「優しいんですね」

前を向いたまま洩らすと、太い腕がギュッと抱きしめてくる。

ヤクザだし、強面だし、全身刺青なのに、中身はちゃんとしていて優しい。このギャップにやられる人もいるだろう。

「お前な、マジでそのうち痛い目見るぞ」

ふわふわした気持ちでいた日葵は、ドキッとした。

「どうしてですか？」

「チョロすぎだって言ってんだよ。俺は優しくなんかない。今だって、嫌がるお前を無理に抱こうとしてんだぞ？　いいか。俺以外の男の誘いには絶対に乗るなよ」

（ひぃ……）

口調は優しいのに、ちらりと窺《うかが》った顔つきがまるで鬼だ。それなのに、恋人みたいに後ろから抱きしめられている。どうしてこんなにも懐《なつ》かれてしまったのだろうか。

浮力で浮いた豊かな乳房を、大きな手がやわやわと揉《も》みしだく。手のひらで胸の頂《いただき》が転がされた瞬間、ビクッと身体が震えた。

「気持ちいいか？」

「う……よくわかんないです」

「もしかして、はじめてなのか？」

「は、はい」

小声で答えると、身体を横向きにされて獅堂の膝の上にのるような格好になった。

（ひゃ……近い）

もう慣れたと思っていたのに、刺青が視界に入るとやはり恐ろしい。右胸には獰猛そうな龍《りゅう》、左胸には咆哮《ほうこう》する虎が描かれている。顔は恥ずかしくて直視できない。

「なら、なおさら優しくしねぇとな」

そう言った獅堂の声が言葉通り優しくて、彼を横目で見た。普段は恐ろしいまでの三白眼が、今は穏やかに弧を描いている。やはり、首から下を見なければ強面なだけのイケメンだ。濡れた髪をかき上げるしぐさも、妙に色っぽい。

「んっ」

バストを優しく弄ばれて、日葵は身じろぎした。大きな手の中で、たっぷりの脂肪がマシュマロみたいにふやふやと形を変える。大きすぎて、醜くて、嫌で堪らなかった胸だ。それを彼は、慈しむように、味わうように、ゆっくりと撫で回す。

「すげえ……この感触、最高だな」

「そ、それはよかったです……んんッ」

「自信もっていいぞ。少なくとも俺は大好きだ」

(大好き！)

ボン！　と顔から火を噴きそうになった。女として好きだと言われたわけではないとわかっていても、嬉しい響きだ。

獅堂の頭が近づいてきて、不意にバストの先端が口に含まれた。

「ひゃんっ」

びっくりする間もなく、そこが口内で転がされ、吸われ、唇で潰された。なんとも言えない奇妙な感覚に、自然と身体に力が籠る。

「はァんっ！　……や、やだ……」

恥ずかしくなるような声が出てしまい、手の甲で口元を押さえた。なんだろう、この感じ。愛撫《あいぶ》されているのは胸なのに、脚のあいだがムズムズする。

喪女《もじょ》であっても、性に興味がないわけではない。大抵のことは知っているつもりだし、自分で触れてみたことだってある。けれど、他人にそんなところを舐められるとは、思いもよらなかった。

それがこんなにも気持ちがいいなんて。

「あんッ」

ちゅぽ、と音を立ててバストから唇が離れた。

「力を抜けよ。緊張してると感じないだろう？」

「そ、そういうものなんですか？」

ああ、とぎらついた三白眼が目の前で頷く。

「リラックスするのが一番いい。それに、身体があったまると感じやすくなる。そろそろいい具合なんじゃないか？」

そう言った彼は、日葵の膝の下に手を潜らせた。

「あぁぁん！」

何かが秘所に触れた瞬間、びくんと身体が跳ねた。そろそろと下腹部を見下ろしてみると、骨ばった手が下草の中でうごめいている。紫色に光る湯の中で行われる秘密の行為に苛《さいな》まれ、両手で口元を押さえた。

「ふ、うう……う」

「どうだ？　気持ちいいか？」

うっとりしたような顔つきで、獅堂が尋ねた。彼の長い睫毛には、雫の玉が光っている。

「んっ、ん……そ、そんなとこ、さわっ、触っちゃ……」

気持ちいいも何も、身体の芯がキュンキュンしてじっとしていられない。彼の指は、秘裂をそっと撫でつつ、女の身体で一番敏感な核の部分を愛撫しているのだ。

「気持ちいいかどうかって聞いてんだよ」

「あ、あんっ、気持ちいい、で……すッ、あっ、あっ、いやっ」

くるくると円を描くように秘核ばかりを攻められて、次第に心地よさが募っていく。

その時、自分の太腿の脇に硬いものが当たっていることに、ようやく気がついた。揺らめく湯の中を見下ろせば、彼の身体の中心部がすっくと立ち上がっているではないか。

「お、おっきい!!」

思わず口にしてから、ハッと口を押さえた。ちらりと見た獅堂の顔に、満足げな笑みが浮かぶ。

「嬉しいこと言ってくれるね」

「んっ――」

肩を引き寄せられ、不意に唇が奪われた。ちゅく、ちゅく、と優しく唇が吸われる。はずみで刺青の入った肩を掴んでしまったが、感触は普通の肌と同じだ。秘所を撫でる指の動きに合わせて、肩の筋肉も動く。

唾液を纏《まと》った唇が、日葵の唇をなぞるようにうごめいた。舌先で焦らすように唇の内側を舐め、歯の内側をくすぐる。おずおずと舌を差し出すと、獅堂が呻き声とともにそれを絡め取った。

ねっとりとこすられたかと思うと、じゅっ、と吸い立てられる。熱の籠った口づけと秘所への愛撫で、すぐにのぼせた。

「ふぁ……あ、倒れ……ちゃいそ……」

キスの合間に零《こぼ》すと、獅堂が唇を解放する。

「そろそろ出るか。俺もそろそろ限界だ。ほら」

「きゃっ」

手を取られて握らされた肉杭の感触に、びっくりして手を離す。

それは、これまでに味わったことのない、何にも似ていない感触だった。外側は柔らかいのに、中にとてつもなく硬い芯がある。日葵の手が回らないほど太くて、長くて、触れた瞬間にビクンと揺れた。

（これが私の中に？　こんなの絶対に入らない！）

獅堂は笑っているが、それどころの話ではない。こんなに大きくて硬かったらものすごく痛いだろう。友達の話を散々聞かされたせいで、耳年増《みみどしま》になってしまったようだ。

手を引かれてバスルームから出た日葵は、バスタオルで丁寧に拭かれた。その後、獅堂は自分の身体をぞんざいに拭き、バスタオルを洗濯機に放り込む。

その直後に身体がふわりと浮き、日葵は短い悲鳴を上げた。獅堂の首根っこに慌てて手を回す。夢にまで見たお姫様抱っこだ。

「お、重くないですか⁉」

「まったく。もっと重くても大丈夫だ」

彼は涼しい顔をしているが、きっとやせ我慢だろう。

脱衣所の向かいにあるドアに入ると、明かりが自動点灯した。仄かな明るさの七帖ほどの部屋の真ん中には、大きなベッドがでんと置かれている。その横にサイドテーブルと、小さなナイトランプがひとつ。ここが寝室らしい。

ベッドに優しく下ろされた日葵は、無造作に丸めてあったタオルケットに包《くる》まった。ただでさえコンプレックスの塊であるこの身体だ。できるだけ隠していたい。

(あ……このタオルケット、獅堂さんの匂いがする)

物がほとんどないこの部屋もやはり清潔にされているし、ベッドもきれいだ。タオルケットもまめに洗っていそうだったが、獅堂の匂いがするあたりは人間味が感じられる。

いったん部屋から出ていった彼が、何かを手にして戻ってきた。その手に握られているものを見た途端、日葵の鼓動はいっそう激しく騒いだ。彼が持ってきたのは避妊具のパッケージ。外装フィルムを剥《は》がしてゴミ箱に捨てると、ベッドをきしませて横に座った。

「ゆっくりするから、安心しろよ」

唇の端を上げて、獅堂が日葵の頭をくしゃりと撫でる。

あまりの緊張に、日葵はただ頷くことしかできない。ドキドキとうるさい鼓動が、空気中にまで漂っていそうだ。

タオルケットをめくって獅堂が入ってきたため、横に大きくずれた。

「遠すぎ。こっちに来い」

「あっ」

ぐいっと手を引かれ、大きな身体にすっぽりと包まれた。素肌と素肌が重なる感触に鼓動がますます逸《はや》る。

さっきもバスタブの中でこうされていたのに、ベッドの上というだけで脈拍がすごいことになっている。

「緊張してるだろ」

「は、はい」

「顔、真っ赤だぞ」

「あんまり……いじめないで」

獅堂がクスッと笑う声が聞こえた。

「バカだな」

俯《うつむ》いた日葵の顎が指でもち上げられる。端正な顔が迫ってきたと思ったら、もう唇が重なっていた。

日葵の唇に、強く唇を押し付けつつ、獅堂が覆いかぶさってくる。ずしりとした重みと、あたたかな体温。こすれ合う素肌の感触があまりに艶《なま》めかしい。

(う、嘘みたい。本当に獅堂さんと?)

恋人つなぎにした両手が頭の上でまとめられ、熱い舌が口内にねじ込まれた。絡めとられた舌がねっとりと犯される。舌先で上顎をくすぐられたら腰がゾクゾクと震えた。

「お前……かわいいな」

唇をつけたまま獅堂が囁く。滑らかにうごめく舌が、日葵の口内で水音を立ててうごめいた。歯列をするりとなぞって、頬の内側をこすり、舌をじゅっと吸い立てる。まるで生き物だ。目もくらむような情熱的な口づけに、呼吸すらままならない。

唇が離れた時には、日葵は喘《あえ》いでいた。唇は腫れぼったく、舌も口内も痺《しび》れている。

「そんな顔、ほかの男には絶対見せんなよ」

トロリとした顔つきで獅堂が言って、日葵の頭をくしゃりと撫でた。

自分が今どんな顔をしているのかわからないが、これだけは言える。彼はきっとキスがうまい。ほかの男性との経験がないから比較はできないけれど、今のキスで立ち上がれなさそうなくらいには腰が砕けてしまった。

ふたたび覆いかぶさってきた獅堂の前髪が、鎖骨に触れた。普段の彼は長めのツーブロックの髪を後ろに撫でつけているが、風呂上がりの今はさらさらと額にかかっている。

柔らかな口づけが胸元に落ち、日葵はぶるりと肩を震わせた。その唇が、ちゅっ、ちゅっと音を立てて乳房の膨らみの上を這い、鎖骨、首筋と移動する。

そのどれもがくすぐったくて、思わず肩をすくめた。

「震えてるな。この辺が弱いのか」

「ひゃ……」

くすっと獅堂が笑った吐息が耳に掛かり、肌が粟立《あわだ》った。それに気をよくしたのか、キスは首筋だけにとどまらず、うなじ、耳の裏側、側頭部へと続き、耳たぶを吸い、舌が耳の中まで舐めた。

「ひ……ダメ、そこ、あ、あんっ」

腰を捩っても、いやいやをするように首を振っても、獅堂は笑いながら唇での散歩を止めない。キスはいつの間にか舌での愛撫に変わり、ぬらりとしたものが鎖骨や二の腕を舐めた。脇を鼻先でなぞり、舌が乳房の丸みに沿って下りてくる。

「ああっ」

胸の頂を舐められた時、思わずビクン！　と背中が反った。乳暈が舌先でくるくるとなぞられ、乳首がちゅぱ、ちゅぱ、と唇でしごかれる。

「あ……あ……は、ダメ、ぇ」

日葵は眉を寄せ、力なく震えた。ダメ、と口では言うものの、身体はおかしなくらいに感じている。愛撫されている乳首が、じんじんと疼《うず》いた。それと同時に、触れられてもいない脚のあいだに、徐々に熱が集まっていくのを感じる。

「柔らけぇ……ほら、指が埋まる」

大きすぎる乳房を強めに掴みながら、獅堂が囁く。彼は今にもとろけそうな顔つきだ。濡れた頂に吐息が触れて、ビクッとしてしまった。

「完璧に俺好みだ」

「はんッ」

ちゅう、と尖《とが》って敏感になった先端に吸いつかれ、日葵は顎を仰《の》け反《ぞ》らせた。

こんなに何度も身体を褒められたら、相手がヤクザだって悪い気はしない。それどころか、なけなしだった自己肯定感が、乾いたスポンジみたいにぐんぐん吸収して膨《ふく》らんできている。

獅堂は荒々しい息遣いで日葵の胸を愛撫した。興奮した様子にもかかわらず、手つきや愛撫の仕方はあくまでも優しい。

両手で豊かなバストをやわやわと揉みしだき、口に含んでいないほうの乳首を指で弄ぶ。ピンと弾《はじ》いたり、指先で摘まんで押しつぶしたり。執拗《しつよう》に繰り返される行為に、脚のあいだの疼きが止まらない。

「くすぐったいのか？」

無意識に揺らしていたらしい腰を、ざらりとした手が撫でる。

「ち、ちが……なんか、変な感じで」

「そうか。今、もっと気持ちよくしてやるから」

くすっと笑った獅堂が日葵の片脚を持ち上げ、身体を割り込ませた。脚のあわいに熱くて硬いものが触れ、思わず彼の肩を掴む。

「まっ、待って……！」

「まだ入れねえよ」

獅堂はニヤリと唇の端を上げ、自身の脚のあいだにあるものを握った。じんじんと熱の籠る谷間に、張り詰めた先端が押し付けられる。くちくちと優しく撫でられたら、えもいわれぬ快感が広がった。

「あっ、あ……っ、はぁぁん……っ」

日葵は眉を寄せ、ハアハアと喘いだ。あまりの気持ちよさに自然と身体が揺れてしまう。自分で思うよりもずっと濡れていたようだ。はち切れんばかりに膨らんだものがするすると滑るに従い、身体の奥から今まで知らなかった欲望が引き出されていく。

「よく濡れてるな。本当に処女か？」

「そ、それは絶対に……アンっ！　約束、しますから……っ、や、優しく……！」

びくびくと膝を揺らしながら、喘ぎ喘ぎ返す。足元から立ち上る淫らな音。恥ずかしくてどうにかなりそうなのに、腰の震えが止まらない。

「そりゃ楽しみだ」

獅堂はニヤッとしてそう言うと、日葵のバストに思い切りしゃぶりついた。さっきと反対側の乳首を舐め回したり、甘く噛んだり、優しく吸い立てる。それと同時に、濡れた秘所を昂《たかぶ》りで苛んでくるので堪らない。

「あっ、は、んぁっ！　獅堂、さんっ」

喘ぎが止まらなくなった日葵は、いやいやをするように首を振った。何かが身体の奥で膨らんでくるのがわかる。怖くて仕方がないのに、身体はさらなる刺激を求めて、自ら昂《たか》ぶりに秘所をこすりつける。

「エッロ……処女のくせに自分から腰振りやがって」

「は……あん、あっ……」

うっすらと瞼を開けると、ぎらついた目で身震いする獅堂が目に入った。彼はベッドの足元側に向かって下りていくと、日葵の両膝をがばりと開いた。

「ひゃっ……見ないで！」

「じっとしてろ」

急いで脚を閉じようとしたが、獅堂のほうが一瞬速かった。両太腿を裏側から押され、秘められていた場所に端正な顔が近づく。あっと思う間もなく、谷間をぬるりとしたものが舐め上げた。

「ひゃぁぁぁああん」

全身を貫く官能の槍《やり》に、身体がびくびくと跳ねる。女の身体で一番大切な場所が、舌の先で弄ばれているのだ。下草の中に鼻までうずめて、ぴちゃぴちゃ、くちゅくちゅ、と。わざと音を立てているのだろうか、獅堂は首を縦横に振り、時々敏感すぎる花芽を唇で吸い立てる。

「あ……あ……、あ……嘘」

信じられない事態に、日葵は目を閉じてぷるぷると睫毛を震わせた。前戯の際に、そこを口で愛撫することは知っていたけれど、自分がされる立場になるとは思ってもみなかったのだ。

身体の中から、あたたかなものがどんどん溢れてくるのが自分でもわかった。花びらはひくつき、より敏感になった花芽が熱く痺れている。獅堂が蜜を吸う音が高らかに響きわたった。舌の動きに合わせて身体の芯が疼き、そのたびに身体のあちこちが跳ねる。

身体の奥にあった不思議なわだかまりが、さらに膨らんでいくのがわかった。それが快感だと気づいた時には、もう我慢がならなくなっていて――

「ひぁ、あ、あ……な、なんか、来る……！」

獅堂の頭をぐしゃぐしゃとかき回して、日葵は喘いだ。はっ、はっ、と、浅く短い呼吸を繰り返す。身体の震えが止まらない。

「イけよ。何度でもイかせるから」

脚のあいだで獅堂が囁いた。

「イく？　イくって……？　んあっ！」

舌を押し付けてくる圧力がさらに強くなり、膝で獅堂の頭を挟み込んだ。舌の動きが俄然《がぜん》速くなる。

快感の塊がどんどん膨らんでいき、焦りにも似た感覚に拍車をかける。

あまりにも気持ちがよくて、気が変になりそうだった。愛撫されている箇所がじんじんと熱をもち、何かが起こりそうなことを告げている。

「あ、あっ、待って、怖、いっ……！」

「待たねえよ」

「はっ、あっ、あっ、やぁぁあんっ!!」

その瞬間、凄《すさ》まじい官能の波に襲われて何かが弾けた。

今までに経験したどの感覚とも違う獰猛な心地よさに、びくびくと身体が震える。自分をコントロールできない。寒気と熱感が同時に襲ってきて、頭のてっぺんがチリチリした。

「イッたか？」

「ふぁっ！」

臀部《でんぶ》を撫でていた獅堂がそう言ったかと思うと、びりりと秘所に電流が走った。舌の先で敏感になった花芽をつつかれたのだ。

「だ、ダメぇ、そこ、触っちゃ」

「イけたのか。よかったな」

「あ……ありがとう、ございます」

こういう時はなんと言ったらいいのだろう。昨日知り合ったばかりの男にこんな気持ちを味わわされて、恥ずかしくて堪らない。どうやらこれが『イく』ということらしい。

獅堂がすぐ隣に横たわり、日葵を抱きしめた。大きな手のひらで素肌を撫で、バストをすくい上げては優しく揉む。けれど、その手つきとは裏腹に、太腿を凶悪にそそり立ったものがずんずんとつついている。

「イく時のお前、めちゃくちゃかわいいな」

低く官能的な低音に鼓膜をくすぐられ、ぞくりと腰が震えた。彼は顔がいいだけでなく、声までいいのだ。

大人っぽく、まろやかなバリトンボイスで囁かれると、身体の奥がぞくぞくする。

日葵の耳や頬、唇にキスをしながら、獅堂はバストの愛撫を始めた。手のひら全体で包み込むように揉み、指先で乳首を弾く。

「ん……」

また淫らな気持ちが襲ってきて、日葵は吐息を洩らした。その唇を、獅堂が奪いに来る。くちゅ、と唇を吸い、首をくねらせて唾液を塗りたくり、舌をねっとりと絡めとる。

日葵もだんだんとノッてきて、気づけば自分から彼の舌を求めていた。しっかりと抱き合い、ぐちゅぐちゅと音がなるほど舌を絡ませ合う。

「ん……ふ、獅堂、さん……んっ」

「おま……エロいな……」

くすくすと笑いながら、激しい口づけを繰り返す。獅堂の手が下腹部に向かった。彼が愛撫をしやすいようにと、日葵が腰を引く。

「ん、ッ……！」

するりと一度谷間を撫でられただけで、日葵はビクッと腰を震わせた。キスをしているせいなのか、さっきよりも強く感じる。武骨な指が、するすると花びらのあいだを前後に通過した。花芽をくりくりと転がし、指でキュッと摘まれたら、勝手に腰が揺れた。

「んっ、あ……そこ、気持ち、いい」

獅堂の唇に吐息をぶつけると、彼の息遣いが一層荒くなった。

「すっげぇトロトロ。日葵……濡れすぎ」

「んっ……！」

「お前のここ、きれいなピンク色してんだよ。柔らかくて、ぐちゅぐちゅに濡れて光ってて……あー、今すぐに入れてぇな」

日葵の唇にハアハアと荒い吐息を浴びせながら、獅堂が硬く筋張ったものを下腹部にこすりつけてくる。昂ぶりの先端から零れた露でそこはびしょ濡れだ。男性もこんなに濡れるものだとは知らなかった。

日葵の片脚を、彼は薄く笑みを湛《たた》えて自分の腰に引っ掛けた。

「指、入れるから力を抜けよ。そーっとするけど、痛かったらすぐに言え」

「は、はい」

その言葉通りに、何かが少しずつゆっくりと侵入してきた。恐るおそる下腹部を見下ろすと、武骨な中指が下草の中に突き立てられている。

日葵の指よりもだいぶ太く骨ばったそれは、入り口のあたりでゆらゆらと優しくうごめいた。滑らかに、あくまでも優しく、壁を押し広げるように。けれど、その感覚は期待していたようなものではなく、かなり曖昧だ。

「痛くないか？」

「はい」

「気持ちよくはなさそうだな」

「そ、そうですね」

嘘でも気持ちがいいと言うべきなのかもしれないが、あいにくそういうのは得意じゃない。

「そのうちよくなるさ。かえって開発のしがいがあっていい」

獅堂が日葵の胸の先端に吸いついた。舌で押しつぶされたり甘く噛まれたりすると、達する直前の心地いい感覚を思い出す。蜜洞を苛む違和感は薄らいだものの、それでも快感には程遠かった。

こんな状態で本当に気持ちよくなれるのだろうか。

「んっ」

蜜洞をほぐしつつ、彼は秘核への愛撫も始めた。曲げた親指の関節をそこに当て、胎内の指と同時にうごめかす。

器用で手慣れている印象だ。どちらの動きも優しくて、次第に気持ちがよくなってくる。

「ちょっとはよくなったか？」

「んっ……、は、はい……あんっ」

「じゃあ『気持ちいい』って言えよ。どんどん喘げ。叫べ。お前のよがる声を聞いたら、俺はもっと興奮する」

胸のあいだから三白眼で睨みつけられて、ゾクッと腰が震えた。欲望にまみれた獅堂の顔は獰猛そうでいて美しい。この姿とテクニックでどれだけの女性を啼《な》かせてきたのだろうか。なぜかツキンと胸が痛んだことに、日葵は戸惑った。

胎内の指が二本に増やされ、それからすぐに三本になった。ここまでくると少し痛みが出てくる。

「痛そうだな。指を減らすか」

「待って」

指を引き抜いた獅堂の手を、日葵が掴んだ。彼が驚いたような目でこちらを見る。

「どうするんだ？　痛いんだろう？」

「少し。でも、どうやってもある程度は痛いと思うので、もう大丈夫です」

そう言ったのは、日葵自身がこの先を見てみたくなったというのもあるが、一番は獅堂に申し訳なく思ったからだ。彼は早く次へ進みたいだろう。ダラダラと先走ったものを零しているにも関わらず、日葵のためにずっと我慢しているのだから。

獅堂は眉を寄せて、ベッドの頭のほうへ手を伸ばした。

「いいのか？　あまり痛くしたくはねえんだが、お前がそう言うなら」

その手が掴んでいたのは、先ほど準備していた避妊具のパッケージだ。彼は銀色のパッケージを歯で破ると、口でピンク色の避妊具を咥えた。

いよいよだ――そう思うと、否応《いやおう》なしに鼓動が逸った。耳の奥がドクドクとうるさい。一生喪女のまま終わると思っていたのに、突然こんなことになって自分が一番びっくりしている。

「いくぞ。力を抜けよ」

手早く避妊具を装着した獅堂が、昂りの先端を蜜口に押し当てる。つぷ、と侵入してきてすぐに、彼は動きを止めた。

「力を抜けって。ほら、深呼吸」

「む、無理……だって、怖いもん」

「もん、じゃねえんだよ。力入れてたら余計に痛いぞ？」

くすくすと笑いながら、獅堂が口づけてくる。日葵の頭や頬を何度も撫で、優しく、慰めるようなキスを落とす。

腰から這《は》い上がってきた手が、乳房をそっと包んだ。胸の頂を弄ばれるうちに頭がぼーっとしてきて、気持ちが凪《な》いでくる。

それでも、ぐぐ、と屹立《きつりつ》が押し入ってきた時には、思い切り目をつぶった。

ものすごい圧迫感と、身体が引き裂かれるような痛み。どんなに力を抜いても、あれだけ太く逞しいものを受け入れるには、やはり痛みが伴うようだ。

日葵は獅堂の腕にすがりついた。

「う、うう……し、獅堂、さん」

「よしよし、痛いよな。ごめんな」

優しく頭を撫でられてポロリと涙が転げ落ちた。想定外の痛みに耐えかねたのと、獅堂の優しさに心が揺れたのと。彼は凶悪な刺青を纏った紳士みたいだ。

濡れた頬に吐息がかかり、日葵は目を開けた。

「全部入ったぞ」

目元を穏やかに細めて、獅堂が日葵の頬を指で拭う。それから、優しく口づけを落としてきた。

水鳥《みずどり》の羽根が触れるみたいに優しいキスが、次々と降ってくる。

唇に、頬に、鼻先に、瞼に。

逞しい腕が、日葵の身体をすっぽりと包んだ。それだけで心が落ち着くのが不思議だ。彼の素肌は恐ろしい顔をした龍虎《りゅうこ》、桜の花びらや波模様で埋め尽くされているのに。

口づけは徐々に深く、濃いものに変わっていった。彼は唇で舐《ねぶ》るように口を動かし、舌を吸い立て、淫らに舌を絡ませてくる。

それでも腰から下を動かさないのは優しさなのか、それとも、単に女性の扱いに慣れているだけ……？

身体からすっかり力が抜けた時、獅堂はやっと動き出した。ゆっくりと、わずかに昂りを引いて、コツンと奥を突く。キスを続けながら、同じ動作を繰り返した。日葵を気遣うように、静かに、緩やかに腰を動かす。

日葵の胸は、大きな手に包まれて揉みしだかれていた。握られて、ぷくりと立った乳首を唇でしごかれる。舌で弾かれたり、軽く噛まれたりするたびに、昂りを抱く場所がキュンと疼く。

気がつけば、昂ぶりが押し引きされる振れ幅がだいぶ大きくなっていた。はじめに比べれば、痛みがずいぶんと軽くなっている。

「キツいな……まだ痛いか？」

獅堂が尋ねた。

「いいえ。ほとんど痛くなくなりました」

「なら、もうちょっと動いても大丈夫だろう」

「あっ」

昂ぶりが引かれ、ぐちゅ、と音を立てて滑り込んできた。

「痛くないか？」

「だ、大丈夫ですけど、ちょっと……大きすぎやしませんか……！」

「そのうち慣れる」

クスッと笑い、獅堂は口づけを落としてきた。日葵の手をシーツに縫い留め、唾液をたっぷりと絡ませた舌で口内を犯す。

脚のあいだに何かを挟んでいるような違和感は相変わらずだ。痛みは相変わらずそこにあるものの、圧迫感のほうが強い。気持ちがいいかと聞かれたらやはり微妙だった。

「キツすぎ。もっと力抜けよ」

かすれた声で獅堂が囁く。

「あ、……はっ、力なんて、入れて、ません」

「そうか？　あんまり締められると先に果てちまうぞ」

「わ、私にそんな余裕なんて――キャッ」

大きな腕で抱えられたかと思ったら、急に視界が上下反転した。胸元を押されて起き上がると、そこは獅堂の身体の上。ちょうど股間に跨《また》がる体勢でとてつもなく恥ずかしい。

「このほうがよく見えていい」

下からにやにやと見上げる獅堂を、日葵は胸を隠しながら睨みつけた。

「わ、私は恥ずかしいですよ……こんな格好」

「そんなこと言ってられなくしてやるよ」

不敵な笑みを浮かべる獅堂の顔つきが艶っぽくて、日葵はドギマギした。

こうして上から見下ろすと、彼の顔がいかに整っているかがよくわかる。白目の多い目元は生き生きと魅力的で、形のいい唇は横幅が広く男らしい。完璧な美丈夫だ。

「あんっ……！」

くん、と下から突き上げられて、身体が跳ね上がった。小刻みに腰を揺らす彼は涼しい顔だ。

「あ、あ、はっ、あんっ」

ずんずんと突かれるたびに変な声が出て、両手で口を押さえる。心なしか、この体勢のほうが痛みを感じないようだ。

「おっぱい揺れすぎだろ」

獅堂が眉を顰《ひそ》めて、舌なめずりをした。そのしぐさすら色っぽくて、日葵は顔を熱くする。

彼の言う通り、日葵の豊かなバストは突き上げに合わせて上下左右にゆさゆさと揺れていた。揺れすぎて痛いくらいだったから、彼に両手で鷲掴《わしづか》みにされてずいぶん楽になった。

「あ、んふ……う」

獅堂が小刻みに突き上げながら指で乳首を弾く。それがなんとも心地よくて、ぞくりとした。

ふたりが繋がった場所からは、くちゅん、ぱちゅん、と淫らな音。もう痛みはほとんどなくなった。むしろ、うっすらと気持ちよさすら感じている。

「少しでも気持ちよけりゃいいんだが、どうだ？」

「ん……よくなって、きました」

「そうか。よかった。お前は自分が感じるようにだけ集中してればいい。俺に任せろよ。絶対イかせてやるから」

自信たっぷりな声音に、一気に気が楽になる。何もかも任せっぱなしで、何をどうしたらいいのかわからなかったのだ。

乳首を同時に弄られているせいか、胎内のぼんやりした快感が徐々にはっきりしてきた。自分でも気持ちがいいところを探そうとして、少しずつ身体を動かしてみる。

すると、胸を反らして獅堂の太腿に両手を突く体勢が一番よく感じると気づいた。こうすると、昂ぶりがちょうどいいところに当たるのだ。

獅堂の眉がピクリと動く。夜の野獣みたいな目つきが、日葵の欲望を掻《か》き立てる。

「お前……何もかも丸見えじゃねえか。エロい格好しやがって」

「だって、こうすると、気持ち、いいんだもん——んぁッ」

急に息遣いを荒くした獅堂が、ぐちゅぐちゅと矢継ぎ早に突いてきた。あまりにも激しく突くので、身体が彼の上で跳ねる。腰がぶつかり合う音がパンパンと鳴り響き、呼吸すら乱れた。

「どうだ？　いいところに当たってるか？」

獅堂がとろりとした目つきで尋ねてくる。眩《まぶ》しいものを見るように眉を寄せ、ハアハアと荒い呼吸を繰り返しながら。

「は、あ、あ……っ、気持ち、いいっ」

「やべぇ……出そう」

「ああっ！　あ、あぁんっ！」

獅堂の声を聞いた直後、日葵の身体を鋭い快感が貫いた。強烈な刺激に目を開けてみれば、骨ばった手が日葵の下草まで伸びている。彼の親指は秘裂の上端、すっかり敏感になった花芽に押し付けられていた。

「はっ、あっ、あんッ！　そこは、ダメっ、あぁん……！」

日葵はいやいやをするようにかぶりを振った。どこがどんなふうに、と形容しがたいほどの快感がそこに集中する。太腿がぶるぶるとわななき、腰を襲う震えも止まらない。

呼吸が浅く、短くなり、頭がくらくらしてきた。

「あぁ……っ、あ、は、おかしく、なっちゃうっ」

花芽に触れる指がくるくると円を描き、日葵を翻弄した。さっき挿入の前に一度達した時と同じ感覚が、どんどん膨らんできている。尿意にも似た切迫感に、堪らず身体を捩る。

「獅堂、さんっ、なんか、なんか来ちゃう……！」

「そういう時は『イく』って言うんだよ。言ってみろ」

額に玉の汗を浮かべた獅堂が、食いしばった歯の隙間から洩らした。

「あ、ああ、はっ、ぃやんッ」

ぐずぐずにぬかるんだ蜜洞が、最初に入ってきたときよりも逞しく、ガチガチに漲《みなぎ》ったもので激しく貫かれた。それと同時に、右手の指で秘核を、左手で右の乳首を弾かれていて、自制が効かないほど気持ちがいい。

絶頂の予感に震える手で、日葵は獅堂の手を掴んだ。

「あ、あっ……も、ダメ……イく、イっちゃうっ……!! んあぁッ――」

極限まで膨らんだ快感が弾けて、瞬間、歓喜の渦にのみ込まれた。

身体がふわりと浮き上がったようになり、頭が真っ白になる。全身の肌という肌が粟立ち、そして、とてつもなく幸せな気持ちが指の先まで広がった。

直後に、獅堂がビクッと身体を揺らして深いため息をついた。彼も達したのだろうか。

「はぁ……あん」

くたりと脱力する日葵の身体を、獅堂が優しく支えた。そのまま筋肉質な胸に倒れ込み、何度も深呼吸をする。

獅堂の胸はあたたかく、じっとりと汗ばんでいた。まるでマラソンでもしていたかのように呼吸が荒く、胸が激しく上下している。

視界に映るこんもりした胸に描かれた龍の刺青を、日葵は指でなぞってみた。はじめは怖くて堪らなかったそれが、今ではこうして間近に見ることも、触れることもできる。

「危なかった……先に果てるかと思ったぜ」

片手で額を押さえながら呟《つぶや》く獅堂を、日葵は見上げた。

「ダメなんですか?」

「そんな情けねえことできるかよ。女より先に自分がイくなんて」

と、彼は鼻息荒く宣《のたま》うが、日葵にしてみればあのまま絶頂を迎えられなかったとしても、じゅうぶん気持ちがよかった。けれどそれでは、男の沽券《こけん》に関わるらしい。

「で？　気持ちよかったのか？」

探るような視線を向けられて、日葵はおずおずと頷いた。

「気持ちよかったです。獅堂さんは？」

「よかったに決まってんだろ。なんてったって、お前は最高の女なんだから」

「へへ……ありがとうございます」

もう否定はしなかった。どこがどのように、と尋ねる勇気はないけれど、『最高』と言ってもらえただけで嬉しい。

ふと、獅堂の上に全身で乗っかっていることを思い出した。ふたりの身体は未《いま》だつながったまま。ぽっちゃりの自分が乗っていたら、きっと重いだろう。

身じろぎすると、獅堂がギュッと両手で抱きしめてくる。

「あ、あの、重くないですか？」

「全然。俺はもうしばらくこうしていたい。それより、さっきは痛くしてすまなかったな」

ちゅ、と髪にキスが落とされて、日葵は獅堂の胸に頬をこすりつけた。

「いいえ。私のほうこそ痛がってすみませんでした。面倒でしたよね？」

「面倒なもんか。ていうか、なんで謝るんだよ。お前はいちいち自分を悪く言いすぎるぞ」

獅堂はそう言って、日葵の髪をそっと撫でたり、キスの雨を降らせてくる。そのすべてが優しくて、日葵は複雑な気持ちになった。

（なにこれ……こんなの、ただの人たらしじゃん……）

視界に映る素肌には、いかにも凶悪そうな刺青がびっしりと描かれている。どんなに優しくされても、所詮はヤクザ。それなのに、こうしてお姫様みたいに扱われたら、それ以上を望んでしまうではないか。

彼に気づかれないよう、熱い胸の上でそっとため息をつく。


（あ、あれ……？）

いつの間にか眠ってしまっていたことに気づいたのは、外が白みかけた頃だった。頭の下には羽根枕が敷かれており、裸の身体にタオルケットが掛けられている。

「獅堂さん？」

仄かに明るくなってきた室内に彼の姿はない。隣を触ってみるが、ベッドはすっかり冷えている。

ベッドを下りた日葵は、タオルケットを巻きつけて廊下に出た。洗面所で服を着て出てくると、リビングのほうから唸《うな》り声のようなものが聞こえてくる。

「え……？」

恐るおそるドアを開けたところ、唸り声が一層大きく聞こえた。室内は暗い。足音を忍ばせて近づいたソファの下に獅堂がいた。

「獅堂さん⁉」

日葵は急いで駆け寄った。獅堂は素っ裸のままラグの上を転げまわりながら、喉元を両手で掻きむしっている。

苦しそうな表情だ。夢を見ているのか、病気で苦しんでいるのか、傍目《はため》にはわからない。

「獅堂さん！　獅堂さん⁉　どうしたんですか⁉」

ぺちぺちと腕を叩くと、獅堂は「わっ」と叫び声をあげて飛び起きた。そして深く息を吐き、両手で顔を覆う。

「わりぃ……起こしちまったか」

「いいえ。ひどい汗……嫌な夢でも見たんですか？　それとも、どこか具合でも？」

心配して覗き込んだが、項垂《うなだ》れた彼はただ首を横に振るだけ。全力疾走でもしていたかのように息が荒い。

「お水持ってきますね」

日葵は立ち上がってキッチンへ向かった。しかし、気を変えて脱衣所にタオルを取りに行き、それからキッチンでグラスに水を注いで戻ってきた。

グラスを手渡すと、獅堂はごくごくと喉を鳴らして一気に飲み干した。

「ありがとうな」

かすれ声でグラスをテーブルに置く獅堂の身体を拭きながら、日葵は彼の顔を覗き込んだ。

目が慣れてきたせいか、外が白んできたからか、さっきよりはっきりと周囲が見える。

薄明かりのなかに浮かぶ獅堂の顔は青白く、生気がまったく感じられない。じっとりと汗をかいているのに肌は冷え切っていて、少し震えてもいる。

けれど、ひとまずは大丈夫そうで小さくため息を零した。胸がまだドキドキしている。

ソファの上にタオルケットが残されているところを見ると、はじめはソファで寝ていたのだろう。

それが床に転げ落ちてまでうなされるなんて……

背中を拭き終わり、獅堂の正面に回ると喉元から少し血が出ていた。伸ばしかけた手を、パッと振り払われる。

「獅堂さん……？」

こわばった表情で闇を睨む彼を、日葵は戸惑いの目で見つめた。氷よりも冷たい三白眼と、まっすぐに引き結ばれた唇。人を寄せ付けない雰囲気に、はじめにアパートの階段下で見つけた時の彼を思い出す。

（さっきはあんなに優しくしてくれたのに……）

胸に一抹の淋《さび》しさを抱えつつ立ち上がる。するとその手がグッと引かれ、もう一度ラグに座る。

獅堂は虚空を見つめたまま口を開いた。

「時々あるんだ。起こしちゃ悪いと思ってソファで寝た。悪かったな」

「そんな、私はトイレに起きただけなので謝らなくても……時々って、ひどい夢を見てうなされるんですか？」

「ああ。ババァに殺される夢だ。上から圧し掛かられて、両手で首を絞められる」

ひゅっと息を吸い込んで、日葵は彼の顔を覗き込んだ。

「おばあさん？　獅堂さんのおばあさんですか？」

獅堂が苦そうに唾をのんで頷く。

「ガキの頃、実際に首を絞められたことがあったんだ。『ばぁばも死ぬから、一緒に死んで』って。そんなババアも今じゃ施設の中だし、殺される心配はもうねえ。だいいちボケちまってるからな」

「獅堂さん……」

最後はおどけた調子で話す獅堂を見ていたら、急に胸が苦しくなった。口元はほころんでいるものの、目が笑っていない。精一杯取り繕っているのだろう。

素肌を重ねはしたものの、獅堂のことで知っていることなんてほんのわずかだ。彼みたいに優しい男がヤクザになるには、それ相応の過去があったに違いない。

日葵は獅堂ににじり寄り、自分よりも大きな身体をそっと抱きしめた。そして、彼の頬に自分の頬をくっつけて背中をさする。

「大丈夫。大丈夫だから」

「日葵？」

戸惑ったような声が耳に響くが、涙で潤んだ目を見られるわけにはいかない。しばらくすると、彼は日葵を抱きしめ返してきた。

「昔の話だ。今は何も気にしちゃいねえよ」

「それはわかってます。でも、黙っていられなくて……ごめんなさい」

大抵の祖父母にとって、孫というものは目の中に入れても痛くない存在だという。

日葵の祖父母は離れた場所にいてその実感はなかったが、誕生日やクリスマスには必ずお祝いを送ってくれた。近くにいたとしても、首を絞められるなんて到底考えられなかっただろう。

外がだいぶ明るくなってきた頃、獅堂はようやく抱擁を解き、立ち上がった。

「シャワー浴びてくる。お前ももう寝ろ」

目も合わせずに言って踵を返す後ろ姿を、日葵はやるせない気持ちで見送った。

獅堂の過去について知りたいような、知りたくないような。尋ねたい気持ちはあっても、トラウマを引き起こすほどの過去に触れる勇気はなかった。


日葵が目を覚ましたのは、それから四時間後の午前九時過ぎのことだった。ベッドに起き上がって伸びをしたり、身体のあちこちをぐるぐると回す。なんとなく身体が怠《だる》いのは、エアコンをつけたまま寝ていたせいか、二度寝したからなのか。それとも……

――セックスしたから？

「うわぁ……」

昨夜の出来事を思い出して、焼石みたいになった頬を両手で包む。

明け方の騒動ですっかり忘れていたけれど、獅堂と身体を繋げたのだ。彼は出会って間もない日葵を、優しく、真綿で包み込むように抱いて……

好きでもない、好かれてもいない相手に処女を捧《ささ》げたことに、不思議と後悔はなかった。

だいぶ気遣ってくれたのか痛いのは最初だけだったし、避妊もしてくれた。処女は感じにくいと聞いていたけれど、ちゃんと気持ちよくもなれた。

獅堂くらいに優しい男ならば、必死に拒めば何もされなかっただろう。それでも抱かれたのは、日葵の意思だ。

（もしかして、はじめから惹《ひ》かれてた……？　いやいや、それはない！）

獅堂は確かにイケメンだが、だからといって、日葵は知り合ってすぐに好きになるほうではない。けれど、あんなふうに迫られたり、自己肯定感が爆上がりするような褒め方をされたら、勘違いしてしまうのは当然だろう。そのうえ、明け方の弱った姿を見せられたら、日葵みたいなお人好しはどうしたって彼の素性や過去が気になってしまう。

（やっぱり私って、チョロいんだなあ……）

ベッドから下りた日葵は、バスルームに向かった。明け方からつけ置きしておいたシーツを揉《も》み洗《あら》いし、洗濯機に放り込む。恥ずかしいから、獅堂が起きてくる前に洗ってしまおうと思ったのだ。

リビングのドアをそーっと開けると、彼はまだ寝ていた。ちゃんとソファの上でタオルケットに包まっている姿を見てホッとする。

朝食をこしらえつつ昨夜放置した食器を洗っていると、獅堂がむくりと起き上がった。

「あ？　なんだ、起きてたのか。早ぇな」

「おはようございます。もう十時ですよ。あ、シーツ洗ってベランダに干しておきました」

「ん」

獅堂はベランダにはためく白いシーツを一瞥《いちべつ》してから、リビングを出ていった。しばらくして裸の上半身にタオルだけ首にかけて戻ってきて、キッチンの向こう側に立つ。

「あー、そのなんだ。昨日の夜は情けねえとこ見せちまったな」

きまり悪そうに頭を掻く獅堂に、日葵は緩い笑みを向けた。

「全然。むしろ、ちょっと嬉しかったです。……あ、いえ。獅堂さんの人間的なところが見られて、って意味ですけど」

「お前な……まあいい。飯、作ってくれてんのか？」

獅堂がこちら側へ回り込んできて、すぐ隣から手元を覗き込んでくる。冷蔵庫の残りもので味噌汁と、浅漬けの素で白菜の漬物ができた。今は、昨夜の残りご飯で焼きおにぎりを焼いている最中だ。

「一宿一飯の恩義ってやつですよ」

「あ？」

獅堂の眉がギュッと寄ったが、もう怖くもなんともない。てっきり怒られるのかと思っていたのに、彼は後ろから日葵を強く抱きしめてきた。

「そんなこと言うんじゃねえよ。ずっとここにいろ。……放すわけねえだろ」

「え……ちょ――んんッ」

頬を掴まれて唇を押し付けられた。

「し、しど――」

「喋んな」

ミントの香りがする唇が、日葵の唇を激しく貪った。彼は首を左右にくねらせて唇を合わせ、親指でこじ開けた歯のあいだから舌をねじ込んでくる。肉厚のあたたかな舌が、口内のあらゆるところを強くこすった。頬の内側、歯の裏側、舌の裏側までも。上顎をちろちろとくすぐられたら、脚のあわいに急に熱が集まってきた。

「んふッ」

腰をグッと抱き寄せられて、一瞬呼吸が乱れる。

(獅堂さん、当たってる！　当たってます……‼)

昨夜見た、猛々《たけだけ》しくそそり立つ雄の象徴が、まざまざと脳裏に浮かんだ。

彼の逞しい分身は、まだ誰にも分け入られていない日葵の身体を容赦なくえぐり、激しく貫いた。あの時の感覚が思い起こされただけで、脚のあいだがとくりと震える。初体験から半日も経《た》っていないのに、なんてふしだらな。

淫らな想像と、頭をもとろかす濃厚なキスに、身体から力が抜けていく。くちゅくちゅと念入りに舌を吸われるうちに、すっかり腰が砕けてしまった。

ちゅぷ、と音を立てて唇が離れたが、自力で立つことができない。

「んは、ぁ……ん」

「ベッドに行くか？」

日葵の状況を見透かしたように、とろりとした目が見下ろしてくる。ハッとしてた日葵は、いつの間にかすがっていた極彩色の腕を放し、くるりと背を向けた。

「そ、そんな、朝からダメですよ。もうご飯できちゃいましたし」

「それもそうだな。さっきからうまそうな匂いがしてる」

ふたりして出来上がった食事をテーブルに運び、食べ始めた。

「うん、うまい」

日葵が作った食事を、獅堂がおいしそうに頬張っている。日葵も味噌汁を啜り、焼きおにぎりに手を付けた。グリルで焼いたため、表面がカリッとして香ばしい。味付けは醤油《しょうゆ》と少しのみりんだ。

「ん～、おいしい！」

明け方に一度目を覚ましたせいか、しっかりとお腹が空いている。普段は朝食も甘いものに頼りがちだが、誰かと食べる食事はおいしいものだ。

「ちゃんと料理できるんじゃねえか」

「家族の世話をしていましたから。今度はもっとちゃんとしたものを作りますね」

ちら、と見ると獅堂もこちらを見ていて目が合った。

「母親はどうした？」

「母は私が小さい時に出ていったので、私がほとんどの家事をやっていました」

獅堂の顔つきが急に険しくなり、ドキッとした。何か、彼の怒りに触れるようなことでも言っただろうか。

「母親ってのはとんでもねえ女だったのか？」

「ものごころついた時にはもういなかったので、どんな人だったのか私も知らないんです。子供心に、父にもあまり母のことを尋ねちゃいけない気がして……その父も数年前に亡くなりましたし」

味噌汁を啜っていた獅堂が、お椀を置いて日葵を見つめた。

「じゃあ弟の学費はお前が？」

「学費は父の生命保険で賄《まかな》えたんですけど、地方なので仕送りは私が。きょうだいふたりになっちゃったし、あの子には寂しい思いをさせたくなくて……といっても、私だけが寂しいんですけどね」

ふふ、と笑ってみせると、獅堂が頷きつつ白菜の浅漬けを口に放り込んだ。

「お前もいろんなもん背負ってんだな」

「あなたほどじゃありませんよ。……たぶん」

「知ったふうな口利きやがって」

そう言って次々に浅漬けを摘まむ獅堂を前に、日葵は居住まいを正した。

「私で役に立てるかわかりませんけど、何か辛いこととかあったら聞きますから。……ほら、私、会社で癒し系って呼ばれてるんですよ！　この体型のせいかもしれませんけど」

おどけて両手を広げると、鋭い目がいったん胸に注がれ、その後日葵を睨みつけた。

「俺に同情してんじゃねえだろうな。そんなのごめんだぞ」

「それはありませんよ。今だって、本当はここから逃げ出したくて堪らないんですから」

獅堂の目が一瞬カッと見開かれる。そして勢いよく立ち上がり、すぐ隣に座った。

「行くなよ」

「は、はい？」

日葵の手を握り、真剣な目つきで見つめる獅堂に、ドキドキと胸が逸る。半分冗談のつもりで言ったのに、彼は慌てているようだ。

ギュッと抱きしめられ、右手から箸が落ちた。

「ずっとここにいろよ。約束したじゃねえか」

耳元で囁かれる言葉に、ドキドキと胸が高鳴った。彼の声には、冗談とは思えないほど熱が籠っている。

（獅堂さん……どうしちゃったの？）

押し付けられた熱い胸が、日葵に負けないくらいにドクドクと拍動している。

そういえば、一方的ではあったけれど『俺の女になれ』と言われたのだった。まさか、本気だった……？

「し、獅堂さん、ご飯食べましょうよ。冷めちゃいますから」

戸惑うあまり、敢《あ》えて話題を反らした。こういうシチュエーションには慣れていないし、ヤクザの女になることには、そう簡単に踏ん切りがつかない。

「いなくならないと約束したらな」

「わ、わかりました。とりあえずしばらくはここにいますから放してください。それで、あとでアパートに荷物を取りに行きたいんですけど」

日葵の言うことに安心したのか、彼はやっと抱擁を解いた。

「そういうことならな。なんならアパートはもう解約したっていいんだぞ。ここを自分の家だと思って暮らせばいい」

満面の笑みを浮かべて、獅堂が日葵の頭をワシワシと撫でる。普段の強面から一転、人懐こい魅力的な笑顔にドキッとする。

（もう、こういうところがさぁ……うう、チョロい自分が心から憎い……）

隣から動く気配のない獅堂に見守られながら、日葵は残りの朝食を掻っ込んだ。

第二章　ヤクザの本分

都心から車で二十分ほど離れた繁華街に、獅堂が所属する壱佑会の事務所はある。

いわゆる雑居ビルで、一階がラーメン店、二階がブランド品の買取り店、三階が貸金業の事務所で、四階が組事務所だ。最上階である五階にはキッチンとシャワールームがあり、部屋住みの組員が寝泊まりする場所になっている。

週明けの月曜、壱佑会の事務所では、強面の男ばかりが雁首《がんくび》を揃えて睨みあっていた。

応接ソファの上座《かみざ》に座るのは、組のナンバーツーである若頭の獅堂。下座《しもざ》にいるふたりは、乙原組の若頭の近藤《こんどう》と、特攻隊長の男だ。金曜の夜、獅堂を襲ったのが乙原組の若衆で、呼び出しに応じてやってきたのだった。

乙原組も、もとは壱佑会と同じ関東道現会の傘下組織だった。しかし、数年前に袂《たもと》を分かって以来、どこのグループにも属さない一本独鈷《いっぽんどっこ》として勢力を広げつつある。最近では、水面下でほかの組織から組員を引き抜こうと動いているらしいのだ。

しかし、これにはさすがの本部も黙っていなかった。傘下組織きっての武闘派である壱佑会に白羽の矢が立ったのが二年前。それからというもの、壱佑会と乙原組のあいだでは、バチバチの小競り合いが続いている。

こわばった顔つきの乙原組の男たちの前で、獅堂は脚を組み、悠然と煙草をふかしていた。頭の上には煙の雲ができている。獅堂がソファに座ってから、もう五分ほどが経過していた。

「獅堂さん、この度はうちの若いモンがすまねぇ」

乙原組の近藤がにこりともせずに言う。五十過ぎと思われる彼はひょろりと背が高く、白髪まじりの長い髪を後ろで結んでいる。骨っぽい顔に口ばかりが大きく、トカゲみたいな顔だ。

もう何度も同じセリフを聞いたが、敵もなかなか気が長い。

「そうやってちゃんと謝りに来たのは評価するよ。けどな」

スッと手を伸ばした獅堂は、テーブルについていた近藤の手の甲に、煙草の火を押し付けた。

「ぐぁっ」

「ああ、わりぃ。あんまり色白なんで灰皿かと思ったぜ」

「わりゃあ、何しとんなら！」

獅堂に飛び掛かろうとする特攻隊長を近藤が押さえつけた。獅堂はソファに泰然と背を預けて、にやりとする。

「よお、乙原組の。謝りにくるときは手土産のひとつでも持ってくるのが筋なんじゃねえか？　そんなこと今日日《きょうび》ガキだってわかるぜ」

「菓子折り持ってきたでしょう。箱の底を見てくださいや」

先ほどテーブルの脇に置かれた包みを、獅堂が一瞥する。

「てめえで開けろ。何が入ってるか信用ならねえ」

近藤は唇を歪めて、紙袋から取り出した包みをテーブルに上げた。風呂敷の結びを解くと中から高級和菓子店の箱が現れる。箱の中身は羊羹《ようかん》で、それをどけると厚みのある茶封筒が入っていた。

「数えろ」

「へい」

獅堂の命に応じて、後ろに控えていた壱佑会の若衆が紙幣カウンターを持ってきた。

バララ……と音を立てて万券がカウントされる。厚みからして大した額ではないとわかってはいるが、咎《とが》めるのは今ではない。

「ぴったり一〇〇万ッス」

紙幣を封筒に戻す若衆の声に、獅堂は反応しなかった。

まっすぐに見据えるのは近藤の顔だ。向こうも負けじと、吊り上《つあ》がった重たいひと重瞼の目で睨みつけてくる。互いに譲らぬまま膠着《こうちゃく》状態が続いた。

獅堂が差し出した右手に封筒が置かれた。それを羊羹の箱の上に放り投げる。

「持って帰れ」

「あ?」

近藤の顔つきが変わった。このタイミングを待っていたのだ。

獅堂は勢いよく立ち上がり、ドン！　とテーブルに足をのせた。

「ガキの遣いじゃねえんだぞ、オラァ！」

周りに立つ若衆たちはびくりとしたが、向かいの席のふたりは仁王像みたいな渋面を作っているだけで微動だにしない。さすが一本独鈷の組織は気合が違う。

獅堂はテーブルにのせたほうの膝に片肘をつき、自分の額を指差して近藤を睨《にら》み据《す》える。

「近藤さんよ、こっちは未だに病院通いしてんだ。今すぐに同じ目に遭わせてやろうか？　おお？」

近藤が深く息を吸い、特攻隊長が握った拳を震わせるのが見えた。病院通いをしているというのは嘘だし、額に当てたガーゼの下は小さな傷が残っているくらいだ。もう大丈夫だと言っているのに、日葵が毎日ガーゼを交換してくれる。

獅堂は脚をテーブルから下ろし、ポケットに両手を突っ込んでふたりを睥睨《へいげい》した。

「まあ、そうは言ってもできるだけ手荒な真似《まね》はしたくねえ。ここはお互いスジモンらしく解決しましょうや」

そう言って、近藤の顔の前で手のひらをパッと開く。近藤がほとんど毛のない眉を顰めた。

「なんですかいそれは」

「五本だ。それで手を打とうじゃねえか」

「あ？　てめえのかすり傷に五〇〇万の価値もねえだろが」

獅堂がグッと眉根を寄せた。

「坂本《さかもと》ォ！」

「へい！」

名前を呼ばれた若衆が、事務所の奥から風呂敷包みを抱えて飛んできた。

テーブルの上に置かれた包みの中から出てきたものに、乙原組のふたりがギョッとする。近藤の目の前には、まな板とノミ、新品の晒《さらし》、輪ゴムが置かれている。

「じゃあ代わりにエンコ五本で許してやるよ。手ェ出しな」

獅堂が言うが早いか、若衆たちは素早い動きでふた手にわかれ、近藤と特攻隊長を取り押さえた。数人がかりで押さえつけた近藤の左手の指に、輪ゴムをかけようとする。

「ま、待て！　やめろ！　やめてくれ!!」

身なりのいいスーツ姿の男がジタバタする様子がおもしろい。獅堂は新たにつけた煙草の煙をくゆらせながらにやりとした。

「あーあ、みっともねえな。おたくらのオヤジさんが見たら泣くぞ」

「わかった、わかったから！　せめて三本にしてくれ！　それならなんとかできる！」

「三本ね。エンコのほうか？　それとも金か？」

「金に決まってんだろ！　このアホンダラ！」

獅堂はクックッと笑った。必死の形相で懇願するヤクザを見ているのはおもしろいが、あまり虐《いじ》めても話が長くなる一方だろう。このあとは予定が詰まっているのだ。

「よし、それで手を打とう。放してやれ」

獅堂の鶴の一声で乙原組のふたりは解放された。

さらなる話し合いの末、先ほどの一〇〇万はこのまま置いていき、残り二〇〇万を近々用立てて連絡をもらうということで話がついた。

「チッ、ケツの穴のちいせえ野郎だ」

ふたりが帰ったそばから、獅堂は咥え煙草で封筒に入った金を確認しつつ悪態をつく。どうせこの金だって、末端の組員が違法に得た金から吸い上げた上納金だ。関東道現会では薬物の売買や特殊詐欺を固く禁じているが、どこの傘下にも属さない乙原組は何でもアリだと聞く。

「でも、やったっすね！　三〇〇万！」

へへ、と先ほど風呂敷包みを持ってきた若い男がニヤニヤしながら立っている。いつまでも彼らが獅堂の周りから離れないのは、おこぼれをもらおうと期待しているのだ。

「バーカ。それで『はい、ごめんなさい』って持ってくると思うか？」

「持ってこなかったらどうするんスか？」

「攫《さら》ってでも、事務所にダンプで突っ込んででも払わせせんだよ。ほら、これはお前らで分けろ」

バサッと音を立ててテーブルを滑る封筒に、若衆たちが群がった。

「カシラ、ありがとうございます！」

嬉々《きき》とした野太い声が事務所に響き渡る。

今この場にいる六人の面々には比較的若い者が多いが、半分ほどは獅堂よりも年上だ。中には家族を養っている者もおり、昨今の当局の締め付けがさぞ骨身にしみていることだろう。

極道の世界では、頭がキレて気が回り、かつ仕事ができる——つまり、金を多く納めた者だけがのし上がれる。

シノギは自分で見つけるしかない。うまく立ち回れない者はいつまでたってもうだつが上がらないし、電話番だけしているような高齢のヤクザもいる。

獅堂がこの世界に足を踏み入れたのは、まだ十七歳の時だった。

どこの誰ともわからない男とのあいだに獅堂を産んだ母親は、ギャンブルに溺れ、借金をこしらえたままどこかへ消えた。獅堂が小学生の頃の話だ。幸いにも同居していた祖父母に育ててもらえたものの、祖父は酒乱で昼間から酒を食らっては幼い孫と祖母に手をあげた。

当然母を恨んだし、会ったことのない父親に思いを馳《は》せたこともある。

しかしどうにもならなかった。祖母は祖父が怖くて言いなりだったし、子供はもっと無力だ。借金取りが家に来た日は、祖父は必ず怒って暴れた。

獅堂が反撃を始めたのは、祖父よりも身体が大きくなった中学一年生の頃だった。

反抗期も相まって荒れに荒れた。祖父母に対し、暴言や殴る蹴るは当たり前、祖母の財布から金を持ち出して、その金が尽きるまで家に帰らなかったこともある。

そして、ついにその日が訪れた。

中学二年生の時。学校から帰った獅堂が、ヤニだらけの玄関のドアを開けた。

『ババァ、飯』

暗いダイニングにへたり込んだ祖母が振り返る。

祖母の顔には、ついさっき殴られたような痣《あざ》が複数の箇所にできていた。その頃には、獅堂に手を出せなくなった代わりに、祖父の祖母に対する当たりがますます強くなっていたのだ。

また殴られたのか――その時はそのくらいにしか思わなかった。しかし背を向けた瞬間、後ろから思い切り首を絞められた。

『や、やめ……放せ』

バタバタと暴れ回るものの、意外にも祖母の力が強く、首を絞められているせいで力が入らない。獅堂は祖母もろとも後ろに倒れた。すぐに獅堂の上に馬乗りになった祖母が、また両手で首を絞めてくる。

『ばぁばも死ぬから、一緒に死んで』

ぐちゃぐちゃに歪んだ祖母の目から、紫色に腫れあがった瞼から、ぽろぽろと涙が零れた。次第に遠のいていく意識のなか、祖母が零した生ぬるい涙がぱたぱたと頬を叩く。

『もう終わりにしよう。ね、カイ君』

苦しくて、苦しくて、いくら息を吸っても肺の中が満たされない。

はくはくと喘ぎながらも、獅堂は渾身《こんしん》の力を振り絞って祖母の腹を蹴り上げた。祖母は呻《うめ》いてその場にうずくまり、獅堂は失禁しながらも命を繋いだのだ。

それからは、祖父母に頼らずできるだけ自分の力で生きていくことにした。あまり家に帰らなくなった代わりに悪事を重ね、警察の厄介になることも増えた。そのおかげか家はますます荒れ、祖父の祖母に対する暴力がさらにひどくなったことを後から知った。

借金取りに目をつけられたのはその頃のことだ。はじめは『金を返せ』の一点張りだった男たちが、獅堂の素行の悪さに目をつけ、距離を詰めてきたのだ。

悪い仲間たち数人でファミレスに連れていかれ、たらふく食べさせられる。それも何度も。トラブルが起これば駆けつけてくれるし、たまり場も提供してくれる。

もともと家に居場所がなかったため、すぐに組の事務所に顔を出すまでになった。事務所に行けば小遣いをもらえる。ゲームを買ってもらえたり、悪いことをすると褒めてもらえる。そんなこと、今までに一度だってなかった。

浮き草みたいな生活を続けるうち、獅堂は高校生になっていた。面倒を見てくれているヤクザが『高校だけは出ておいた方がいい』と言うからだ。

名前を書けば入れるような不良校だったが、進級はできずに一年を繰り返した。そして、十七歳を迎えた夏に、事件は起きた。

その日は終業式で、家に荷物を置いたのち、たまり場になっているマンションへ行く予定だった。昼前からの激しい雷雨で、制服はびしょ濡れだった。雨が降っているのにまとわりつくような暑さで、制服の中を流れる雫が汗なのか雨なのかわからず、シャツがべったり張り付いて不快だったのを覚えている。

ドアを開け、靴を適当に脱いで濡れたまま玄関に入った。すると、いつもダイニングにいるはずの祖母がいない。２ＤＫのアパートは狭く、自分の部屋を持っているのは祖父と獅堂だけだった。

『ババァ、どこ行った？』

びしょ濡れの制服を床に放って、きょろきょろと見回す。いつもは閉めっきりの祖父の部屋のドアが少し開いていて、隙間から中が見えた。

『何やって――』

呆然《ぼうぜん》と座っている祖母の小さな身体の向こうに、祖父が横たわっていた。畳の上には指でひっかいたような赤い跡が無数にある。それで何があったのか理解した。

しかし、変わり果てた姿となった祖父を見ても、なんの感情もわかなかった。ああ、これで終わる。祖母は、自分で自分を解放したのだ。それだけだった。

『俺がやりました』

祖父が死んだと通報した時、獅堂は警察にそう言った。それまでの素行の悪さからか、たいした取り調べもなく逮捕された。

祖母の身代わりとなったのは、気まぐれだったのかもしれないし、少しだけ良心が残っていたのかもしれない。

いずれにしても、血まみれの包丁を手にうなだれている祖母の背中が、極端に小さく見えたのは確かだ。


「カシラ、大丈夫ですか？」

若頭補佐の桜木《さくらぎ》に顔を覗き込まれて、獅堂はハッと我に返った。耳の奥で鼓動がドクドクと騒がしい。額に浮かんだ嫌な汗を手の甲で拭った。

「なんでもねえ。奴らの事務所にカチコミするのを想像して興奮しただけだ」

「さすが気合が入ってますね」

ひと回りも年上の男に向かって、こわばった頬を無理やり緩める。

「こうなったら一歩も引けねえのがヤクザだからな。――おい、てめえらも芋引《いもひ》いてんじゃねえぞ」

「かっけぇ……カシラ、一生ついていきます！」

目を輝かせる若手たちに不敵な笑みを返しつつ、獅堂は裏口から非常階段に出た。座って懐から煙草を取り出したが、それを咥えた唇も、ライターを持つ手も震えている。

精一杯虚勢を張ったものの、スーツの下は滝の汗だった。首を絞められた時の鬼気迫る祖母の顔と、頬を叩く涙の感触が未だに忘れられない。祖父の遺体を前に、枯木みたいに微動だにせず座っていた祖母の後ろ姿も。

「あー……会いてえなあ」

ふーっと天に向かって煙を吐き出しつつ、獅堂はひとりごちた。

はじめて日葵を抱いた晩、彼女は悪夢にうなされていた獅堂を抱きしめ、慰めてくれた。

あの時、包み込むようなふくよかな身体に、これまではひとりで耐え忍ぶしかなかった苦痛を吸い取ってもらえた気がしたのだ。だから、誰にも話したことがない過去を打ち明けた。

日葵のすべすべした肌とむっちりした肉感的な身体つきが、両手にしみ込んでいる。昨夜もこの手に抱いたはずだが、未だ飽き足らず、身体は常に乾き、彼女を求めているようだ。

日葵を抱いていると、これまでの人生で味わった痛みや悲しみが、溶けてなくなる気さえした。癒し、というのだろうか。救済を求める信徒が聖母に抱く気持ちに似ているかもしれない。

金曜の夜、向かい合ってゆっくりと愛撫した時の様子を思い出し、獅堂はフッと笑った。

あんなに前戯に時間をかけたのははじめてだった。なんとなく、大切にしないといけない気がしたからだ。

柔らかな彼女の肉体を、四六時中腕の中に収めていたかった。それだけ獅堂にとって、日葵は久々の大ヒットだったのだ。いや、はじめての、と言ってもいい。

煙草を叩いて灰を落とし、道路に落ちたゴミをつつくカラスを眺める。

日葵に出会ったあの夜は、関東道現会の暑気払《しょきばら》いの日だった。二次会、三次会と壱佑会の会長に誘われるままにのんで、ひとりになったところで襲われた。
五、六人はいただろうか。奴らも殺す気まではなかったのか拳銃や刃物は持っておらず、木刀や単管《たんかん》パイプでしこたま殴られた。
並みの男なら骨折のひとつやふたつでは済まされなかったはずだが、昔から身体だけは強いほうだ。かすり傷程度で済んだものの、頭を殴られたせいで脳震盪《のうしんとう》を起こしたらしく、フラフラのていで近くのアパートの陰に身を潜めた。それを見つけたのが日葵だった、というわけだ。

「普通、見ず知らずの男を家に上げるかね」

思い出した途端に、ふ、と笑いが洩れてしまう。

どんなにお人好しでも、他人を助ける前にまず自分の身の安全を確保するものだろう。部屋に上げてもらおうと演技しているかもしれないし、手負いの状態でも襲われる可能性がある。

「危なっかしいんだよ。バーカ」

ニヤニヤしながら立ち上がり、煙草を靴の先でにじった。

実際に、翌朝日葵の部屋で目を覚ました時は、完全にヤる気だった。まだ夜が明けきらぬ時間だったため、ひとまず血と汚れを流すためにシャワーを浴びた。

獅堂はヤクザだが、他人から受けた恩は忘れない。危険を顧みずに、見ず知らずの男を部屋に上げたり、夜遅かったにもかかわらず傷の手当をしてくれたことには感謝していた。

だから寝ているところを起こさなかったし、シャワーを借りたついでにバスルームも軽く洗った。

その後キッチンに戻ると脱いだものの位置が変わっていて、彼女が起きていることがわかった。

懐に忍ばせていた拳銃は床に落ちていた。

部屋の入り口に姿を現した獅堂を見て、部屋の主は今にも卒倒しそうなほど怯《おび》えていた。

身体を覆いつくす刺青。しかも全裸。スーツを着ていると大抵はヤクザとわからないから、騙されたのだろう。

怯える彼女に無理やりキスをした時には、図らずもきゅんとしてしまった。

必死に引き結んでいる様子の唇。震える舌。ヘタクソな息遣い。あまりのぎこちなさに、『処女なんだな』——そう思った。

さすがにかわいそうになったところで、彼女の腹が豪快に鳴った。そのせいですっかりヤる気も失《う》せ、気づいたら食事を作り始めていたのだった。

(俺は何をしてるんだ?)

料理の最中にふと我に返ったものの、部屋の主が期待に目を輝かせて見ている。その顔を見たら、『まあいいか』と思えた。生まれてこの方、こんな目で見られたことなど一度もなく、ちょっと、いや、かなり心が浮き立った。

獅堂が事務所に戻ると、若衆たちがあくせくと掃除をしていた。今日は午後から会長が顔を出す予定だが、乙原組が来たせいで時間が押しているのだ。

会長はほとんどここにいることはなく、自宅でのんびりと半隠居生活を送っている。顔を出すのは定例会や正月の顔合わせ、暑気払いと忘年会だけ。だから毎度組を挙げての大騒ぎになる。

「隅々まで磨けよ。たまに来るオヤジにいい気分で帰ってもらうためにな」

「へい！」

一斉に飛んできた声に、獅堂は頷いた。普段この事務所は獅堂と桜木で取り仕切っているが、あくまで親は親。

獅堂はナンバーツーで、会長の立場は絶対に揺るがない。

獅堂は椅子を引っ張ってきて、天井近くにずらりと並んだ歴代会長の写真の中から、現会長の写真が入った額を下ろした。その様子を見ていた若衆が飛んできて、雑巾ではなく、固く絞った真新しいタオルを置いていく。

掃除は下の者たちがおこなうが、この役目だけは絶対に譲れない。写真の入った額を丁寧に拭き、さらにかわいたタオルで水気を拭きとる。

獅堂が少年院に入っているあいだ、祖母は一度も面会に来なかった。というのも、精神を病んでその後認知症を発症していたからだ。

少年院を出る際、迎えに来たのが壱佑会の会長である権田《ごんだ》だった。知らせは何もなかったし、どこから退院の情報を得たのかもわからない。

祖母は権田の計らいですでに施設に入っており、アパートは引き払われていた。帰る場所すらない獅堂を、権田は部屋住みとして組に迎えてくれた。

はじめは年上の組員たちから小遣いをもらっていたが、その後不動産部門を任されてからはどんどん出世した。

たまたま金稼ぎがうまかったのだ。気づけば先輩たちを追い越して、組のナンバーツーになっていた。

（あの時拾われていなかったら、俺は今頃生きていない）

獅堂にとって、権田は父親みたいな存在だ。顔も見たことのない生物学上の父親よりも、酒癖が悪く暴力ばかり振るっていた祖父よりも。ヤクザにとって家族より大切なのが組長だが、彼のためなら命を捨てても惜しくなかった。

権田がやってきたのは午後もだいぶ遅くなってからのことだった。三十分ほどの滞在時間のなかで、若手たちを相好《そうごう》を崩して褒めちぎり、獅堂の怪我を心配して、最後に小遣いを渡して帰っていった。

「すっかり遅くなっちまった」

権田の車を見送って戻ってきた時には、時刻は二十時を回っていた。日葵が仕事を終えるまでに会社の近くに行っていないと、勝手にアパートへ帰ってしまうかもしれない。

咥え煙草でスーツの上着を羽織ると、普段運転手を任せることが多い若衆が声を掛けてきた。

「カシラ、お嬢のお迎えなら車出しましょうか？」

「いや、今日は自分の車だ。朝も会社まで送ってきたからな」

「ってことは、お嬢はカシラのマンションに泊まったんですね。いいなあ」

獅堂は小柄な若衆を睨みつけて煙を吐き出した。

「何が言いてぇんだ？」

「いやぁ、俺も早くイロが欲しいと思ってんですけど、なかなか……お嬢、いいですよね。こう、むっちりしてて」

「おい」

獅堂は若衆の胸倉を掴み、グッと顔を近づけた。つい今しがたまでニヤニヤしていた若衆の顔は一瞬にしてこわばり、頬がぶるぶると震えている。

恐怖に怯える若衆を、獅堂は射殺すつもりで見下ろした。

「俺の女をそんな目で見るんじゃねえ。今度そういうこと言ったらただじゃおかねえぞ」

「ひいっ！　す、すす、すみません……！　褒めたつもりだったんですが」

獅堂がパッと手を離すと、若衆はよろよろと後ろに歩き、しりもちをついた。

「男は自分が惚《ほ》れた女のことだけ褒めてりゃいいんだよ」

それだけ言うと、ソファに掛けてあったスーツの上着を掴み、肩に引っ掛けて非常口へ向かう。

ドアを開けて踊り場へ出ると、昼間からの熱気がムワッと頬を撫でた。急に自分が汗臭い気がして、腕を上げてスンスンと鼻を鳴らす。

「よし、問題ない」

気を取り直して、靴音を鳴らしつつ非常階段を下りる。見慣れたどぎついネオンを視界の端に捉えながら、獅堂は先ほど切った啖呵《たんか》を頭の中で繰り返していた。

『男は自分が惚れた女のことだけ褒めてりゃいいんだよ』

そういえば、日葵といる時は彼女を褒めっぱなしだ。

(ということは、俺は日葵に惚れてるのか？)

少し考えてから、引き結んでいた唇をにんまりと緩めた。

「そうかもしれねえな」

あまり惚れっぽいほうではない自分が、ひと目惚《めぼ》れとは珍しい。厳密には見た目だけでなく、バカみたいにお人好しなところや、放っておけないような危なっかしさ、天真爛漫《てんしんらんまん》なところなど、いろいろなところに惹かれているのだが……

さて、今日は何を食べさせようか。日葵が好きそうなものを頭に浮かべながら、獅堂は立体駐車場へと急いだ。

＊

「は——っ、終わった〜〜!!」

「終わったね〜！」

うーん、と伸びをした千夏と声が重なり、日葵は千夏と一緒になって笑った。

今日も今日とて残業である。月曜だろうが、雨が降ろうが槍が降ろうが仕事は待ってくれない。人を増やしてほしい、もしくは新しい受発注システムを導入してほしいと常々部長に懇願しているのだが、のらりくらりとかわされている。部長いわく、予算が厳しいのだそうだ。

「いつも悪いね。俺たちがもっと稼げばいいんだけど」

近くにやってきた木崎が申し訳なさそうに頭を掻く。営業事務に人が入れられないのは、自分たちの稼ぎが少ないせいだと彼は思っているのだ。

「木崎さんは頑張ってくださってますよ。今月だって、新規案件をいくつも決めたじゃないですか」

日葵の励ましに、隣で千夏がうんうんと頷く。

「そうだよ。あのグラフが物語ってるじゃない」

千夏が指差す先には、壁に貼りだされた業績グラフがある。一年の内、大抵は木崎がトップを飾っている。さすがにほかの営業がいる前では千夏もこんなことを言わないが、今はこの三人のほかには課長しかいない。

「なんか今日、ふたりとも優しいね。もしかして、奢《おご》られ待ち？」

冗談めかす木崎がおもしろい。

「ざんねーん！　私、旦那が待ってるので」

「私もちょっと予定が――」

おずおずと千夏に続いた瞬間、ふたりの顔がバッと同時にこちらを向く。

「予定？　あれあれ？　ひまちゃん、今夜は何か予定があるのね？」

千夏にからかわれた途端、ポッと頬に熱が差した。

「あ、えと……ちょっと、その……じゃ、私帰りますね！」

「あっ、逃げた！」

荷物を手に、そそくさと駆け出す日葵の背中に、千夏の声が響く。

恋の話は苦手だ。かといって、嘘をつくのはもっと苦手。これまでの人生、他人の恋愛話を聞くことはあっても、自分が話の中心になるなんて一度もなかった。

〈今、会社を出ます〉

休憩室に入ると、急いで獅堂にメッセージを送った。今朝車で送ってもらった際に、帰りは迎えに行くから連絡するように、と言われていたのだ。

しかし、化粧直しをしているあいだに千夏がやってきてしまった。

「あ、まだいた。よかった～」

「えっ。何かありました？」

リップを直しながら、ドキドキして尋ねる。

「ううん。ちょっと話したかっただけ」

嫌な予感がする。今日の昼間だって、『なんかいつもと違くない？』と言われたのだ。

服装はいつもと同じ。化粧だって特別濃くしたわけでもないのに、いったい何が違って見えるのだろう。

「ひまちゃんさ、もしかして、彼氏できた？」

「かっ、彼氏!?　……ないない！　できるわけないじゃないですか」

ぶんぶんと顔の前で手を振るが、やはり顔が熱くなってしまう。ロッカーの鏡に映る自分の顔は真っ赤だ。

ごまかそうとして前髪を直すふりをする。

そんな日葵の気持ちをよそに、千夏が顔を覗き込んでくる。

「あのさ、例のヤクザの人と繋がってないよね？」

「それは――」

日葵は黙って俯いた。しんと静まり返った休憩室では、古いエアコンの音だけがゴーゴーと響いている。

「ひまちゃん」

急に両肩を掴まれて、日葵はビクッとした。本来は困ったような形の彼女の眉の両端が、吊り上がっている。

「もしまだ繋がってるんだとしたら、よく考えて。もう連絡は取っちゃダメ。アパートから引っ越して、携帯の番号を変える。警察にも通報する。ヤクザを相手にするって、そういうことだよ？」

「千夏さん……」

彼女とはプライベートでも遊んだりするほどの仲だが、こんな神妙な顔は見たことがない。今にも泣き出しそうな目を見ているのが辛くて、つい睫毛を伏せる。

鼓動が耳の奥で、ドクドクと嫌な音を立てていた。

獅堂は優しい。たぶん、これからも優しくしてくれる気がする。それでもダメなのだろうか。

永遠と思われる時が流れたのち、日葵はやっと口を開いた。

「千夏さんの言う通りだと思います……でも、安心してください。付き合ってるわけじゃありませんし、あれ以来会ってませんから」

嘘をつく時、チクリと胸に痛みが走った。こんなにも親身になってくれている大好きな先輩を裏切ろうとしている。

千夏は納得したとまではいかないまでも、こわばっていた頬を緩めた。

「わかった。じゃあもう何も言わない。でも、困ったことがあったら絶対に相談して。ね？」

「はい。ありがとうございます」

それから一緒にエレベーターを降り、駅へ向かう途中の道で別れた。彼女とは地下鉄の路線が違うのだ。

千夏と別れた直後に駆けだして、次の交差点を曲がり駅とは反対方向へ向かう。今朝約束した通り、獅堂の黒いＳＵＶがコインパーキングに停まっていた。

「獅堂さん！」

「よう。お疲れ」

車の外で煙草を吸っていた獅堂が、日葵の姿を見つけるなりにやりとした。

「すみません、お待たせしちゃって……！　――わっ」

走って近づいたところ、いきなり強く抱きしめられた。

押し付けられたぶ厚い胸から、いつものコロンと煙草のにおいがする。不意にときめいてしまい、大きな背中を抱きしめ返した。

「誰にも渡したくねえなぁ」

（はいっ？）

耳元で響いた低い呟きに、ドキンと鼓動が鳴る。

今のはどういう意味だろう。……いや、日葵とはまったく関係ないことを言っているのかもしれないし、聞き違いかもしれない。今まで期待してよかったことなど一度もなかったから、淡い喜びに蓋をする。

（えーと、えーと、何か他に話題を……）

「あ、あの、いつからここで待ってました？」

「いや、俺も来たばかりだ。ところでお前、今日も残業か？　少し働きすぎなんじゃねえの？」

「それはそうなんですけど、仕事が終わらないんだから仕方ないじゃないですか」

大きな手が、日葵の頭をくしゃりと撫でる。

「残業してるのはお前だけか？」

「ほかにもいますけど、私は大抵いますね。何せ社畜なので！」

ふんふんと鼻息荒く言っているあたり、心の底から社畜だ。

「ま、いいけどよ。身体に気をつけてほどほどにな」

抱擁を解いた獅堂は、きょろきょろと辺りを見回しながら日葵を車に押し込んだ。

「どうしたんですか？　もしかして、また狙われてるとか？」

後ろを回って運転席に乗り込んできた獅堂に尋ねる。

「抗争中だからこればっかりは仕方ねえよ。少なくともお前だけは危険な目に遭わせたくない」

「えっ!?　私も狙われるんですか？」

「俺の巻き添えで、ってこともあるだろう」

「ええ……」

不安な気持ちでシートベルトを締める日葵の頭に、ポンと手がのせられる。獅堂の顔に優しい笑みが浮かんだ。

「大丈夫だ。俺が絶対に守るから」

エンジンが低い唸りをあげ、車はネオン輝く夜の街に滑り出した。表通りはこの時間でも割合に混んでいる。

歩道を見ると、ちょうど木崎がスマホを手に歩いていて、サッと顔を背けた。

「お前さ、好きなやつとかいんのか？」

前を見ながら獅堂が尋ねる。

「は、はい……憧れの人はいます」

「ああ!?」

ギン、と鋭い三白眼がこちらを捉え、日葵は肩を震わせた。

「どこにだよ」

「かっ、会社ですけど？　そんな怖い顔しなくても……そりゃ、気になる人くらいいますよ」

獅堂が唇を引き結んで唸る。

「そいつはお前をどう思ってんだよ」

「そんなのわかりませんよ……ていうか、箸にも棒にもかかってないと思いますよ。私はぽちゃモ――じゃなくて、モテるタイプじゃありませんし、これといって取り柄もありませんので」

「はぁ？　お前の会社の連中の目は節穴かよ」

車は裏通りに入り、大きな公園の脇を通りかかった。表通りの喧騒《けんそう》からは少し離れた静かな通りは薄暗く、通行人もまばらだ。

獅堂が急にハザードランプをつけて車を路肩に寄せた。サイドブレーキをかけ、ふたりぶんのシートベルトが外された直後に強く手を引かれ、彼の胸に倒れ込む。

「ちょっと匂い嗅がせろ」

「ひゃっ」

息が苦しくなるほど強く抱きすくめられ、胸が激しく高鳴った。首筋あたりから、スーハーと激しい息遣いが聞こえる。

（ちょっ……本当に匂い嗅いでる！）

強く求められたことが嬉しくて一瞬気持ちが浮き立ったが、同時に千夏の警告が頭をかすめた。

『もう連絡は取っちゃダメ。ヤクザを相手にするって、そういうことだよ？』

胸にズキンと痛みが走り、獅堂のスーツを握りしめる。

「ヤリてぇ……」

「は……？　こんなところで？」

「ここでするかよ。今、急に我慢できなくなっただけだ」

「んっ」

顎を掴まれ、唇が獅堂の唇で塞がれる。ちゅ、ちゅ、と優しく吸い立てられたかと思うと、急に激しく舐られたり、強く唇を押し付けられたり。

舌で唇をなぞられて、日葵は口を開けた。すぐさま肉厚の舌が滑り込んでくる。舌がねっとりと絡めとられ、じゅっと音を立てて吸われて……

「ん……う」

生き物みたいにうごめく舌にからかわれて、獅堂のうなじに腕を絡ませた。ぬるついた舌が口内を蹂躙《じゅうりん》する。

彼ともっと近づきたくて、自然と胸を突き出す格好になる。

「日葵ぃ……お前はもう俺のものだよな？」

獅堂が荒い息遣いのなか囁く。

深い口づけを受け止めながら、日葵は戸惑った。唇を押し付けられているため声が出せないのが、却《かえ》ってありがたい。というのも、獅堂との関係をどう捉えたらいいのか、いまだにわからずにいるからだ。

彼との関係は、ゆらゆらと水面を揺蕩《たゆた》う浮草に似ていた。

『俺の女になれ』と言われたものの、それが恋人関係を指すとは限らない。なにしろ、日葵自身が自分の気持ちをまだよくわかっていない。

（むしろ、きちんとした関係になるのは困るかも……）

その考えが浮かんだ途端に胸が苦しくなるのは、やはり獅堂に惹かれているからだろう。千夏に言われた通り、ヤクザなんてダメだとわかっていても、ときめく気持ちが止められない。

日葵は腕を下ろし、獅堂のスーツの中に滑り込ませた。もっと彼の体温を感じたい。素肌に近づきたい。

「日葵？」

吐息まじりの声が唇に触れる。薄く瞼を開けると、とろけそうになった獅堂の目が見下ろしていた。はっきりした二重瞼も、黒々とした長い睫毛も美しくて、つい見とれてしまう。

（獅堂さん、きれいだな）

彼は、クスッと笑い声を立て、日葵の頬に手を宛てた。

「待てねえのはお前のほうじゃねえのか？」

「あっ……」

頬にあった獅堂の手が滑り下り、日葵のバストを強く押し包んだ。ブラウスの上から胸の頂を引っ掻かれると、そこだけでなく、脚のあわいまでがじんじんと疼く。

「やぁ……あん」

日葵は腰をくねらせた。

息を荒くした獅堂が、日葵のブラウスのボタンを外しにかかる。ブラジャーの上からバストを引き出して、乳首をちゅくちゅくと吸われる。

「あはっ……ん、ダメ、汚いから」

「汚くなんかねえよ。むしろご褒美だろ」

「やっ……汗いっぱいかいたもん……んッ！」

フレアスカートの中に手が入ってきて、びくん！　と身体が仰け反った。ストッキングの上から秘所を指で押されただけで、えもいわれぬ快感に襲われる。

「もう濡れてんのかよ……」

獅堂がスカートをめくり、脚のあいだに顔を突っ込もうとする。日葵は一瞬で我に返った。

「きゃっ！　それはさすがにダメ！　ちょっ……においかがないで！」

ぐいぐいと頭を押すと、スカートの中から獅堂が出てきた。後ろに撫でつけていた髪はくしゃくしゃだ。

「んだよ……ケチだな」

「ケチとか……もう、ひどい！」

零れたバストをしまいながら抗議する日葵の頭を、獅堂がわしわしと撫でる。彼は妖艶な笑みを浮かべつつシートベルトを締めた。

「さっさと家に帰るか。まず抱かせろよ。一緒にシャワー浴びて、飯食ってからまたヤろうぜ」

「や、ヤろうとか言わないでください。……下品なんだから」

楽しそうに笑う獅堂を睨みつけつつ、日葵はシートベルトを締めた。

自分と違って、獅堂の頭にはセックスのことしかないみたいだ。一瞬でも彼と恋人関係になれるかも、と勘違いした自分が腹立たしかった。

第三章　新しい自分に出会う

八月十日、山の日の前日――

この日、日葵は朝からソワソワしていた。今朝は獅堂よりも早く起き、朝食を作って早々と出勤の準備を整え、トイレ掃除までした。何を食べてもおいしく、昼に千夏と行った定食屋でおかわり自由のご飯を三杯も食べた。

それというのも、明日から待ちに待った盆休みが始まるからだ。会社で決められた四日間の休みに有給休暇をくっつけて、なんと十日間の長期休暇である。

休みの直前に難しい資料づくりを頼まれることなどはさすがになかったが、細かな事務処理はたくさんあった。

商社の営業事務は忙しい。商品に関する問い合わせが電話やファックスでひっきりなしに届くし、それが新商品だったりするとあちこちの資料をひっくり返さねばならない。注文や問い合わせはメールで、と思うものの、相手があることだから強くも言えない。

今日は取引先からのクレームまで発生し、担当営業に連絡が取れなかったため相手が激高したりと散々な目にも遭った。しかし、それすらも易々《やすやす》と乗り切れたのは、盆休みが控えているからだろう。

私には夏休みがある！　そう考えただけでストレスが半減するからすごいものだ。

夜になり、営業マンが続々と社に戻ってきた。休憩スペースで夕方のおやつタイムを過ごしていた日葵のもとに、木崎がやってくる。日葵は咀嚼《そしゃく》していたビスケットをアイスココアで流し込んだ。

「木崎さん、お帰りなさい」

「ただいま、日葵ちゃん。いやー、今日は疲れたな」

木崎がネクタイを緩めつつソファの隣に座る。最近は木崎とも少し距離が近くなったが、日葵のほうが以前ほど彼に惹かれなくなった。

「暑かったですもんね。私も今、アイスココア飲んじゃいました」

紙コップを掲げる日葵に、木崎が白い歯を見せて笑いかける。

「今日は日葵ちゃんのお陰で助かったよ。忙しいのに申し訳なかったね」

彼は通路に置いた重そうな営業カバンから何かを取り出して差し出した。

「なんですか？　これ」

小首を傾げて小さな紙袋を受け取る。

「今日のお礼とお詫《わ》びだよ。休み前で忙しいのに、倉庫まで走ってもらっちゃったから」

「えっ、そんな、そんな！　いいんですよ、仕事ですし」

日葵は一度受け取った紙袋を木崎のほうへ押しやった。

今日の日中、商品の在庫確認を電話で頼まれ、会社の電動自転車で倉庫まで見に行ってきたのだ。

忙しいさなかのことではあったが、営業のサポートをするのが営業事務の役目。何も特別のことをしたわけではない。

「そんなことないよ。あそこの担当、あるって言った商品が届かないとすぐ『取引終了だー』って社長室に電話するからさ。これはほんの気持ち。受け取ってよ」

木崎が紙袋を押し戻した時、手が触れた。一瞬ドキッとしたが、日葵はにこやかな笑顔でそれを受け取った。

「わかりました。ありがとうございます。――わあ！　これ、今騒がれてる期間限定のスイーツですね。すごく嬉しいです！」

袋の中をチラ見して顔を綻ばせると、木崎が照れた様子で頭を掻く。

「ちょうど訪問先のデパートに出店してたから、甘いもの好きの日葵ちゃんに、と思って。……あのさ、明日から休みだろう？　何か予定ある？」

「はい？　予定ですか？」

意外な質問にびっくりして木崎を見ると、心なしか彼の顔が赤い。

（えっ……これってもしかして、デートの誘い？）

「えっと、ええと」

日葵はドギマギして床に目を落とした。

今のところこれといって予定はないのだが、獅堂とはふたりでどこかへ行こうと話している。アパートの掃除もしたいし、休みの後半は弟の雄志も帰ってくる。一緒に父親の墓参りもしたいし、向こうでの暮らしぶりも聞いてみたい。

日葵はひと呼吸して顔を上げた。

「休みのあいだに、地方でひとり暮らししている弟が帰ってくるんですよ。それで、部屋の掃除をしたいのと、学生時代の友達と会うのとで予定が詰まってまして……」

ちょっと言い訳がましい気もしたが、木崎は納得した様子で頷いた。

「そっか。残念だけど、弟さんは大事にしなくちゃいけないもんな。都合が合えばドライブでも、と思ってたんだけど……まあ、休みは今後もあるわけだし、また懲りずに誘うから」

「すみません」

ぺこりと頭を下げる日葵を置いて、木崎は事務所へ向かった。

(お土産までもらっちゃったのに、断っちゃって申し訳ないな)

残りのアイスココアを飲み干して、もらったスイーツを手に立ち上がる。

日々、コンビニのスイーツで我慢している日葵にとっては、なかなか手が出せない高級品だ。だいぶ気を使わせてしまった。

以前だったら、木崎に誘われたら何を置いてもふたつ返事で首を縦に振っただろう。どうしても都合が合わなかったら、臍《ほぞ》を噛むほど悔しかっただろうし……

(相手が木崎さんだったら、悩むことなく普通の恋ができるんだろうなぁ)

はーっとため息をつき、残りの仕事をやっつけてしまおうと事務所へ向かう。

それから二時間後、休み前にやっておくべきこともどうにか終え、会社の外に出た。

退勤間際に課長から雑用を頼まれて予想外に遅くなってしまったが、明日から休みだと思うと疲れも吹き飛ぶ。やはり長期休暇の前日は最高だ。

今日はあらかじめ遅くなることがわかっていたから、獅堂には迎えに来なくていいと言ってある。彼には今朝まで『男とのみにでも行くんじゃねえだろうな』と勘ぐられていたが、束縛はごめんだ。日葵にだって、ひとりで行動したい時はある。

駅の方へ向かって歩いていると、高齢男性が歩道をうろついているのが目に入った。速度を緩めつつもいったんは通り過ぎたが、やはりどうしても気になって引き返す。

「どうかしましたか？」

声を掛けたら、男性はホッとしたような顔を見せた。

「いやね？　この辺りで財布を落としちゃったんだけど、見つからなくてさ」

「そうですか。私、一緒に探しますよ」

日葵は男性と一緒になって、歩道の植え込みの中や歩道橋の下、立ち並ぶ飲食店のキャスター付きの看板の下まで探した。それでも財布は見つからず、ふらふらと足元のおぼつかない男性が、通行人にぶつかりそうになっているほうが気にかかる。

「見つかりませんね。交番に届けましょう」

そう言ってみるが、男性は「いやいやいや」と顔の前で手を振る。

「息子に早く帰って来いって言われてるから、そんな時間はないの。電車賃さえあれば帰れるんだけど」

それを聞いて、日葵はバッグから自分の財布を取り出した。

「いくらあれば帰れます？」

「んー、二千円かな」

財布から二千円を取り出すと、男性はそれまでとは打って変わって素早い動作で金をむしり取り、ポケットにねじ込んだ。

「ありがとうね。お礼は今度するから」

さっきまでよりもしっかりした足取りで、男性は手を振りながら駅とは逆の方向へ去っていく。

日葵がため息をついて歩き出そうとしたところ、後ろから誰かに腕を掴まれた。

「ひゃっ！」

「今の爺《じい》さんに金をやったのか？　寸借詐欺《すんしゃくさぎ》だろ」

振り返った視線の先にいたのは獅堂だ。日葵は目を丸くした。

「獅堂さん……！　見てたんですか!?」

「最初から全部な。お前、本当にバカがつくほどのお人好しだな」

呆《あき》れた様子の獅堂の手を振りほどき、日葵はツンと顎を上げる。

「寸借詐欺かどうか、見た目じゃわからないじゃないですか。本当に困ってるのかもしれないし、もしかしたら淋しい人なのかも」

スパー、と煙草の煙を脇に吐き出しながら、獅堂が鋭い目で見下ろしてきた。

「お前、いつもそうなのか？」

「は、はい？」

「人にねだられたらなんでもあげちまうのか」

日葵はムッとした。

「さすがにお金はあげたりしませんよ」

「今やってただろうが」

「う……た、たまたまですよ！　私のすべてを知ってるわけじゃないのに、そんなふうに言わないでください」

獅堂は煙草を地面に落とし、ぴかぴかに磨かれた革靴の先でにじった。

「お前とはまだ知り合ったばかりだから、さすがになんでも知ってるとは言わねえよ。けどな、今日だってこんな時間まで残業してるじゃねえか。他人のために時間を使うってのは、人生を渡してるのと同じだぞ？」

（な、なんですってぇ!?）

カチンときた日葵は、目を見開いて一歩前に出た。

「私だって、残業したくてしてるわけじゃありませんよ。仕事が終わらないのに私だけが帰ったら、ほかの人たちに迷惑が掛かるじゃないですか。自分も助けてもらう代わりに、誰かの仕事が終わってなければ手伝うのは当たり前――ひっ」

ものすごい顔で両肩をがしりと掴まれて、ビクッとした。獅堂は身を屈《かが》めて、今にも取って食いそうな目で睨みつけてくる。

「だいたいお前は頑張りすぎなんだよ。周りに気ィ遣うのもいいけどな、このままじゃ、毎日あくせく働いて、弟のために切り詰めて仕送りするだけのつまんねえ人生で終わっちまうぞ？　いいか、もっと自分の好きなことをしろ。殻を破れよ」

いつになく真剣な獅堂の表情に、日葵はごくりと喉を鳴らした。

つまらない人生？　殻を破る？　自分では意識したことがなかったが、獅堂の目にはそう映っているらしい。

肩から手が離れて、フッと軽くなった。

「おおかた、周りに合わせて当たり障りなく生きていりゃいいと思ってるんだろう。でもな、お前自身の人生だぞ？　お前をモブにしてるのはお前自身だろうが」

ガツンと頭を殴られたような気がして、黙って彼の両目を交互に見た。

そう言われてみれば、日葵は二十五歳になる今まで派手な遊びというものをしたことがない。

環境が変わっても、できる友達は自分と似たタイプばかり。華やかな遊びには縁遠かったのだ。

「たとえば、明日世界が終わるとする。お前は今夜何がしたい？　言ってみろ」

先ほどの険しさからは一転、優しい眼差しが日葵をまっすぐに覗き込む。今日が最後なら、なんて考えたこともなかったから、一生懸命頭を働かせて考える。

「えーっと……私、夜の観覧車に乗ってみたいかもしれません」

「観覧車な。それから？」

獅堂が手を繋いでくる。

「く、クラブというものに行ってみたいです」

「わかった。あとは？」

穏やかな表情に誘われて、やってみたかったことが次々と頭に浮かんでくる。これまでずっと、ぽちゃモブを理由に避けて通っていたものばかり。ひとりではとてもやる勇気が出ないような、心の奥底に眠っていた欲求がどんどん湧いてくる。

「私、いつかベリーダンスを習ってみたいと思ってたんです。それから、夜景が見えるホテルの最上階でお酒をのんでみたいのと、一度でいいから会社をずる休みしてみたい！」

あはは、とふたりで笑う。

「よし、それ全部叶《かな》えよう。ずる休みは盆休み明けにでも実行すればいい」

素早く身を翻した獅堂に引っ張られるようにして、日葵は歩き出した。

「えっ、もしかして今から⁉」

「そうだ。この時間からだと、クラブと夜景が見えるホテルだな」

「ええっ、ク、クラブ？　本当に行くんですか⁉」

手を引かれるまま車に乗り、一度マンションに戻った。軽く食事をとり、手持ちの服からできるだけ派手な服を獅堂と選ぶ。

(な、なんかえらいことになっちゃったな。でも、楽しいかも……！)

鏡の前で散々試着を繰り返した結果、二年前にショップ店員に勧められて買ったまま、ずっとタンスの奥で眠っていた服に決めた。

黒色のオフショルダーのフレアワンピースを着て鏡の前でターンする日葵を、獅堂が笑みを浮かべて眺める。肩は完全に出ているし、スカートは短いしで、だいぶ気恥ずかしい。

「お前もこういう服持ってるんだな」

「この時はちょっと冒険してみたくて買ったんですけど、一度も旅立てませんでしたね」

ははは、と獅堂が笑う。

「でも似合ってるぞ。今すぐに抱きたいくらいには」

「ちょ、やだ……このスカート、こんなに短かったかな」

と、スカートの裾をぐいぐい引っ張る。身を屈めたら、それはそれで胸が襟ぐりから零《こぼ》れ落ちそうだ。こんなぽっちゃりした女性、クラブなんかにほかにいるだろうか。

服装が決まったところで、メイクを派手目に直して髪を整えた。忙しい日葵に対して、獅堂はスーツの中のシャツを色付きのものに替えてネクタイを外しただけ。こういう時、男性は楽でいい。

「さ、行こう」

準備が整い、獅堂に手を引かれてマンションを出る。

クラブに行きたいと自分から言ったものの、どこにあるのかさえ知らなかった。しかし獅堂には当てがあるらしい。日葵が準備をしているあいだ、彼はずっとスマホを操作していた。

夜の街をタクシーで駆け抜けてたどり着いたのは、日葵でも名前くらいは聞いたことがある有名なクラブだった。建物の外観は至ってシンプルな黒塗りで、想像していたようなギラギラした看板もない。目立たない入り口の外には、待ち合わせをしているらしい若い男女がたくさんいた。

(緊張するな……)

仄かな青い光に照らされた出入口に立つと、ドキドキして脚が震えた。こういうところは、自分みたいに地味な女が来ていい場所だと思っていなかったから、アウェイ感が半端ない。

「足元気をつけろよ」

入口は地下になっているらしく、階段の直前で獅堂に手を差し出された。震える手で握った彼の手はあたたかく、心強く感じる大きさだ。

「わっ」

手を引かれてホールの中に入った途端、大音量の音楽に耳をつんざかれた。

暗いホールの内部は色とりどりの照明やレーザー光線が瞬き、天井付近ではミラーボールがキラキラした光を放っている。奥のブースでいくつもの眩《まばゆ》いライトを浴びているのはＤＪだろうか。

ドンッドンッドンッ、という腹に響くリズムに合わせて、ぎゅうぎゅうに詰め込まれた人が思い思いに過ごしている。

(す、すごい……！　こんなにうるさいところ、はじめて来た！)

日葵は無意識に獅堂の手を強く握った。

圧倒的な熱量と喧騒、そして人いきれ。ここは、これまで生きてきたのとはまるで別世界だ。

周りを取り囲む人たちも皆おしゃれで、女性は季節柄もあってか肌の露出が多い。

グッと手を引かれて獅堂に顔を近づけた。

「どうした？」

「な、なんか圧倒されちゃって」

大音量の音楽と周りの声に負けないよう、彼の耳元で大きな声を張り上げる。

「すぐに慣れる」

余裕の笑みを浮かべる獅堂に手を引かれ、人混みをかき分けつつホールの中ほどまで進んだ。

ＤＪがかけるノリのいい曲のリズムに合わせて、周りは身体を揺らしたり、両手を上げて跳びはねたりしている。じっとしているとかえって目立つため、見よう見まねで遠慮がちに身体を動かしてみるが、知らない曲のため同じようにはノれない。

正直、気恥ずかしさが先立って、あまり楽しいとは思えなかった。けれど、自分からクラブに行きたいと言った手前、『帰りたい』とは言いづらい。

隣を向くと、獅堂は周りから浮かない程度に身体を動かしつつ、日葵のことばかり見ている。

「獅堂さん、この曲知ってるんですか？」

「いいや」と、彼は首を横に振った。暗いのをいいことに際どい所に触れてくるため、そのたびにやんわりと手を振りほどく。

その時、周りから一斉に歓声が上がった。何事かと思ったが、気づけばいつの間にか曲調が変わっている。それが日葵でも知っている有名な曲だったため、思わず獅堂の腕を掴んだ。

「この曲知ってます！　大好き！」

「よかったな」

急に元気になった日葵は、獅堂そっちのけで踊り出した。パーティーシーンにぴったりのこの曲はノリがよく、映画にも使われている。今この瞬間を感じていたい、というフレーズの通りテンシヨンの上がるタイトルとして人気だ。

両手を上げて跳びはねていると、獅堂とは反対隣りにいた同年代の女性と目が合った。そして、なぜか意気投合して一緒に盛り上がる。

普段の生活では、派手な化粧をした金髪の女性と知り合うチャンスなんてないだろう。こういったところでは、ノッたもん勝ちなのだとわかった。

そこから三曲続けて、同じアーティストの曲が流れた。踊っているうちにすっかり楽しくなり、開放的な気分になっていた。

腕を掴まれて獅堂を振り返る。

「――か？」

「はい？」

「何かのむか？」

あまりにも音楽の音が大きすぎて、獅堂の口に耳を近づけてやっと聞き取れた。頷くと、手を引かれるままフロアの端にあるバーカウンターに連れていかれる。入り口でもらったチケットで一杯目のドリンクが無料で提供されるらしい。

「かんぱ～い！」

すぐ近くのソファに獅堂と並んで座り、大きな声でグラスを掲げる。日葵はカシスオレンジ、獅堂はジントニックだ。車で移動することが多い彼が外でアルコールをのむのは珍しい。

ちょうど喉が渇いていたため、日葵はグラスの三分の一ほどを一気にのんだ。同じタイミングでグラスを下ろした獅堂が頭を寄せてくる。

「楽しんでるか？」

日葵はうんうんと頷いた。

「すっごく楽しいです。こんなのはじめて！」

「ならよかった」

柔らかい笑みを向けられて、日葵は相好を崩す。

今日は日葵のために付き合ってくれているだけで、獅堂自身はこういった人の多い場所があまり好きではないのだろう。たった半月ほどの付き合いだけれど、普段の彼からはそれが窺える。

「ちょっとお手洗いに行ってきますね」

席を立った日葵は、バーカウンターの奥にある化粧室へ向かった。

もうじゅうぶん満足したから、トイレを済ませたらここを出よう。

スマホの時計を見ると、時刻は十二時を回ったところだ。このあとはホテルのバーに行く約束をしているから、夜はまだまだ続く。

いい匂いのする女性たちと並んでリップを直しながら、ふふ、と唇の端を上げた。

（それにしても楽しいな。夜遊びってしたことがなかったけど、オールする気持ちがわかるかも）

最初は、どこを見てもウエストの細い女性ばかりで、自分には場違いだと思っていた。

けれど、獅堂が何も言わないので気にならなくなった。彼は日葵の自己肯定感を爆上げしてくれる貴重な人だ。出会ってから少し経った今でも、彼は毎日、毎時間褒めてくれる。

機嫌よくトイレから出てきた日葵は、ピタッと足を止めた。通路でキスをしているカップルがいたからだ。

身体を密着させ、首をくねらせての濃厚な口づけを交わしつつ、男性が女性の下腹部に股間をすりつけている。今にもセックスしそうな雰囲気だ。よく見れば、あちこちで抱き合ったりキスをしている男女がいる。

（うわぁ……目のやり場に困るなぁ）

彼らはもともとのカップルなのだろうか。それとも、ナンパの相手なのか。

急いでその場を離れようとしたところ、見知らぬ男たちに行く手を塞がれた。

「お姉さん、お姉さん。ひとり？」

「お、かわいいじゃーん。女の子同士で来てるの？　これから一緒に遊ばん？」

チャラい男ふたりに囲まれて日葵は戸惑った。男たちは日葵の胸ばかりをジロジロと見てきて、嫌な感じだ。

「ごめんなさい。――あっ」

目を合わせずにすれ違おうとしたら、金髪メッシュの男に腕を掴まれた。引っ張られた反動で倒れかけたところを、もうひとりの男に抱きかかえられる。

「いいじゃん。一緒にどこか行こうぜ」

「離してください！」

男たちに両側から腕を掴まれ、日葵は身を振った。

「いいから、いいから」

「ちょっと、いい加減にして！」

その時、通路の奥から大柄な人物がこちらにやってくるのが見えた。獅堂だ。その姿を見た瞬間、日葵は渾身の力を振り絞って駆けだし、彼の胸に飛び込んだ。

「お前ら、何してんだ」

獅堂の低い声が、彼の胸から直接日葵の耳に伝わった。かなり怒っているようだ。彼が本気で怒っている時は、かえって落ち着き払った声になることを、日葵はもう知っている。

「あ？　なんだオッサン——うあっ」

ずかずかと向かってきたふたりのうち、金髪メッシュの男の胸倉を獅堂が掴み、壁に押し付けた。難を逃れたほうの男ともども、一般人のそれとは違う凄絶な雰囲気に、血相を変えて震えだす。

「この野郎……人の女に手ェ出しといて、詫びのひとつもねえのか、おお？」

「やめて、獅堂さん」

日葵が彼の手を引っ張ると、獅堂はようやく手を下ろした。

男たちは負け犬のごとくしょぼくれた顔をしてすごすごと逃げていく。獅堂はしばらく暗闇を睨みつけていたが、ふっと息を吐くと日葵の頬を撫でた。

「遅くなってわりぃ。嫌な思いさせちまったな」

「いいえ。助けに来てくれてありがとうございます」

いつもの優しい雰囲気に戻った彼にホッとする。

「こういうところはナンパ目的のやつもいっぱいいるからな。それにしても、無理やりかっさらおうだなんて、ろくでもねえ野郎どもだ」

日葵は震える息を吐いた。

「獅堂さんが来てくれてよかった。私、ナンパなんて生まれてはじめてで怖かったです」

「そういう場所に来たことがなかっただけだ。これでわかったろ？　お前はぽちゃモブなんかじゃねえって」

「獅堂さん……」

切れ長の目元を細める獅堂の腕に、日葵はきつく腕を絡ませた。

彼が日葵を自分の女だと言った時は胸がときめいた。『お前は俺の女だ』と日葵自身に言うことはあっても、他人にそう話すのは聞いたことがなかったからだ。

ヤクザだから強引なところもあるけれど、優しさや思いやりがそれを凌駕《りょうが》している、彼みたいに頼りがいのある男性は、なかなかいないのではないか。

ホールに向かって歩き出そうとする獅堂の腕を強く引っ張った。そして、周りが暗いのをいいことに伸び上がってキスをする。

軽く触れるだけの口づけに、獅堂は優しい抱擁で応えた。通路の壁に日葵の背中を押し付けて、そっと唇を重ねてくる。はじめてのキスも、こうして壁際に追いやられてのキスだったが、あの時とは気持ちがまったく違う。

内から溢れだす思いをぶつけるがごとく、獅堂の頭を引き寄せ、彼の唇と舌を貪った。

クラブをあとにした日葵と獅堂は、タクシーを拾い、今度は都心のホテルに来ていた。

恐らく目が飛び出るほどの値段がするホテルだろうが、バーでのんだあとはこのホテルに泊まるのだという。

すでにスマホから予約済みとの話だが、そんな時間がどこにあったのだろう。

高速エレベーターで最上階のバーにやってきて、座ったのが夜景の見える窓際の席。眠らない街、新宿の夜景は華々しく、まるで色とりどりの宝石を散りばめたよう。

「素敵ですね～。うっとりしちゃう」

眼下に広がるビル群の明かりを眺めながら、日葵は目を輝かせた。目の前にはおいしい料理とイケメンが並び、気分は最高だ。

「夜景ならほかにもいいところがたくさんあるな。東京タワーに横浜、地方の山でもいい。函館《はこだて》まで行って毛ガニを食うのもいいな」

「毛ガニ！　おいしそう！」

ウイスキーのグラスを傾けていた獅堂が噴き出す。

「やっぱ色気より食い気か」

「あ……。ごめんなさい。でも、夜景のおかげで料理もお酒もおいしくなるし、一石二鳥ですね！」

「その通りだな」

獅堂がクスクスと笑う。

仄かな明かりで照らされたテーブルには、おしゃれに盛り付けられた料理が並んでいた。こういったところではあまり食事を頼まないものかもしれないが、夕飯を軽くしか食べていないため、すっかり腹ぺこだ。

「この手のお店って、食事のメニューはあまりないのかと思ってました」

スモークサーモンにキャビアをのせた前菜を口に運び、日葵は唸った。獅堂はおいしそうに焼けたステーキにナイフを入れている。

「あるからここにしたんだ。夜景もいいし、最高だろう？」

「もちろん一〇〇点満点です。前から知ってたんですか？」

少しドキドキしながら尋ねる。こんな店、親密な関係の女性とのデートでしか使わないだろう。

しかし、獅堂の返答は意外なものだった。

「俺たちの仕事はお前が思ってるよりはるかに大変なんだ。上の人からいつ指示されてもいいように、気の利いた店をいくつも知ってなきゃならねえ。キャバクラだったり、女が喜びそうな店だったりな」

「へえ……ヤクザ屋さんも大変なんですね」

生ハムとオリーブのピンチョスを口に放り込みながら言う。すると、獅堂の目がスッと細くなった。

「ヤクザ屋さんとか……俺を舐めるのも大概にしろよ」

「舐めてませんてば。それより、こんな雰囲気のいいお店でそんな口利かないでください。お行儀悪いですよ」

獅堂は眉をピクリと動かして周囲を見回した。

「わりい。……いや、ごめんなさい」

叱られた大型犬みたいにしょげる姿がちょっとかわいらしい。日葵が笑うと、彼もにやりと口元をほころばせる。

休前日とはいえ、この時間にもなるとさすがに客はまばらだ。ほぼ貸し切り状態の静かな店内に、スローなテンポのピアノジャズが流れている。

「すごく雰囲気がいいですね。こういうところに一度は来てみたかったんですけど、誰かと一緒じゃないと敷居が高くて」

「最近はひとりで来る奴もいるけどな」

「そうなんですか？　じゃあ私も今度ひとりで来てみようかな～」

「おう、やったれやったれ。……あ、やっぱお前はダメ」

「どうしてですか？」

獅堂が急に話の方向を変えたため、フォークを口に運ぶ手を止めた。

「さっきみてえに悪い奴にナンパされるからだよ。お前のことだから、騙されたりしてホイホイついていくだろう？　そんなの俺が許さねえ。ぜってえに許さねえから」

二回言った、と思いながら獅堂の手元に目を向けた。ナイフを握る彼の手は、関節が白くなるまで力が籠《こ》められており、少し震えてもいる。さっきまで機嫌よく笑っていたのに、怒っているのだろうか。

獅堂は体勢を低くして、恐ろしい三白眼で上目遣いに見た。

「覚えとけよ。誰かがお前に指一本でも触れてみろ。地獄の果てまで追いかけて、そいつのこと二度と立てねえようにしてやるから」

「またそんな怖いこと言って」

おどけた調子で返しながらも、そんな獅堂にゾクゾクしてしまう。

(私、おかしくなったのかな。最近獅堂さんの悪い顔を見ると、変な気持ちになっちゃうんだけど)

そんな日葵の気持ちにはお構いなしに、彼は頬を緩ませた。

「お前がこういう店でのみたい時は、俺が連れてくるから遠慮なく言えよ。ほら、のめのめ。お前のことだから、正体なくすまでのんだことないんだろう?」

「その通りです。母がいなくてずっと家のことをしてたので、ハメを外したことがなくて」

「そうか。今日は俺が一緒だし、帰らなくていいんだからいくらのんでもいいぞ」

日葵は唇を横に広げた。

「わかりました。よし、今夜はのんじゃう!」

食事はほどほどのところでやめて、そこからは夜景を楽しみながら次々に杯を重ねた。

会社ののみ会だろうが、友人とだろうが、あとのことを考えるとついセーブしてしまう性質だ。

でも、獅堂とならどこまでもいける気がした。こんなに頼りになる人はいない。

＊

遅い時間とあってか、最上階のひとつ下の階の廊下は静まり返っていた。

バーで受け取ったカードキーを入り口のソケットに挿した獅堂は、部屋の玄関で靴を脱ぎ、手にしていた日葵のパンプスをその辺に放り投げた。

廊下の右側にクローゼットがあるが、あいにく両手が塞がっており、上着を脱ぐことができない。

獅堂は今、背中に日葵を背負っているのだ。

(ちょっとのませすぎたかもな)

後ろ手に両手で抱えた大切な存在を落とさないよう、慎重に歩いてベッドルームへ向かう。すっかり酔っぱらった日葵の両手はぶらぶらと宙を搔き、獅堂に掴まることすらできない。

クラブへ向かうタクシーの中で急遽《きゅうきょ》予約したこの部屋は、ジュニアスイートだった。

ちょっとしたリビングの隣に、仕切りのないベッドルームがある。ベッドはキングサイズがふたつ。皺ひとつなく整えられたベッドカバーの上に、日葵の身体を横たえた。

スーツの上着をもう一方のベッドに投げ、スースーと寝息を立てる日葵の顔を覗き込んだ。

顔にかかった艶のある髪を後ろに払うと、陶器みたいな滑らかな頬が現れる。目元から頬にかけて、薄くピンク色に染まっているのが、なんとも色っぽい。

唇はぽってりと厚く、いかにも柔らかそうだ。この唇には、何度口づけても飽き足らない。優しく食《は》むと、食べごろの果実か甘い菓子でも味わっているような錯覚に陥る。

獅堂は日葵の頬に軽く口づけた。起きない。唇を軽く吸うと、彼女は身じろぎした。

「大丈夫か？」

「んー……？　何がぁ？」

　獅堂は心の中で悪態をついた。今日は朝まで彼女を抱こうと思っていたのだ。できないと思うと余計にムラムラしてくる。

　よく見れば、オフショルダーの胸元から豊満なバストが溢れだしそうになっている。半分無意識に手を伸ばしたところ、日葵がむくりと起き上がった。

「トイレ……」

「なんだ？　吐くのか？」

　しかし日葵は返事をせず、獅堂を置いてよろめきながら歩いていってしまう。

「トイレの場所わかんねえだろ。――おっと」

　案の定転びそうになり、急いで駆け寄って支える。引きずるようにして連れていったトイレの外で、獅堂はドアの前を行ったり来たりした。

「おーい、大丈夫か？　自分でパンツ脱げんのかよ」

　尋ねても返事がないため、ドアを開けようかと何度も逡巡《しゅんじゅん》した。ようやく出てきた日葵が、ふにゃふにゃした顔で獅堂にしなだれかかる。

「しろーさん、私、酔っぱらってないれすよね？」

「ああ、酔っぱらってない。ほとんど素面《しらふ》だな」

「れすよねー。ああ、楽しいぃ～」

足元のおぼつかない彼女を抱えてベッドに戻る。

日葵をベッドに横たえた獅堂は、額の汗を拭ってボクサーショーツ一枚になった。今夜はこのまま寝るしかないだろう。部屋は二泊取ったから、なんなら明日は予定を変えて一日中まぐわっていてもいい。

巻き込まれたベッドカバーを苦労して外し、日葵の隣に横たわる。こちらを向いて横向きに寝ている彼女は瞼を閉じているものの、寝息は聞こえない。

柔らかそうな頬を、するすると指の甲で撫でた。髪を指で梳《す》き、素直な眉、小さな鼻先、そして唇をなぞる。

そうするうちに、身体の中心部に熱が集まっていくのを感じた。鼓動は逸り、あっという間に股間が屹立する。頭では納得していても、身体は諦めきれていないようだ。

「抱きてぇ……」

やりきれない思いが自然と言葉に出た。すると、身じろぎした日葵が獅堂の首に腕を回してくる。

「抱いて」

その言葉を聞いた瞬間、身体の中でくすぶっていた欲が一気に沸騰した。

日葵の顔はうっとりととろけており、瞼なんか半分ほどしか開いていない。唇の内側をぺろりと舐める舌を見たら、もうダメだった。

「日葵」

「ん……んふっ」

獅堂は欲望のまま日葵に唇を押し付けた。押しつぶしそうな勢いで彼女に圧し掛かり、激しく唇を貪る。

酒もだいぶ入ってはいたが、肉杭はギンギンに漲っていた。ワンピースの裾をまくり上げ、豊かなヒップをまさぐりつつキスを続ける。

日葵は唇を開いて受け入れの体勢をとった。唇を深く合わせて、舌を彼女の口内に突き立てる。頬の内側、上顎、舌の裏側、と乱暴になぞると、喉の奥に彼女の呻き声が響いた。

「ふぁ……、あ、しろぉさん……だいすきぃ……」

だらしなく開いた口の中を荒々しく舌で蹂躙したのち、獅堂は唇を離した。

「素面の時に聞きてえセリフだな」

できないと思っていたのが覆ったうえに、日葵がこんなにもぐでんぐでんになっている。いつもと違う彼女が見られるのではないかと思っただけで、股間が痛いほど疼いた。

（まったく、男ってやつはケダモノだな）

頭に浮かんだ自嘲を脇にやり、淡紅色のふっくらした頬を両手で挟む。

「キスがうまくなったな。どうしてだ？」

ふふ、とさくらんぼみたいな唇が横に広がる。

「こっそり練習したんだろ。わかってんだぞ？」

「ナイショ」

薄く開いた瞼の中の瞳に捉えられた瞬間、彼女の下腹部に押し付けた自分自身がビクンと揺れた。

はじめはあんなにもぎこちなかったのに、いつの間にこんな技を身に着けたのだろう。緩やかなカーブを描く腰をくねらせ、小首を色っぽく傾げる日葵からは、大人の色香を感じる。

(小悪魔め)

獅堂は勝手に緩む唇を噛んだ。

素人の女を相手にしたって、いいことなんてひとつもないと思っていた。なのに、今じゃすっかり虜《とりこ》だ。

一日じゅう裸のまま抱き合って、滑らかな素肌に癒されていたい。この道に入ってから女に苦労したことはなかったが、こんなにまっすぐで純粋な女ははじめてだった。

オフショルダーの胸元から乳房を引っ張り出し、桜色の突起に吸いつく。すると日葵が、「あっ」と小さく声をあげて背中を反らす。さらに突起を優しく吸いながら、脚のあいだに手を伸ばした。したたかに酔っているにもかかわらず、彼女はショーツの外まで濡れていた。

ストッキングの上から柔らかな場所を押してみると、じゅわっと愛液がしみ出してくる。執拗に秘核の部分をこすった際には、派手な喘ぎとともにビクビクと身体を跳ねさせて……

「エロ……」

獅堂はフーフーと息を荒くした。指が往復するたびにぬるつきがひどくなっていく。中がどんなになっているのか気になって、ストッキングを下ろし、ショーツの脇から指を差し入れる。

あたたかな裂け目に指を這わせた瞬間、獅堂はため息を洩らした。そこはぬかるんだ湿地帯みたいにぐしょ濡れで、指で軽く撫でただけで、くちゅっと淫らな音がする。

触れるか触れないかといった圧力で指の腹を滑らせると、日葵が獅堂の腕にすがった。

「は……ああ、あ、しど、ぉさぁん……、そこ……っ、気持ち、いいっ」

はあはあと喘ぎながら、日葵は腰をくねらせた。いつもと比べて反応が素直だ。アルコールの力で解放されているのだろう。

ちゅぽ、と音をさせて乳首から口を離した。

「お前のここ、ぐちょぐちょだし、クリも勃《た》ってるな。気持ちいいか？」

「うん……うう……、気持ちいい……もっとぉ」

獅堂は胸を舐めるのを止め、よがる日葵の顔をとっくりと眺めた。

秘裂をなぞるたび、かわいらしい唇から小さな歯が覗いたり、笑うように口角が上がったりするのがおもしろい。そうかと思えば、悲しそうに顔を歪めたりもする。

まるで百面相だ。激しく劣情を掻き立てられるとともに、底知れぬ淡い思いが腹の底から湧いてくる。

(やべぇ……かわいい)

獅堂は思わず鼻を膨らませた。これは庇護《ひご》欲なのか、それとも、恋心なのか。

(両方だろうな)

唇に笑みを湛えながら、日葵の額にキスを落とした。それから、瞼、頬、鼻の先、唇と、次々にキスの雨を降らせる。

先ほどから愛撫を続けていた秘核が、いよいよ硬くなってきた。吐息とも喘ぎともつかない日葵の息遣いが、次第に浅く、短くなっていく。獅堂の腕を掴む手に、いっそう力が籠められた。

「あ、んあッ……ダメ、イきそ……っ」

「イけよ。イッたら入れるから」

獅堂は濡れたボクサーパンツの中心部を、日葵の太腿にこすりつけた。一刻も早く彼女の中に入りたくて堪らない。その焦りが、秘核を嬲《なぶ》るスピードを上げさせる。

「ひ、ゃ……っ、あ、は、イく、イくっ……!」

日葵は絶頂を迎えたらしく、びくびくと身体を震わせた。

恍惚《こうこつ》に耽《ふけ》る甘ったるい顔つきに、こちらまで達したような気になる。その後も一向に痙攣《けいれん》が収まらないのは、獅堂の指が秘裂から離れないからだ。

柔らかく吸いつくような蜜口が、獅堂を誘っていた。波が鎮まったと見るや、指を離してボクサーショーツを脱ぎ捨てる。

ばねのように飛び出たそれは真っ赤に膨れ上がり、太い血管が山道のように急峰を取り囲んでいた。根元からしごくと、つうっと滴った透明な露が日葵の太腿を汚す。

獅堂は日葵の服を手早く脱がせ、下着だけにした。それから、サイドテーブルに用意してあった避妊具を手早く装着し、柔らかな身体に覆いかぶさる。普段なら丁寧に解《ほぐ》すところだが、今夜は待てそうにない。

「来て……」

日葵が両手を差し出したのを合図に、クロッチをずらして自身の先端を秘所にこすりつけた。よく濡れている。この分なら、ゆっくりすれば解さなくてもいけるだろう。

「入るぞ」

「は、あッ……」

すっかりとろけた洞に昂ぶりを突き入れると、日葵が顎を仰け反らせた。あたたかな肉の鞘《さや》が絡みつく。ひどく窮屈なのに、ずぶずぶと難なくのみ込んでいく。

「ああ……」

最奥まで達した時、思いがけず声が洩れた。彼女の中はあたたかくとろけていて、気が遠くなりそうな心地よさだ。すぐに猛烈に貫きたくなるところを必死に堪える。

獅堂はゆっくりと腰を引き、大きく回しながら突き入れた。ぐちゅ、という猥雑《わいざつ》な音とともに、局部に快感が走る。

臍の裏側を強くこするように、腰をうねらせながら何度も同じ動きを繰り返す。ひとストロークごとにスピードを増しながら。

「あ、ああ……、は……そこ、すごい……！」

日葵は喘ぎながら仰け反った。ギュッと寄せられた眉が色っぽくて、さらなる欲望が掻き立てられる。

両腕に彼女の太腿を抱えて、腰をさらに近づけた。自分の膝の上に日葵の臀部をのせ、同じ場所を何度も抉《えぐ》る。

「ひ……っ、ン、あ、あ、はぁん、あんッ、あっ」

矢継ぎ早の抽送に、日葵は激しく喘いだ。パンパンと腰がぶつかる音と、ベッドが軋《きし》む音で室内が満たされている。

よがる彼女の姿がとてもかわいらしかった。頬が真っ赤だ。ぶるんぶるんと揺れる豊かな乳房も、興奮に尖った乳首も、すこぶる扇情的で――

「日葵……かわいいよ」

腰を揺らしつつ、揺れる胸を両手で鷲掴みにした。脇に零れたたっぷりした脂肪を揉みながら、親指で何度も頂を弾く。自分自身もすぐに果ててしまいそうなほど気持ちがいいのに、素早い腰の動きが止められない。

「ふぁ……あ……あっ、い、イくっ……また、イッちゃう」

「イけよ、何度でも」

そう口にした途端、日葵はひときわ大きな嬌声《きょうせい》を上げて激しく痙攣した。びくん、びくんと脚が跳ねる。獅堂は抽送のスピードを緩めて日葵に口づけを落とした。

「かわいすぎんだろ」

まだ喘いでいる赤い頬を撫でると、日葵がとろんとした瞼を開けた。

「しどぉさん……なんか今日、すっごく感じるの……私、変かなぁ」

その甘ったれた声に、なぜか胸を掻きむしりたくなる。

「変じゃねえよ。むしろ俺は嬉しい」

つながったまま日葵の脚を潜り、身体を裏返しにする。うつ伏せになった彼女に圧し掛かり、頭を掻きいだき、耳に唇をつけた。

「重かったら言えよ」

「だいじょうぶ……」

胸を日葵の背中にぴたりとくっつけた状態で、腰を優しくうごめかせた。「あっ」「あっ」と、日葵が短い声をあげる。

彼女の背後から回した両手で、ふっくらしたバストをやわやわと揉みしだく。

獅堂の手でも包み切れない豊かな乳房が、指の隙間から溢れた。正直、胸が大きいところも好みだった。あの晩助けられた時の手負いの状態でも、日葵のバストが並外れて豊かなことにはしっかりと気づいていたのだ。

両手でバストを揉みしだきながら、乳首をカリカリと素早く弾いた。それと同時に、楔《くさび》を小刻みに打ち込む。

シーツを握りしめる日葵の耳に頬を寄せた。

「どうだ？　気持ちいいか？」

「はっ、あぁッ……それ、すごいっ……奥、ぎゅんぎゅんしてる……！」

耳まで真っ赤にして震える姿に劣情を掻き立てられ、獅堂は唇を舐めた。

「もっと喘げよ。欲しがれ、獣みたいに」

「あ、ああっ、あんッ……！　もっと、激しく、突いて……ッ」

身を起こした獅堂は、日葵の腰を引っ張り上げて四《よ》つん這《ば》いにした。

まだ酔っているのか、まともに身体を支えられない彼女は上体をシーツに突っ伏したまま。ふたりが結びついた局部が丸見えだ。

獅堂は無意識に小鼻を広げた。赤黒く怒張した自分の分身が、濡れそぼった洞を出たり入ったりしている。

その強烈なビジュアルに腰がぞくぞくと震えた。すぐに果ててしまいそうなほど扇情的な光景だ。

(クソッ。こうなったらヤケだ)

つるんとした丸いヒップを支えて、獅堂は猛々しく腰を振った。ひとりで果てたくないのなら、日葵をもっと気持ちよくして先にイかせればいいだけのこと。

自信はあった。この半月あまり毎晩のように開発し続けたおかげで、彼女もすっかり感じやすい身体になっている。

「く……すげぇ……ッ」

獅堂は汗だくになりながら歯を食いしばった。触れれば弾けそうなほど敏感になった剛直を、灼熱《しゃくねつ》の肉鞘が容赦なく締めつける。強い刺激が延々と続き、じりじりと切迫感が強まる。

「あっ、は……ッ、獅堂さぁん、また……来るっ」

日葵がぶるぶると脚をわななかせた。それでも執拗に、パンパンと音が鳴るほど腰を打ち付ける。

「ああ、イッていいよ。イけ……っ」

「んあ、ああ、はんっ！　イく……イッちゃう……っ」

びくびくと全身を派手に痙攣させて、日葵は甲高い嬌声を上げた。その瞬間に昂ぶりがきつく絞られ、全身に汗が噴き出す。強烈な射精感を堪えようと、獅堂は自身の根元を強く握った。

「やべぇ……出るかと思った」

波が去った時、限界まで漲ったものを胎内に置いたまま、日葵の背中に突っ伏した。

「らめぇ、獅堂さん、もっと……もっとぉ」

焦れた日葵が腰を揺らして催促してくるが、今動いたら確実に吐精してしまう。ひと呼吸もふた呼吸もおいてから、ようやくゆるりと動き出した。

「日葵……日葵ぃ……」

肉感的な背中をきつく、きつく抱きすくめる。いつになく乱れた彼女がかわいくて、自分の中に取り込みたくて堪らないのだ。汗か涙かわからないものでぐちゃぐちゃになった顔も、額や頬に濡れた髪を張り付けているところも愛《いと》しい。

(そうか。俺はやっぱりこいつが好きなんだな)

そのことを確信して口角を上げる。

男が女を『いいな』と思うのと『好き』なのとでは、明確な違いがあるように思う。『ヤりたい』と『抱きたい』に違いがあるように。愛情が生まれれば相手を尊重する気持ちが生まれる。

日葵を大切にしたいと心から思う。彼女への態度が、これまでに通り過ぎていった女に対するものと何かが違うように感じていたのは、恋を予感していたからではないか。

獅堂はいったん自身を引き抜いた。日葵を仰向《あおむ》けにしてもう一度身体をつなげてから、抱き起こして向かい合うよう膝にのせた。

彼女も少ししっかりしたようだ。真っ赤に火照った顔は相変わらずだが、獅堂の首根っこに両手を回し、潤んだ瞳で見上げてくる。

「獅堂さん……好き」

獅堂は笑いたいのを堪えて、今にも閉じてしまいそうなピンク色の瞼にキスをした。

「お前、まだ酔ってんのか？」

「酔ってないですよぉ。気持ちいいだけです」

甘えた口調で小首を傾げるあたり、やはりまだアルコールが抜けていなそうだ。

獅堂は口元をほころばせた。

「俺もお前が好きだよ。かわいくて堪んねえ」

ふっくらした頬を両手で包み、柔らかな唇を食む。

明日になったら覚えていないだろうが、それでも構わない。酔って解放された彼女の気持ちはたぶん本心だろう。今だけでもふたりの気持ちが重なればそれで満足だ。

「あ……、はンッ……」

ぬるついた洞に剛直を滑らせると、日葵は吐息とともに獅堂の首にすがった。刺青で埋め尽くされた姿をはじめこそ恐れていたものの、今では慣れたようだ。長年の習慣で時々彼女にまで凄んでしまうが、それももう終わりにしたい。

日葵の臀部を鷲掴みにし、屹立した自身に向かって前後に揺らす。獅堂に全身を委ねて腰を振る彼女は色っぽい。

「ふぁ、あ……あンっ、獅堂さんの、おちんちん……気持ちいいッ」

獅堂は思わず笑って、だらしなく開いた日葵の唇を吸った。

「だろう？　俺もお前の中が気持ちよくて堪んねえよ。……なあ、日葵、俺を名前で呼んでくれよ」

「ふ……、ンっ、かい、と……さん？」

濡れた果実みたいな唇から発せられた甘い響きに、獅堂は眉を震わせた。

「そうだよ。魁斗。そう呼べ」

「あ、はぁ……ッ、魁斗さん……魁斗さぁん……っ」

「日葵……最高だ。お前は最高の女だよ」

そう言いながら獰猛に彼女の唇を貪り、舌で口内を蹂躙した。

獅堂の口の中は、日葵が零す喘ぎで満たされた。重なった唇の脇から流れた唾液が、白いマシュマロみたいな乳房を淫らに穢《けが》す。

唾液だけでは足らず、ぬちぬちと淫靡《いんび》な音を奏でる場所に触れ、愛液を指に絡ませた。それを乳房の先端に塗りたくり、指先でしごく。

「ふ……ッ、んは……あん……っ、それ、すごくいいッ」

日葵は恍惚とした表情で眉を寄せ、自ら腰を動かした。

獅堂は堪らず日葵の唇を奪った。ふーふーと呼吸も荒く舌を吸い立てたのち、眉根を寄せて日葵を見る。

「エロい女だな……最高かよ」

怒張したものが今にも暴発しそうだ。日葵も、はっ、はっ、と短い呼吸を繰り返しているところを見ると、絶頂が近いのかもしれない。

「すごい……いっぱいこすれる……ッ、あ、はぁあんっ……」

「一緒にイこうぜ」

うん、うんと何度も頷いた日葵が、獅堂の頭を引き寄せて唇を合わせてきた。腰を淫らに振り、豊かなバストを獅堂の手に押しつけるようにして。

かつて、こんなにかわいい女がいただろうか。男心を焦がすようなときめきに、猛《たけ》り狂う欲望の象徴だけでなく、胸まで破裂しそうだ。

「あっ、あっ、イく、魁斗さぁん、イくぅっ‼」

「日葵……日葵……ッ！」

最後は猛烈に腰を振ってふたり同時に弾けた。

壮絶な絶頂感と解放感に肌が粟立ち、一瞬気が遠くなる。ありったけの種を彼女の中に注ぐべくさらに腰を振り続け、射精が終わると同時に日葵を抱えて後ろに倒れた。

そのままどのくらい時が過ぎただろう。汗だくになった身体がエアコンで冷えてくる頃、獅堂は目を開けた。

「あー……」

呆然と天井に向けた目をぱちぱちとしばたたく。身体に感じる重みが、これは夢ではないと伝えてくる。それほどまでに、今の獅堂はかつてない幸せを感じていた。

シルクみたいに滑らかな日葵の背中を左手で撫でつつ、右手で艶めいた髪を梳く。すると、覚えのある一定の呼吸が胸に伝わってくる。

「日葵？　寝ちまったのか？」

首を下に向けても顔は見えない。この感じは眠っているだろう。

獅堂は日葵を起こさないよう慎重に横向きになり、身体の結びつきを解いた。避妊具の中には相当な量の白濁が溜《た》まっている。だいぶ堪えたようだ。

避妊具の処理をしたのち、バスルームからタオルを持ってきて日葵の身体を丁寧に拭いた。きれいな肌だ。蛇の腹みたいに真っ白で傷痕ひとつなく、毛穴すら見えない。凶悪な龍を背中に背負い、無数の傷に覆われた自分の身体とは対極の存在だ。

いつも楽しそうに笑っていて、食べることに目がなくて、バカがつくほどのお人好し。自分をなんの取り柄もない女だと思っているようだが、殺伐としたヤクザ社会で生きる獅堂にしてみれば、この無垢《むく》なところが何よりの癒しだ。

スースーと静かな寝息を立てる愛しい女に上掛けを被せ、バスルームに向かった。彼女をひとりにしていても安心できるのは、自宅マンションかホテルにいる時だけ。

日葵が怖がると思って内緒にしているが、乙原組との小競り合いは未だ続いており、最近はその内容もさらにエスカレートしている。

先週は夜中に組事務所に工具が投げ入れられ、ガラスが何枚も割れた。

会長の車が走行中にパンクさせられたりもしたが、幸いにも本人は無傷で済んだ。むしろ、頭に血が上った若衆たちをなだめるのが大変で、放っておいたら勝手にカチコミに行きかねないため、適度にガス抜きさせたくらいだ。

この世界に入ってすぐに、ヤクザとは意地の張り合いなのだと教えられた。

先日乙原組の近藤がはした金を持って謝罪に来たのも、こちらがさらに金を要求したのもある意味パフォーマンスだ。

終わりのない喧嘩《けんか》に時にはバカバカしくもなるが、一歩でも譲る素振りを見せたら負けを認めたも同じ。『どこの組の誰が芋を引いた』との噂《うわさ》が瞬く間に広がり、ほかの組織から舐められるようになる。だから決して弱みは見せられない。

獅堂はシャワーのコックを捻り、全身に熱い湯を浴びた。乾いた汗とともに、肌に染みついた濃厚なセックスの匂いまでが流されていく。

(そういや、バーで飯食ってる時は危なかったな)

それまでは楽しい雰囲気で食事を口に運んでいたのに、日葵が急に『こういう店にひとりで来たい』とか言い出すものだから、つい変に想像を働かせて激高しかけた。

クラブでナンパされている姿を見た時には、自分の身体から獰猛な獣が飛び出してくるのを感じた。小柄で人が好すぎる彼女は、欲望を滾《たぎ》らせた男の前ではあまりに無力で無防備だ。ひとりになったが最後、一瞬で取って食われそうな危うさがある。

いたずらに怖がらせるだけだからと黙っていたが、ここ数日、日葵を迎えに行く際、誰かに車のあとをつけられている気配があった。一度だけだが、会社の近くをガラの悪い男がうろついていたこともある。

ヤクザの情報収集力と執念は時に異常だ。もしかしたら、日葵が獅堂の女だともうバレている可能性だってある。今日は迎えに来なくていいと言われていたのに行ったのはそのためだ。

もしも誰かが日葵に指一本でも触れようものなら――

(俺は悪魔にでもなる。命に代えてでも、お前のことは絶対に守るから)

獅堂はシャワーを止め、髪を両手で掻き上げて鏡の中の自分を睨んだ。

*

「ん……んん？」

翌朝、目を覚ました日葵は裸で獅堂の腕の中にいた。カーテンの隙間から洩れる光からして、すでに日は高い。朝と呼ぶにはおこがましい時間だ。

「起きたのか？」

「ふぁ……獅堂さん。おはようございます」

「おはよう」

抱きすくめられ、ちゅ、と額にキスが落とされる。獅堂は伏し目がちに視線をこちらに預けて、洗いざらしの髪をかき上げた。

(い、色っぽい)

もう何度も抱かれたのにドギマギしてしまい、彼の胸に顔を押し付ける。嗅いだことのないボディソープの匂いがする。彼はシャワーを浴びたのだろうが、自分にはその記憶がない。

「あれ？　えーと、エッチしました……よね？」

「したな。何発もした」

（うっ）

ふふん、と唇の端を上げる端正な顔に当てられて、頬に熱が差す。

「そんな言い方しないでください。せめて何回とか……」

「何回もヤッたな。めちゃくちゃよがってかわいかったぞ」

抱き寄せられた直後、火照った頬に唇が触れた。

「そ、そうなんですか？　……全然覚えてない。あのー、私、変なこと言いませんでしたよね？」

「言ったかもな」

「えっ、やだ！　なんて言ったか教えてください」

さっきからニヤついていた獅堂の顔がいよいよ緩んだ。

「かわいかったぞ。『魁斗しゃぁん、もっと、もっとぉ～～』って」

「ちょっ!!」

素っ裸なのを忘れて跳ね起き、龍虎の描かれた肩をガタガタと揺さぶる。

「言ってない！　そんなこと絶対に言ってない！」

必死に揺さぶるも、その名前の響きには記憶がある。しかも自分の口から出た響きだ。『魁斗さん、魁斗さん』と何度も……甘えた声で。

ゆさゆさと揺れていた胸を、獅堂が両手で掴み、弄んだ。

「二日酔いは？」

「あん……大、丈夫」

「じゃあ腹減ってんだろ。なんか食いに行くか？　それか、ルームサービスにするか」

「ルームサービスで……んッ」

乳首を弾かれたら脚のあいだがもう潤ってきた。それとも、昨夜の余韻だろうか。

一度ベッドから出ていった獅堂が、メニュー表を手に戻ってきた。一糸まとわぬ彼の姿はやはり迫力満点で、いろいろな意味で目のやり場に困る。

ベッドに入った獅堂は枕に寄りかかり、「ん」と自分の股ぐらを叩いた。ここに座れということらしい。

墨の入った太腿のあいだに収まると、ジェットコースターの安全バーよろしく、上からメニュー表を広げた手が下ろされる。彼とは身長差がありすぎて、絵本でも読んでもらう子供みたいだ。

「どれが食べたい？」

「えーと……獅堂さんのおごりですか？」

「俺が一度でもお前に払わせたことがあるか？」

ふふ、と日葵は笑った。

「ありませんね。いつも大変お世話になりましてありがとうございます」

「どういたしまして」

チラと見上げると、獅堂が穏やかな表情でこちらを見ている。

「あの……なんか今日ちょっと違いません？」

「俺が？」

「はい。なんていうか……優しい？」

ふ、と彼の口が横に広がり、白い歯が覗く。

「いつも優しくしてるだろ」

「そうなんですけども」

メニュー表に視線を戻してから、はたと気づいた。目が違うのだ。いつもの恐ろしげな三白眼は鳴りを潜め、愛しいわが子を見守るような柔らかい目つきになっている。声のトーンも違う。

(やっぱり昨日何かあったんだ。私がぐでんぐでんに酔っぱらってるあいだに。……うう、気になるなあ)

「俺はクラブハウスサンドとアイスコーヒーにする。お前は？」

「あっ……えーと、じゃあ私はフレンチトーストとアイスミルクティーで」

「了解」

獅堂はベッドサイドの受話器を取り、フロントに電話をかけ始めた。高級ホテルのルームサービスは驚くほど高いけれど、彼は気にしていないようだ。

ベッドから下りた日葵はバスルームへ向かった。朝食を済ませたらいったんマンションに戻り、動きやすい服装に着替えてまた出動する予定だ。

今日は午後から遊園地に出かける。明るいうちはアトラクション、夜になったら観覧車に乗って夜景を楽しみ、その後は銀座の高級すし店で食事をするらしい。完璧なデートコースだ。

獅堂からしていたのと同じ匂いのボディソープで素肌を撫でながら、昨夜バーでのんだ後のことを思い出そうとした。しかし、どんなに記憶を手繰り寄せても、断片的にしか思い出せない。

けれど、その記憶の欠片《かけら》を繋ぎ合わせてみたら、とても幸せな気持ちになった。

記憶のなかの獅堂は、熱の籠った目で日葵を抱きながら、『好きだ』と言った。彼がそんなことを口にするとはにわかには信じ難《がた》いが、さっきのあの表情からするとあり得ない話ではない。

(でも、直接本人に尋ねるのはちょっと恥ずかしいよね……)

恋愛経験ゼロだった日葵には加減が難しく、悩みどころだ。ヤクザの女がどういうものなのかもわからない。

シャワーを終えた日葵は、バスローブを羽織って部屋に戻った。

よく見るとこの部屋は普通のツインではないようだ。広いバスルームの浴槽はジェットバスだったし、玄関も洗面所も広い。二十畳くらいありそうなリビングは玄関と直結していて、リビングと寝室を隔てるドアもない。

「もしかして……スイート?」

首を傾げて呟いたところ、シャツとトラウザーズ姿になった獅堂が寝室から現れた。

「ジュニアスイートだ。悪いな。スイートは空いてなかった」

「そそ、そんな！　ジュニアスイートだってすごいですし、かえって大変申し訳なく——ああっ、チェックアウトは⁉　超過したら大変ですよね⁉」

自分の服がかけられた椅子にバタバタと駆け寄る。獅堂はトラウザーズのポケットに両手を突っ込み、おもしろそうに笑った。

「落ち着けよ。さっきルームサービス頼んだだろう？」

「はっ。……そうでした」

「部屋は二泊取ってあるから心配すんな。一度マンションに戻るけど、今夜はここでもう一泊しよう」

「は、はい……ではお言葉に甘えて」

部屋のチャイムが鳴ったため、日葵は着替えを手に寝室の奥に隠れた。ルームサービスのワゴンを運んできたスタッフを、獅堂が対応している。

下着を身に着けながら、日葵はドキドキする胸を押さえた。

置かれている家具も、寝具も、よく見ればいかにも高級品といった感じだ。一泊おいくらまんえんするのかと考えただけでゾッとする。

（もしかして私、とんでもない人を相手にしてるんじゃあ……）

日葵には優しい獅堂でも、一歩ヤクザ社会に戻ればどんなふうに金を稼いでいるかわからない。

真面目に働いている人から暴力で金を巻き上げたり、高齢者を騙したり。

少し調べたところによると、暴対法や条例でがんじがらめになったヤクザは、金のためなら手段を選ばなくなっているらしい。

さっきは『心まで愛されているのでは』と浮かれたけれど、本当に恋人関係になるのなら、こういったところにもちゃんと目を向けていかなければならない。その覚悟が自分にはあるのだろうか。

真面目で人の好さだけが取り柄の自分に。


獅堂のマンションで着替えを済ませたのち、日葵と獅堂は都内にある遊園地にやってきた。

「わぁ、遊園地なんて久しぶり！　獅堂さん、見て！　大きい観覧車がありますよ！」

「ああ。暗くなったらあれに乗るぞ」

きゃっきゃと指差して喜ぶ日葵を、獅堂が眩しそうな目で眺める。

今日の日葵は、昨夜の大人っぽい服装とは一転して、白い半袖のカットソーにこげ茶色のレース編みのキャミソールとスカートのセットアップを着ている。髪はしっかりと巻いて、つばの短い黒のキャスケットを被った。

最近はおしゃれをするのが楽しく、今まで使ったことがなかった色味のコスメやかわいらしいピアスを楽しんでいる。仕送りがあって贅沢はできないためプチプラだけれど、自分の機嫌は自分で取るものだと気づいたのだ。

「日葵はなんでも似合うな。今日もかわいいぞ」

えへへ、と日葵は照れまくった。

「獅堂さんも素敵ですよ。そういうラフな服装もよく似合いますね」

普段はほぼスーツしか着ない彼のラフな姿を見るのは新鮮だ。

獅堂は上質な生地の紺色のシャツを肘まで腕まくりし、黒の細身のデニムに真っ白のスニーカーを合わせている。サングラスをかけた彼は、背が高いのもあってモデルみたいだ。

どんなに暑くても半袖を着ないのは刺青が見えるからで、透けて見える白いシャツも着ない。

足取りは軽く、今にも羽が生えて飛んでいってしまいそうだった。昨日からたっぷり遊んでいる気がするけれど、休みに入ってまだ一日目。考えることはあっても、ひとまず今を楽しみたい。

獅堂が差し出した手を握り、園内を歩いていく。目の前には急峻《きゅうしゅん》のごとく切り立ったジェットコースターがある。

「獅堂さん、あのジェットコースターに乗りましょうよ！　私、激しいの大好きなんです」

「激しいのねぇ」

意地悪い笑みを浮かべる獅堂の肩に体当たりすると、彼は笑って大げさによろめいた。

「獅堂さんもジェットコースター好きですか？」

「まあな。何かと激しいのは好きだ」

「じゃ、決まり！」

日葵は彼の手を引いてずんずんと歩いた。

近づくにつれ、ゴーゴーという走行音と、断末魔じみた悲鳴が大きくなる。足が固定されないタイプのジェットコースターはスリルたっぷりで、この遊園地の目玉アトラクションなのだ。

暑いなか三十分ほど並んでやっと順番が回ってきた。その頃にはすっかり汗だくになっていて、涼しい顔をした獅堂が手であおいでくれる。ぽっちゃりで困るのはこういう時だ。

シートに並んで座り、安全バーを下げたらガクンと身体が揺れた。出発だ。構内を飛び出した途端に地面が見えて、腰がぞわっとする。このスリルが堪らない。

「わあ、遠くまでよく見える！」

「夜に乗ったら夜景がきれいだろうな」

「ホント！　あとでまた乗りましょうよ」

はじめは余裕で話していたのに、高度が上がるにつれて言葉が少なくなっていった。

緑あふれる周りの景色が遠ざかっていく。遥か遠くに都会のビル群が見えてくると、緊張がわくわくを凌駕した。

「ちょっと高すぎません……!?」

てっぺんに差し掛かろうかという段になって、日葵は獅堂の肩にぴたりと寄り添った。

「怖けりゃ俺に掴まってろよ。あと、俺を名前で呼べ」

「はっ……!?　なんでこんな時に――」

その時、ちょうど降下が始まって考えていたことがすべて吹っ飛んだ。

ゴ――、という耳をつんざく走行音と、ものすごい風圧で全開になる額。息が止まりそうなほどのスピードに、踏ん張れない足から頭の先まで恐怖が支配する。

ギャー！　と喉から絶叫が迸《ほとばし》った。しかし、走行音と風を切る音でかき消される。

半べそをかいていると、肩を強く抱き寄せられた。隣で獅堂はげらげらと笑っている。いったい何がおかしいというのか。

車両がホームに戻る頃には、日葵はヒーヒー言っていた。髪はぐしゃぐしゃ、叫びすぎて喉は痛いし、涙が滲んだ目尻は化粧がだいぶ落ちていそうだ。

「ああ~、怖かったぁ……」

獅堂に寄りかかりながらタラップを下りた。一番近くにあったベンチに座っても、まだ脚が震えている。

「じゃあしばらくここで休むか？　まだ昼には早いし――」

腕時計を見る獅堂の腕をがしりと掴む。

「もう一回！　もう一回乗りましょう！」

「あ？　怖いんじゃねえのか？」

「怖いけど好きなんです。怖くなければ絶叫マシンじゃありません」

結局、それから三回連続で乗った。さすがに最後は足元がふらついて。獅堂にすがるようにして歩く。

「あ~、楽しい！　よかった~、獅堂さんが絶叫マシン大丈夫な人で」

獅堂はニヤッと口の端を上げた。

「魁斗、な。そろそろ腹減ってこねえか？　何が食いたい？」

「私はなんでも。えっと……かっ、魁斗さんは？」

（は、はわわ……恥ずかしい）

その名前を口にしたら、ボッと顔から火が出そうになった。昨夜は本当に彼の名を何度も呼んでねだったのだろうか。

獅堂が満面の笑みを浮かべて腰を抱いてきた。

「日葵ィ、お前はかわいいやつだな。デザートにパフェも頼んでいいぞ」

「えっ、いいんですか!?」

ぱあっと一瞬顔を輝かせるが、ひと呼吸後には項垂れて自分の腹を撫でる。

「でも、最近また太ってきちゃって……ちょっと痩せなくちゃって思ってるんですよ」

「はあ？　痩せんな、痩せんな。お前はそのままがいいんだから」

「そ、そうですか？　じゃあ、食べちゃおうかな……この『ギガマウンテンパフェ』」

ちょうどレストランの入り口について、日葵は精巧に作られた食品サンプルを指差した。

先ほど立て続けに乗ったジェットコースターの名を冠した巨大なパフェは、たまごのプリンとイチゴのプリンに、たっぷり盛られたアイスクリームとホイップ、フルーツまでふんだんにあしらわれた巨大で豪華なスイーツだ。

「よし、ここに入ろう」

楽しそうに日葵の手を引っ張っていく獅堂の後ろ姿に、日葵も頬を緩めた。彼が笑っているのが一番嬉しい。

湖が見える席で食事を満喫したのち、フードテラスでドリンクを買うことにした。

盆休みとあって、アトラクションのみならず食事処もすべて混んでいる。

そこで並んでいる時にはじめて気づいた。親子連れやがカップルが、どうも獅堂から距離を取っているようなのだ。特に男性。身長一九〇センチと背が高く、服の上からでもわかるほどの筋肉を蓄えた獅堂が怖いのだろうか。テントの下に入ってからはサングラスも外しているのに。

ずらりと並んだ席は相席状態でほぼ埋まっていた。獅堂と目が合うとサッと俯いたり、ひそひそと何かを話している人もいる。

確かに強面だし迫力があるから仕方がないとは思うけれど、ちょっとかわいそうだ。

(こんなに優しい人、ほかにいないと思うんだけどな)

ちらちらと見てくる人を鼻息荒くけん制する。しかし、ぽっちゃりの日葵では迫力が足りないのか、睨んでいることにも気づかれない。

日葵の気持ちに気づいたのか、獅堂が穏やかに目元を緩める。

あまりの混雑ぶりにテラス内で飲むことは諦め、外にある日陰のベンチに陣取った。それでもなおモヤモヤが晴れずにいると、アイスコーヒーで冷えた獅堂の手が頬に触れた。

「気にすんなよ」

「だって、なんか嫌な感じなんだもん。しど……魁斗さん、本当は優しいのに」

「俺は慣れてる。それより、お前に嫌な思いをしてほしくない」

自分のことより日葵のことを気にしているのは彼らしい。ふふ、と日葵は顔を綻ばせた。

「大丈夫ですよ。それ以上に、すっごく楽しいので」

獅堂は優しい笑みを湛えて日葵の頭を撫でた。

「お前はいい子だな」

「子ども扱いしてます？」

案内図を広げながら口を尖らせる。

「んなこたぁねえよ」

「あっ、次これ乗りましょうよ。ゴーカート！　あと、メリーゴーランド」

案内図に描かれたマップを指差すと、獅堂が笑う。

「やっぱ子供みてえだな」

「私、遊園地には大人になってからはじめて来たんですよ。父は仕事人間で、休みの日は家でゴロゴロしてましたから。そのせいかも」

「そうか。じゃあ、その時間取り戻せよ。今からでも遅くねえ」

「はい！」

と、日葵は満面の笑みを浮かべる。

獅堂はアイスコーヒーの容器をゴミ箱に捨てに行き、近くの喫煙所で煙草を吸い始めた。ほかに誰もいなかったため、日葵も彼のところへ行って横に並ぶ。獅堂は日葵の前でも煙草を吸うが、マンションの室内では決して吸わないし、車内では窓を開けて吸う。汚れるのがいやなのだそうだ。

彼はうまそうに煙草を吸って、日葵から顔を背けて煙を吐いた。

「そういや、昨日務めから戻ってきたやつがいるんだ。子供から遊園地に連れて行ってくれってせがまれてるって嬉しそうだったな」

「『務め』って、もしかして服役《ふくえき》ですか？」

「そうだ。傷害で五年入ってた」

「へえ……ヤクザ屋さんは刑務所から出てくると位が上がるって何かで見ましたけど」

獅堂が煙を吸いながら、眉を寄せて頷く。

「まあ、そういうところはあるな。でも、一番出世するのは金もうけがうまいやつだ」

「じゃあ魁斗さんはお金儲《もう》けがうまかったんですか？」

「まあな」

どこか遠くを眺めている獅堂の横顔を、日葵は不安な気持ちで見つめた。日葵には優しくても、彼はヤクザだ。敵対する相手には暴力をふるうこともあるだろうし、前科があってもおかしくない。

アパートの下で彼を見つけた翌日にも、何やら不穏な話を組織のメンバーとしていたではないか。

「あの……魁斗さんは、服役したことってあるんですか？」

ドキドキしながら尋ねる。獅堂は、スパーと煙を天に向かって吐き出した。

「ある」

「えっ」

「――って言ったらどうするんだ？」

「なんだぁ……！　もう、びっくりさせないでくださいよ」

ホッとして獅堂を見たが、彼の顔が想定外に険しかったため、日葵はすぐに真顔になった。

「あるって言ったら俺の前からいなくなんのかよ？」

獅堂は煙草を灰皿に捨て、日葵の顎を掴んでグッと顔を近づけた。

「させねえよ。お前は俺のもんだ」

「ンふっ」

いきなり口づけられて、日葵はよろめくままに彼の胸にしがみついた。

獅堂の唇からは、たった今まで吸っていた煙草のにおいがした。彼の胸を力任せに押しのける。

「魁斗さんみたいな優しい人が、そんなことするわけありませんから」

「あるぜ」

獅堂がまた煙草を取り出して咥える。日葵は眉を寄せた。

「あ、あの、それってどういう罪で」

「殺しだ。年少に入ってた」

ひゅっと息を吸い込み、日葵は口を押さえた。頭が真っ白になり、顔から血の気が引いていくのがわかる。『殺し』とは、言葉の通りの意味だろうか。それとも、暴力団が使う隠語か、流行《はや》り言葉だったりするのだろうか。

どうにかして都合のいいように解釈しようとしたが、無理があるのは否めなかった。ずっと黙っていると変に思われるから、本当に聞きたいことを隠して尋ねる。

「あの……『年少』って、少年院ですか？」

「そうだ」

煙草に火をつけた獅堂は目を細めて煙を吸い、ため息とともに吐いた。

「年少ってのはムショと違って矯正施設だから、厳密には服役とは違うけどな。まだ正式に組員になる前だったし、死んだのはうちの爺さんだから、出世にはまったく関係なかった」

「おじいさんって、魁斗さんのおじいさんですか？」

獅堂は煙草の灰を落として頷いた。

「朝から酒を食らっちゃ、俺とババァに殴り掛かるクソみてぇなジジィだった。務めを終えた時にはババァもボケていやがって、オヤジが施設に入れてくれてたんだ。オヤジは俺の身元を引き受けに来て、シノギが安定するまでは施設の費用も払ってくれた。だから俺は、あの人に足を向けて寝られないのさ」

今の日葵には、獅堂の組織の会長の話などどうでもよかった。彼が祖父に手をかけたということがショックでならない。

（おじいさんを殺した？　彼が？　嘘でしょう？）

獅堂は強面だし目つきこそ悪いが、情に深くてとにかく優しい。ぽっちゃりのせいで子供の頃から染みついた自己肯定感の低さを、いつだって爆上げして甘やかしてくれる。

時にはヤクザらしく凄んだりもするけれど、出かけた先では常識的で、さっきも店員からアイスコーヒーを受け取る際に『ありがとう』と言っていた。

こんなに優しい人が殺人を犯すなんて信じられない。きっとのっぴきならない理由があったはずだ。本当は事故だったのに濡れ衣《ぎぬ》を着せられたり、誰かを庇《かば》っていたり。それに、殺された祖父は相当酒癖が悪かったようではないか。

「どうした？　ビビったか？」

わざとらしく軽薄な感じに言い、彼は吸殻を灰皿に投げ入れる。それを見たらショックを通り越して腹が立ってきた。

「そんなの信じません」

「あ？」

日葵は獅堂の腕を掴み、眉根を寄せる彼を下から睨みつけた。

「嘘に決まってます。魁斗さんがそんなことするわけない……！」

しかし、冷たく見下ろしてくる三白眼に気圧されて、何も言えなくなった。

「お前がどう思おうが記録は残ってる。ヤクザなんてそんなもんだろ」

獅堂は吐き捨てるように言い、踵を返した。

『お前とは棲む世界が違う』

そう言われた気がして、日葵は心が冷えるのを感じた。

そんなことはわかっている。知り合ってまだ半月だし、この先長いこと一緒にいたとしても、彼のすべてを理解できるとは思わない。

でも――

彼のことが好きなのだ。

自覚してしまえばあっけなく、割と出会って間もない時から惹かれていたと認められる。はじめて好きになった相手がヤクザだった。ただそれだけのこと。

その場を動けずにいる日葵に、振り返った獅堂が手を差し延べた。

「ほら。俺とはもう手を繋ぎたくねえってか？」

おずおずと上げた視線がぶつかった瞬間、獅堂の目元が優しく緩む。日葵は彼の手を掴んだ。

「信じてませんから」

「勝手にしろ」

小声でつぶやいたのに彼には聞こえたようだ。獅堂は先ほどまでと同じく機嫌よさそうに歩き出し、日葵は隣をやや速足でついてく。

その後は、さっき日葵がリクエストしたメリーゴーランドに乗り、ゴーカートで競い合った。

表面上は普段通り楽しんでいるように見せていたが、しこりが消えたわけではない。なんらかの理由によって彼が犯した罪が覆《くつがえ》らない限り、胸にこびりついたものはずっと残り続けるだろう。

辺りがすっかり暗くなった頃、予定通り観覧車に乗った。

都内の夜景が一望できるとあってか大人気で、日葵たちが乗れたのは午後八時過ぎ。獅堂に手を引かれて向かい合って座り、係員によってドアが閉められた。

ゆっくり、ゆっくりと、日葵たちを乗せたゴンドラは高度を上げていく。

夏の観覧車は夜でも暑く、日葵はバッグからハンカチを取り出してぱたぱたとあおいだ。

ふたりとも無言だ。向かい合っているせいで少し気まずく、日葵は遠ざかる地面を窓から覗き込み、「お〜」と小さく呟いてみたりする。

黒い塊に見える森が遠ざかり、代わりに遠くに夜景が見え始めた。都心からは少し離れているため、昨夜ホテルのバーで見た夜景に比べたらだいぶ地味だ。

「日葵」

顔を向けると、獅堂がシートの片側に寄った。ここに座れ、とばかりに隣を示すが、日葵は動かなかった。いや、動けなかったのだ。夕方から吹き始めた風は上空だともっと強く、ゴンドラがゆらゆらと揺れている。

獅堂が立ち上がり、日葵の隣に座った。肩に腕が回されて、煙草の匂いといつも彼がつけているコロンの香がふわっと漂った。気まずさを抱えていた日葵はあれ以降自分から彼に近づかなかったから、密着するのは久しぶりだ。

無言で窓の外を眺めているあいだも、日葵の胸はドキドキしていた。彼とキスがしたい。観覧車のてっぺんでキスをすると幸せになれる、といわれるではないか。

ゴンドラはじりじりと上がっていき、やがててっぺんが見えてきた。

「写真でも撮ろうぜ」

スマホを取り出した獅堂がインカメラを向けたため、ふたりで頬をくっつけてポーズをとる。

彼はパシャパシャとテンポよく連続でシャッターを切った。はじめは澄ましていた日葵だったが、途中からふざけだした獅堂につられて一緒に変顔まででした。

獅堂が口づけをしてきたのは、ゴンドラがちょうどてっぺんに差し掛かる頃だった。

「ん……！　んん～」

キスを受け入れながら日葵はくすくすと笑ったが、それもすぐに収まった。彼の口づけが思いのほか真剣だったからだ。

肩に回された手が日葵の頭をしっかりと抱え、唇を甘く貪った。絡みつくような舌が口内をするとまさぐり、舌に、頬の内側に、甘美な痺れを刻み付ける。

「ふ、う……魁斗、さん」

日葵は獅堂のシャツにすがった。隣のゴンドラから見えているだろうが、胸を焦がすほど熱いキスをやめることは考えられない。

彼の口づけは魔法みたいだった。滑らかにうごめく舌と唇が、日葵をこの恋に縛りつける。

「いい顔してんな」

唇を放した獅堂が、かすれ声で囁く。

ふふ、と日葵は笑った。すると急に強く抱きしめられて、今度は口を大きく開けて笑う。

その瞬間にスマホのシャッター音がして、日葵は「えっ！」と声をあげた。

彼が手にしたスマホの画面には、両目をつぶって破顔する日葵の頬に、獅堂が口づけをしているところが映し出されている。いい写真だ。

ゴンドラは地上まであと半分のところに迫ろうとしていた。ずいぶんと長くキスをしていたようだ。

さっき撮った写真をスマホに送ってもらい、日葵は獅堂を見上げた。

「魁斗さん」

「ん？」

「私、過去に何があっても魁斗さんを信じてますから」

獅堂の眉がわずかに寄り、それから鋭い目がスッと細くなる。

「今のあなただけを信じます」

もう一度言うと、獅堂は日葵の頬を両手で引き寄せ、恭しく口づけをよこした。

気持ちを伝えあうような優しいキスを交わしたのち、大きな腕で抱きしめられる。切ない迷いを吹き飛ばす抱擁は、ゴンドラが地上に到着するまで続いたのだった。


翌日は昼近くにホテルを出発し、ブランチをとってからスポーツ用品店でTシャツやスパッツを買い、ベリーダンス教室に向かった。

教室は男子禁制で、獅堂は車で留守番だ。『絶対痩せるなよ』と送り出されたものの、そこは心配ご無用。この体型は筋金入りだし、たった一回で痩せられたら苦労はない。

ぽっちゃりゆえ、服を買うのにだいぶ時間が掛かったが、獅堂は辛抱強く付き合ってくれた。荷物も持ってくれるし、どの服を試着しても似合うと言ってくれる。男性は女性の買い物には付き合えないのかと思っていたが、彼はそうではないらしい。

『殺しだ。年少に入ってた』

昨日あの話を聞いた時は、ガツンと頭を殴られた気持ちになった。けれど今となっては、聞き間違いか、夢でも見たのではないかというくらいに現実味がない。

やはり、何か事情があったのではないか。こんなに優しく、思いやりのある人が理由なく殺人なんて犯すはずがない。

ベリーダンス教室が終わったのは夜の七時で、その頃には空腹を感じていた。

外食続きで罪悪感が出てきたこともあり、今夜は獅堂が腕を振るってくれるらしい。スーパーで明日の朝食のパンまで買い込んで、マンションに戻った。

「あ～～～、つ、か、れ、た～！」

日葵はリビングによろめきながら入るなり、ソファにドサッと倒れ込んだ。体験教室は二時間だった。その間ほぼずっと身体を動かしていたため、身体のあちこちが痛い。

キッチンへ荷物を運んだ獅堂が笑っている。彼は買ったものを冷蔵庫にしまい、すぐに調理の準備を始めた。

「日頃の運動不足がたたったな。明日は筋肉痛か」

「ホントそれです。なんなら一週間くらい引きずりそう」

そう言いながらも日葵は果敢に立ち上がり、キッチンへ向かう。

「お前は休んでろよ。冷蔵庫にジュース入れたぞ」

獅堂がまな板の前で腕まくりして、後ろ指で示す。

「そうですか？　ではお言葉に甘えて。疲労回復には糖分が必要ですもんね」

いそいそと冷蔵庫を開け、先ほど買った炭酸のジュースを取り出す。もはや勝手知ったる他人の家だ。千夏が見たらゾッとするだろう。

立ったままジュースを飲みながら、獅堂の手元を後ろから覗く。今日はサーモンの刺身が特売だったため、アボカドとマグロを合わせてポキ丼を作ってくれるそうだ。

手早く米を研いだ彼は、『急速炊き』に合わせて炊飯器のスイッチを入れた。ものすごく手際がいい。先の先まで頭の中で順序だてて動いている証拠だ。

「で？　ベリーダンスは楽しかったのか？」

野菜のカットを始めた獅堂が前を向いたまま尋ねた。ボウルから洗ったグリーンカールを取り出してひと口大に手でちぎる。

「すっごく楽しかったです！　身体を動かすのってやっぱりいいですね」

「だろうな。たくさん人がいたのか？」

「うーんと……二十人くらいかな。今日は少ないほうだって先生が言ってました」

今度はラディッシュを薄くスライスしながら、へえ、と獅堂は頷く。

「ずいぶん人気なんだな」

「みんな痩せたいんですよ」

「お前は痩せんなよ。絶対痩せんな」

日葵は力説する彼の顔を覗き込んだ。

「二回言いましたね」

「大事なことだからな」

「こんなにぽっちゃりしてるの私だけでしたけども？」

調理を開始してからはじめて、獅堂の顔がこちらを向く。彼の視線は日葵の顔から胸へと移動し、ヒップラインを眺めて顔に戻った。

「お前はそのままがいいんだよ」

ちゅっ、といきなり唇を吸われ、日葵は笑いながら獅堂のウエストを後ろから抱きしめた。また調理を始めた彼の背中には、豊かなバストが当たっているはずだ。

「このポヨポヨがなくなったら俺は泣く」

「泣いちゃうんだ。スタイルがよくてくびれてる女性はいくらでもいるのに、変わってますね」

「変わってて結構」

獅堂の背中にセミのように留まったまま、日葵は時々彼の脇の下から手元を見た。

今はミニトマトを切り終わって、アボカドの種が外されているところ。レシピは頭の中に入っているとかで、ソースまで自分で作るそうだ。

……と、突然。獅堂が「あ」と声をあげる。

「勃《た》った」

「はい？　……触りませんよ」

「いいから触っとけ。揉んどけ。タダだから」

日葵は、くくっと噴き出して獅堂から離れた。

「お預けかよ」

おもしろそうにつぶやく言葉を無視して、食器棚の扉を開ける。

「どんぶりとお箸だけですか？」

「いや、パスタ皿のほうがいいな——あ、わりぃ。鍋にお湯沸かしてくれ。一番小さいやつ」

「了解です」

日葵は先にキッチンの引き出しを開けて小鍋に湯を沸かし、それからパスタ皿と箸を用意した。

そういえば味噌汁を作ろうと、ワカメと豆腐も買ったのだった。きざみ油揚げが冷凍庫に常備されているのは知っている。あとは長ネギを刻めば……

「豆腐とネギ、使うだろ？」

隣から差し出されたのは、賽《さい》の目に切った絹豆腐と輪切りの長ネギだ。塩蔵ワカメも調理台の端で戻されていた。

「すごい……お母さん！」

日葵は目を輝かせて拍手した。ものごころついた時には母親がいなかったため、一緒に台所に立つことはなかったが、彼にはベテラン主婦と同じくらいの家事スキルがあるように思う。

「照れるな」

まったく照れた様子なく言う獅堂がおもしろい。

ワカメを刻んで顆粒《かりゅう》だし、油揚げとともに鍋に入れ、ひと煮立ちさせたら味噌を溶き、仕上げに豆腐とネギを入れる。味噌汁ができあがる頃、ちょうどご飯も炊きあがった。

ほかほかの湯気が上がったご飯を皿に盛り、獅堂お手製のポキ丼の具をのせる。

いい匂いがするタレで和《あ》えたマグロとサーモン、アボカドに、グリーンカール、ラディッシュ、ミニトマト。彩りに軽く酢で和えた紫キャベツとむき枝豆ものせ、最後に残ったソースがかけまわされた。

「うわぁ～、いい匂いがします……！」

テーブルについた日葵は、泣きそうな顔で目を輝かせた。運動をしてきたせいで腹の虫がさっきからぐうぐうとうるさい。

「うまそうだな。はい、いただきます」

「いただきます！」

隣りに座った獅堂と一緒に手を合わせて、いそいそと箸を手に取る。まずはひと口目。マグロをタレがかかったご飯とともに口いっぱいに頬張る。

「ん～～!!」

もぐもぐと咀嚼しながら、零れんばかりに目を見開き、ぱちぱちと瞬きした。すぐにふた口目を掻っ込むと、獅堂が箸を持ったまま笑った。

「お前はまた……本当にうまそうに食うな」

「だって、すごくおいしいんですもん！　特にこのサーモンとアボカドの混ざったところ、最高です。魁斗さん天才！」

どれどれ、と獅堂がポキ丼を口に運ぶ。

「うん、最高にうまい」

続いて味噌汁を啜って頷いた。

「日葵が作った味噌汁もうまいぞ」

「私のはあるものを組み合わせただけですから。……あ、でもおいしい」

味噌汁をひと口啜って納得する。鶏だしで春雨スープにしてもいいと思ったが、和風テイストのポキ丼だからか味噌汁にして正解だ。

家で食べる食事もまたいい。家族で囲む食卓の楽しさを久しぶりに思い出した。


忙しくて楽しい盆休みは刻々と過ぎていき、あっという間に前半が終了した。後ろ髪を引かれつつ、後半は久しぶりにアパートへ帰って弟と過ごす。

雄志が帰る前日の夜に自宅へ戻った日葵は、せっせと掃除に励んでいた。ずっと閉め切っていた窓を開け放ち、暑いなか掃除機をかけ、拭き掃除までして弟を待っていた。

なのに。


「姉ちゃん、また太ったんじゃね？」

アパートのチャイムが鳴り、ドアを開けてみれば開口一番それだ。日葵は思わず笑った。

「ねえ、女の子にはっきりと『太った』とか言っちゃう？　そんなだから彼女できないんだよ」

「そういう姉ちゃんだって、未だにぽちゃモブだろ。まるで男っ気ないくせに」

「なっ……！　こう見えて私には――」

途中まで言いかけて、むぅ、と口をつぐんだ。

獅堂のことをどう説明したらいいのかわからない。もう彼氏と言っていい関係かもしれないけれど、さすがにヤクザだとは言いづらかった。

「も、もういいよ。入って、入って」

部屋に入ってきた雄志は、巨大な登山用リュックを下ろした。

大学で山岳系のサークルに入っている彼は、トップシーズンである夏場は平日休日問わず山に入っているのだ。日焼けして少し逞しくなった気がする。

兄弟だけあって顔はそっくりだとよく言われるが、体型は真逆だ。ぽっちゃりの日葵に対して、雄志は細身の筋肉質。身長は平均より高いほうで、獅堂をひと回り小さくしたような身体つきをしている。

時刻は昼に近く、時計の針がもうすぐ重なろうとしていた。

「ご飯食べよっか。何作る?」

「今日は俺が奢るよ。バイト代入ったばかりだから」

雄志が日焼けした頬をニヤッと緩めた。

「そうなの？　あんたってば、いい弟ね～～」

コロッと態度を変えて、日葵は破顔した。

なんだかんだいって仲のいい姉弟なのだ。家族ふたりになってしまった以上、支え合って生きていきたい。

盆休みをあと一日残して、雄志は大学近くの下宿に帰っていった。彼を送り出してから三十分と経たないうちに、獅堂が迎えに来る。

玄関のドアを開けた瞬間、日葵は彼に飛びついた。

「魁斗さん……久しぶり！」

重いはずの身体を軽々と抱き上げる腕が逞しい。日葵は彼の首筋に鼻を押しつけ、思い切り肌の匂いを吸い込んだ。

「ちょっと痩せちまったんじゃねえか？　え？」

耳に響く低音がなんとも心地いい。電話では毎日話していたものの、こうして生の声が聞けるのはやはりいい。

「私に限ってそれはないですよ。ちょっと待っててくださいね。すぐ用意してきます」

床に下ろされた日葵は小走りに部屋に向かった。

小旅行用のキャリーバッグに当面必要となるものを詰め込んでいく。着替えに化粧品、スマホ、充電器、ヘアアイロン、念のため生理用品など。盆休みは明日で終わるのに、やたらと荷物が多い。

獅堂が玄関で何か言っているが、よく聞こえない。「えー？」と返すと、彼は部屋に上がってきた。

「そういやこんな部屋だったよな」

彼は室内をぐるりと見回したのち、出窓に置かれた父が亡くなる直前に撮った家族写真を手に取った。日葵だって、あの時は卒倒しそうなくらいに恐ろしかったヤクザとこんなことになるとは、夢にも思わなかった。

「姉弟そっくりだな。弟はこの部屋に泊まってたのか？」

「そうです。弟は山岳部で、持ってきた寝袋を敷いて床に寝てたんですよ」

へえ、と言って彼はフォトフレームを戻す。

「いい顔してるな。いつか会ってみたい」

日葵はそれには答えず、ただ曖昧に笑って手を動かした。

実は、獅堂からのメッセージがスマホに届いた時、一度だけ雄志に見られたことがあった。

その時、急に色めき立った弟に、『どんな奴だ』『どうやって知り合った？』『どんな仕事をしてるんだ？』と矢継ぎ早に尋ねられて、年齢以外何も答えられなかったのだ。

男とは縁がないはずのお人好しの姉が、悪い男にたぶらかされている——雄志はそう思ったのだろうが、離れて暮らすたったひとりの家族に、真実を話す気にはとてもなれなかった。


獅堂が迎えに来たのは宵の口で、マンションへ向かう途中のスーパーに寄り、食材を買ってお好み焼きを食べた。

翌日は日葵の服を買うために都心のショップへ。今持っている服は地味だったり、デザインが年齢に合っていなかったり、かえって体型を強調してしまう服だったりして、どうにかしたいと言ったのがきっかけだ。

そこでも獅堂は、日葵に似合いそうな服を片っ端から見ては、あれがいい、これは少し地味すぎる、などと一緒に考えてくれた。いろいろな店でとっかえひっかえ試着して、帰る頃には日葵のほうがクタクタになっていたくらいだ。

午後は早いうちにマンションに戻り、ふたりで掃除や洗濯をした。ほとんど同棲《どうせい》みたいだ。

「で？　明日はどうする？」

しゃれた観葉《かんよう》植物に霧吹きで水をかけながら、獅堂が尋ねる。

「んー、どうしよう。ずる休みしちゃおうかな」

「その『ずる休み』って考えをまずやめろよ。有給休暇たんまり残ってるんだろう？」

「うぅ……毎年消化できずに消えていってます」

近づいてきた獅堂が苦笑した。

「従業員にとって当然の権利なんじゃねえのか？　だったら堂々と休めよ。仮病を使う必要もない」

「それはそうなんですけど、すでに盆休みを長くするために有休をくっつけちゃってるんですよね。言いづらいなぁ」

「俺が上司に電話してやろうか？」

日葵は慌てて顔の前で手を振った。

「そ、それはダメですよ。魁斗さん、ぜーったい凄むもん」

「クソッ……信用ねえな」

そんなやりとりをしたものの、結局翌日は仮病を使って休むことにした。

朝になり、会社に電話を入れるまではドキドキしたけれど、千夏とあらかじめメッセージのやり取りをしたら気が楽になった。

〈千夏さん、おはようございます。すみません、今日の私……なんとずる休みします！〉

千夏からは、かわいらしいキャラクターが腹を抱えて笑うスタンプが送られてきた。

《たまにはいいんじゃない？　私もやったことあるよー》

返信されてきたメッセージに、「えっ」と声をあげた。まさか千夏がこっそりとそんなことをしていたとは。日葵が知る限り、真面目で頑張り屋の千夏はめったに休まないし、遅刻だって一度もしたことがない。

「ほらな。みんなうまいことやってんだよ。せっかく休みになったんだから楽しもうぜ」

獅堂は笑って、シャワーを浴びにいった。ところがすぐに日葵も呼ばれ、一緒にプールみたいな温度の泡風呂に浸《つ》かることに。

「はじめてのずる休み記念として、今日は思い切りグダグダするってのはどうだ？」

後ろから抱っこした日葵の身体を優しく撫でながら、獅堂が囁く。

「ん……それいいかも。お菓子を食べながら映画でも見て、食事も宅配とか、適当にあるもの食べて」

「で、飽きたらイチャイチャすると」

「あんっ」

指先で胸の先端をしごかれて、日葵は腰を揺らした。ジェットを起動させているせいで、泡がもこもこと育っている。その泡を掬《すく》い取り、獅堂の頭にのせた。

「ほら、泡のアフロ！」

「アフロか。今度やってみるか」

「うーん、意外と似合うかも？」

「んじゃ、泡ブラ」

獅堂が日葵の胸に泡をのせたが、大半は流れてしまった。

「肌が滑らか過ぎんだろ。こうしてやる」

「ひゃっ。お返し！」

正面から鷲掴みされた仕返しに、日葵は獅堂の股間目がけて両手を伸ばした。

手に触れたものを両手で優しくさすると、獅堂が蠱惑的《こわくてき》な目つきで唇の端を上げる。彼のそこは触れてもいなかったのにもうガチガチだ。

「そんなことまでするようになったか」

「慣れたんですよ……いろいろと」

上目遣いで獅堂を見ると、手の中のものがドクンと脈を打つ。彼は目元を覆ってため息をついた。

「やべ……飼いならされてるのは俺のほうかも」

「私が悪の親玉みたいに言いますね」

「悪いのは大歓迎だ。さっきグダグダするって言ったな。あれちょっと訂正。イチャイチャメインで合間にグダグダでよろしく」

「ええ？」

クスクスと笑ったら、急に立ち上がった獅堂に抱き起こされた。お互い泡だらけの身体で抱きすくめられ、覆いかぶさるようにキスをされる。

大柄な彼に強く抱きしめられると、いつも身体が浮きそうになる。下腹部に押し付けられる熱の塊には眩暈《めまい》すら覚えるほどで……

獅堂が予告した通り、その日は大半をベッドの上で過ごした。からかうように互いの身体をまさぐったり、キスをしたり、激しく愛し合ったり。

飽きたらはじめに予定していたように、お菓子を摘まみながら映画を見たり、気が向いたら軽く料理をして食べたり、のんだりした。それでも一日の大半はベッドにいて、獅堂が『寝るまでに何回できるかチャレンジする』とまで言い出す始末。

夜になる頃には心地よい疲れに襲われ、やはり映画を見ながらまったりと酒を酌み交わした。裸同然の身体がエアコンで冷えないよう、ふたり寄り添ってタオルケットに包まっている。

「あ～、今年の盆休みは本当に楽しかった。魁斗さん。私、こんなに楽しかったのはじめてです」

獅堂が穏やかな笑みを湛えて、日葵の頭にポンと手をのせる。

「ならよかった。俺のほうが楽しんでたと思うけどな」

「そうですか？　絶対違うと思うなぁ」

ふふ、と日葵は肩をすくめる。

「この前、魁斗さんに『お前をモブにしてるのはお前自身だ』って言われた時、正直はじめはカチンと来たんです。でも、考えてみたら確かに当たり障りのない人生を歩んできたな、と思いました。おかげでいろんなことにチャレンジできてよかったです。ありがとうございます」

「またいつでも付き合うから言えよ。ベリーダンスは続けるのか？」

「わかりません。とりあえず体験三回コースに申し込んだので、次回が再来週にあります。どうしよう、私、痩せちゃうかもなぁ」

いたずらっぽく言って獅堂の様子を窺うと、彼が険しい顔で覗き込んでくる。

「絶対に痩せんなよ。泣くぞ？」

「泣いてもいいんですよ。慰めてあげます」

「ばっかやろう。大の男が泣くかよ」

へっ、と笑う獅堂を、日葵は強く抱きしめた。

彼と一緒にいると、不思議と大船に乗ったように安心していられる。だから新しいことにチャレンジしたり、ずる休みなんてかわいらしいいたずらをする気にもなったのだ。これからまだまだ、自分が知らない自分に出会える気がする。

そのうち、千夏にだけは獅堂との関係を打ち明けようと思う。今すぐには無理でも、時間をかけてゆっくりと彼の人となりを知ってもらうしかない。

（いつか千夏さんにも会ってもらいたいな。少し話せば、彼が優しい人だとわかってもらえると思うんだけど）

獅堂の筋肉質な胸に顔をうずめながら、日葵の胸は希望に満ちていた。

第四章　あなたとは棲む世界が違う

「じゃ、行ってきますね」

「ああ。帰り時間がわかったら連絡くれ」

名残惜しそうに日葵の二の腕を弄《もてあそ》ぶ獅堂の車から降りて、会社へ向かって歩き出す。

朝はいつだって後ろ髪を引かれる。至福の表情で身体のあちこちに触れてくる獅堂の顔を見たら、会社に行くことが正解とはとても思えなくなるからだ。

出会った時と比べたら、彼の顔つきもずいぶんと穏やかになった。アパートの階段下で唸っていた姿を獰猛な獣とすると、今では人馴《な》れした野犬くらい。そんなことを言ったら怒られそうだが、先日は『飼いならされた』と自分で言っていた。

（ということは、自覚がある……？）

コツコツとパンプスの底を鳴らしながら、日葵はクスッとした。

盆休みが明けた初日がちょっぴり憂鬱なのは、昨日ずる休みをしたせいもある。しかも暑い。お盆過ぎれば暑さもひと段落――なんて誰が言ったのか。

日葵はぽっちゃりの宿命で暑がりだが、以前は二の腕を隠すために、真夏でも五分丈袖の服を選んでいた。しかし、獅堂が持ち上げてくれたおかげで最近はフレンチスリーブのシャツを愛用している。五分丈に比べたらだいぶ涼しくて快適だ。

軽快な足取りで会社へ向かっていたところ、途中の路地にある空き家のポストが目についた。ポストの差し入れ口から溢れたチラシが、風雨に晒《さら》されてぐしゃりと垂れている。

先日アパートに帰った際、やはり日葵の部屋のポストもチラシで溢れかえっていた。

ポストもそうだが、長いことブレーカーを落としたままでいると、何かあったのかと大家に心配されかねない。

獅堂には、『アパートを解約して荷物も全部こっちに持ってこい』と言われているものの、付き合ってもいないのに同棲するのはいかがなものか。かといって、『この関係はなんなのか』と問いただす勇気もないわけで。

ヤクザの女性関係について、恐るおそる調べたことがある。大組織の幹部クラスともなれば、女性もひとりに限らず、あちこちに部屋を借りて囲うこともあるのだとか。

獅堂と一緒にいる時に、ほかの女性から連絡が来たことはおそらく一度もない。マンションに入れている形跡もないから、やはり日葵だけなのだろう。いや、そうでなくては困るのだが……

（でも、魁斗さんモテそうだしなぁ。強面だけどイケメンだし、優しくて頼りになるし。あんな男の人、みんな放っておかないと思うんだけど）

あれこれと考えているうちに会社に到着して、オフィスのある五階に上がる。

「あっ、千夏さぁ～ん！」

エレベーターが開いた時、ちょうど目の前を通りかかった千夏に、ひしと抱きついた。休みのあいだ、獅堂以外に会いたい人がいるかと聞かれたら、迷わず千夏と答えただろう。それくらいに彼女のことが好きだ。

背中に回された手で、ポンポンと優しく叩かれる。

「ひまちゃん、元気にしてたぁ？」

「ずっと元気でした。……あっ、昨日を除いて、ですけど」

ふたりで顔を見合わせて、くすくすと笑った。

「急に具合悪くなることあるもんねー。わかるよ」

「ですよね〜」

日葵は千夏と並んで歩き出した。このフロアには社内の各営業部が終結していて、突き当たりは倉庫になっている。倉庫には、様々な国から取り寄せたサンプル品や資料が山積みだ。

「ひまちゃん、休みのあいだ何してたの？」

「ええと、学生時代の友達と遊んだり、弟が来てたので一緒にのんだりしてました。千夏さんは？」

「私は旦那の実家に行って、親戚の家に顔出したり、お墓参りとかしたかな。……あー、たまにはクラブとか行って羽伸ばした〜い」

「既婚者は大変ですよね。あっ、そうそう、私、休みのあいだに生まれてはじめてクラブに行ったんですよ！　なんかいろいろともう、すごかったです！」

興奮気味に話すと、千夏が食いついてくる。

「え～っ、いいなあ！　どこのクラブ行ったの？」

「六本木にある去年できたらしいところで……」

あの時の熱気と興奮がよみがえり、日葵は店の外観や内装、ＤＪ、かかっていた曲やドリンクの味や盛り付けまで、事細かにペラペラと話した。あの日常からかけ離れた開放的な雰囲気を思い返すと、口が止まらなくなる。

千夏はなぜか感動した様子で、うんうんと頷いた。

「ひまちゃん、すっごく楽しかったんだね！」

「それはもう！　耳がおかしくなるほどの大音量とか、ギラギラした照明とかもはじめてだったし」

「その学生時代の友達と行ったの？」

夢見るように宙に向けていた目を、パッと千夏に戻す。

「そ……そうです、そうです！」

「そっか。……ん？　それってもしかして男の人？」

千夏がジロジロと日葵を見て、小首を傾げた。

「そういえば、なんか今日いつもと違わない？　最近のひまちゃんきれいになったし、あやしいなあ～」

「えっ、違う、違う。女友達ですよ。クラブに行く時に服がなくて、休み中に友達と買い物に行ったんです。ついでに通勤用の服もいろいろと買い漁《あさ》《か》りまして……」

さすが、仲良しの先輩だけあって指摘が鋭い。ドキドキして変な汗が出てきた時、倉庫から木崎が出てくるのが見えた。渡りに船、とばかりに大げさに頭を下げる。

「木崎さん、おはようございます」

どっさりとサンプルが入った段ボールを手に、木崎が近づいてきた。

「おはよう。日葵ちゃん、もう具合はよくなったの？」

「は、はい、おかげさまで」

「今ね、ひまちゃんと休み中に何してたか、って話してたの。いろいろと楽しかったみたいよ」

訳知り顔で話す千夏に、木崎が笑顔で頷く。

「そっか。日葵ちゃん、予定がいっぱいそうだったもんね。また近いうちに誘うから」

日葵と木崎の顔を驚いたように交互に見てから、千夏が口に手を宛てた。

「あれっ。やだー、木崎君そういうことなの？　急いだほうがいいよ～。ひまちゃん、今キてるから。さーて、あとは若い人たちに任せて、おばさんは退散しようっと」

「ちょっと、千夏さん？」

踊るような足取りで廊下を歩いていく千夏がおもしろくて、日葵は木崎と顔を見合わせて笑った。

「そろそろ始業ですね。木崎さんはこれから外回りですか？」

「そうだよ。サンプル持って来いって言われてるから」

木崎が笑みを浮かべて箱を持ち上げてみせる。

「じゃ、気をつけて行ってらっしゃい」

彼は頷いたものの、なかなかそこを動かない。日葵は首を傾げた。

「どうしたんですか？」

「いや……あのさ、日葵ちゃん最近きれいになったよね」

「え？　ありがとうございます」

ニコッと笑みを返すと、木崎は照れ臭そうに笑った。

「じゃ、俺行くから。またあとで」

「はい。行ってらっしゃい」

エレベーターホールに向かって歩く木崎の背中に小さく手を振り、日葵は首を捻った。

さっき千夏にも同じようなことを言われたが、服装やアクセサリーに多少気を使うようになったくらいで、自分ではどう変わったのかわからない。むしろ甘やかされているせいで、体重は微増しているのに。

（その言葉、できれば魁斗さんに出会う前に聞きたかったなあ）

今となっては獅堂以外の男性は考えられない。いかつさを前面に出した粗野な男なんて、どちらかといえば苦手なほうだったのに不思議なこともあるものだ。


ずる休みをしたことは特に咎められることもなく、難なく一日を終えた。就業中も、休み中に獅堂といろいろなことをして過ごしたことを、フッと思い出しては時々ニヤついたりして。周囲に、特に千夏には気取られないよう気をつけてはいたけれど、あやしかったかもしれない。

いつものように、『今から出ます』と獅堂にメッセージを送ってから会社を出た。

今日は珍しく定時で上がれたのがありがたい。エントランスのドアを開けた途端にモワッとした空気が身体を包み、思わず顔をしかめる。

「あっつ……わっ」

押さえたドアが急に軽くなり前にのめりそうになった。

「ごめん、ごめん」

腕を掴まれて振り返れば、木崎が通勤用の鞄《かばん》を手に後ろに立っている。

「あれ？　今日はもうあがりですか？　早いですね」

「うん。取引先に交代で休んでるところが多いからね」

「それはよかったですね。では、お疲れ様でーす」

ぺこりと頭を下げて、獅堂が待つ路地裏に向かって歩き出そうとした。ところが、後ろから腕を引かれる。

「ちょっと待って。……あのさ、これからふたりでのみにいかない？」

「はい？　ええと、今日はちょっと」

木崎の優しそうな顔つきが一瞬で曇った。

「何か用事でもあるの？」

「は、はあ、友達と約束してて」

「その予定、別の日にずらせないかな。俺、今日は早く帰れるけど明日以降はわからないから」

やや上気した顔をした木崎を、日葵は戸惑いの目で見つめた。普段は物腰が柔らかく、どちらかといえば物足りなさを感じることもある彼の、別の一面を見た気分だ。

「ごめんなさい。でも、ダメなんです」

「どうして？　いい店を知ってるんだよ。そこは日葵ちゃんが好きそうなスイーツのメニューも豊富だし、一度連れていきたいと思ってたんだ」

グッと腰を抱かれた瞬間、なんとも言えない不快な気持ちに襲われた。その不快感と、あんなに憧れていたのに、と困惑する気持ちとで、気づけば木崎の手から逃れようとしていた。

「ちょっと、あの」

「行こうよ。こんなチャンスなかなかないだろう？」

「本当に無理なんですって」

以前だったら日葵にとってもチャンスだったかもしれない。けれど、ついさっきも『違う』と自覚してしまった。今となっては、日葵に触れていいのは獅堂だけなのだ。

腕を引っ張る木崎と、やんわりと抗《あらが》う日葵とで、押したり引いたりのやり取りになった。しかし、暗がりから黒ずくめの大男が大股で歩いてくるのが見えた瞬間、日葵は凍り付いた。

「おい、兄さん」

咥え煙草の獅堂が木崎の腕をがしりと掴む。静かな声だが、険しい表情からは彼が心底怒っていることが伝わってくる。

パッとそらちを向いた木崎の目が、一瞬で恐怖と緊張に彩られた。ふたりの身長差は頭ひとつぶんくらいある。

「な、なんですかあなた」

「彼女から手ェ離せよ」

「あ、あなたには関係ないでしょう。ていうか、誰なんです？」

すると、獅堂がズイと木崎に顔を近づけた。

「関係なら大ありだな。俺の女に手ぇ出そうとするなんて、いい度胸してんじゃねえか。おお？ナメとったらアカンぞ」

静かにすごむ獅堂はものすごく恐ろしい顔だ。木崎は「ひっ」と顔をひきつらせて、何度も頭を下げつつ、おぼつかない足取りで逃げるように去っていく。

日葵は獅堂に手を引かれて路地裏へ入ったが、車に乗っても黙っていた。

かつては憧れていた木崎にあんなふうに強引に迫られたことにも困惑しているし、腰に触れられて嫌悪感を覚えたこともショックだった。獅堂の手の感触とつい比べてしまい、『これじゃない』と感じたのだ。

でも、一番戸惑っているのは獅堂が木崎にとった態度だ。

(もしかしてこれ、明日から大変なことになるんじゃ……？)

「なんだよ。怒ってんのか？」

獅堂が顔を覗き込んでくる。エンジンがいないいて、日葵はため息をついた。

「いいえ。ありがとうございました。でも、あんな言い方するなんて、彼もびっくりしたと思いますよ。あれじゃヤクザの脅しだもん」

「そうか？　あれでもだいぶ抑えたんだが。あの男、完全にヤリモクだったろ。……ったく、脇が甘えんだから」

新しい煙草を咥えて車を発進させる獅堂を、日葵は睨みつけた。

「それをあなたが言います？　魁斗さんだって、最初はほとんど無理やりだったじゃないですか」

それからしばらく沈黙が続いた。

気まずい空気のなか、どちらも言葉を発しないまま都心の渋滞を抜ける。退社前は獅堂と一緒に食べる夕飯を楽しみにしていたが、そんな気持ちは消え失せた。

しばらく走って、マンション近くの信号を曲がった。このまま自宅へ戻るのだろうか。

「あいつの名前を教えろよ。好きなのか？」

「木崎さんを？　そんなわけないじゃないですか」

「たいして嫌がってるようには見えなかったぜ」

「はぁ？」

いきなりそんなことを言われて、思わず瞠目《どうもく》した。

あの状況でどうしてそんな考えになるのか理解できない。木崎とはこれからも会社で顔を合わせるのに、気まずくなるような突っぱね方をできるはずがないではないか。ヤクザには一般社会の常識が通用しないのだろうか。

「好きかもしれませんね」

つい言ってしまった後で、どっと後悔が押し寄せた。これでは売り言葉に買い言葉だ。

前を向いたままなんの感情も表さない獅堂にも腹が立ったし、こんなにも彼を思っているのに、何も伝わっていないことが悔しかった。

日葵は窓の外に顔を向けて唇を噛んだ。獅堂が黙っているため、余計にドキドキして、落ち着きなくバッグの金具を弄る。

今のは本心じゃないと言いたかったが、妙に意地を張ってしまって言い出せない。撤回するには間が空きすぎたというのもある。

結局、無言のままマンションに着いた。並んでエレベーターに乗り、最上階まで上る。

獅堂に続いて日葵も玄関に入ったが、部屋に上がるかまだ迷っていた。すると、ドアを閉めた獅堂が明かりもつけずに身体をぶつけてきた。

「んんっ！」

靴も脱がずに玄関の壁に背中を押しつけられ、頭を両手で掴まれて口づけをされる。

これまでに受けたどのキスよりも強引で、獣みたいに獰猛なキスだった。興奮しているのか獅堂の鼻息が荒い。大きな身体にぐいぐいと押され、日葵の身体は今にも押しつぶされそうだ。

「ん……っ！　かい、と、さ――」

首をすくめて逃れようとするが、強い力で頭を固定されていて動けない。

歯がぶつかるほど激しく唇を食まれ、揉みくちゃにされ、舌で口内を執拗にこすられる。

日葵はすぐに観念した。もしかしたら、こうして無理やり奪ってほしかったのかもしれない。木崎に触れられた記憶を上書きするために。

「木崎といったか。あいつに二度と触らせんなよ」

荒々しいキスの合間に、獅堂が唇をつけたまま呟いた。吐息まじりの声が狂おしい呼吸に苛まれている。

「触らせ、ない……絶対」

「それでいい。お前が好きな男は俺だけでいいんだよ。お前に触れていいのも俺だけだ」

日葵の顎をもち上げ、額同士をくっつけて覗き込む獅堂に、うんうんと頷いた。

「魁斗さん……好き。好き」

腕が回り切らないほど大きな身体を抱きしめ、汗ばんだ胸筋の谷間に顔をうずめる。こんなに頑丈そうな肉体も、色気のある恐ろしい顔も、甘く囁く低い声も、ほかの誰にもないものだ。

(やっぱり彼が好き)

走り出した情熱はちょっとやそっとでは揺るがず、誰にも止められない。

日葵を力強く抱きしめ返して、獅堂が耳元で囁く。

「俺もお前が好きだ。絶対に誰にも渡さねえ」

熱の籠った言葉を聞きながら、日葵は自分史上一番の幸福感と、これから訪れるだろう波乱に満ちた未来への不安を同時に味わっていた。


「日葵ちゃん、昨日は本当に申し訳ない。この通りです」

翌朝、木崎から倉庫に呼び出された日葵は、平身低頭の謝罪を受けていた。有名菓子店のショッパーを提げた彼の手は震えている。こんなに丁寧に頭を下げられて、そのうえ詫びの品までもらってしまっては、とても良心の呵責《かしゃく》に堪えられない。

「木崎さん、顔を上げてください。謝らなきゃいけないのは私のほうなんですから」

泣きそうになりながら、いつもより小さく見える木崎の腕に手をかける。昨夜『二度と触らせるな』と言われたのに自分から触れたと知ったら、獅堂は怒るだろうか。

おずおずと木崎が顔を上げた。

「悪いのは俺のほうだよ。断られたのにしつこくして本当にごめん。これ、よかったら受け取って。急いで用意したから大したものじゃないんだけど」

「そんな……！　受け取れませんよ」

「いいから、いいから」

と、無理やり袋を押し付けられ、「ありがとうございます」と仕方なく受け取る。

「あの人なんて言ってた？　待ち伏せされたりするかな。それとも嫌がらせ？　会社に電話かけてくるとか」

日葵は慌てて顔の前で両手を振った。

「それは大丈夫ですから安心してください。私からきつく言っておきましたから」

「そうか……よかった。ありがとう」

木崎はあからさまにホッとした顔を見せ、その後窺うように日葵を見た。

「ところで、あの男はどういう人なの？　『俺の女』って言ってたけど、あれ、普通の人じゃないよね？　もしかして、そっちの筋の人？」

「あー……ええと、それは……」

言いよどんでいると、木崎が及び腰で首を横に振った。

「い、いや、別に言いたくなければいいんだ。じゃ、またあとでね。時間取らせて悪かったね」

「あ……」

そそくさと倉庫から出ていく木崎の背中に向けた手が宙を掻く。

ぱたんと閉まったドアを見つめたまま、日葵はため息をついた。

木崎は相当怯えているようだった。それはそうだろう、生まれてこの方、道を誤らず真面目に生きてきた人には、ヤクザ風の男に恫喝《どうかつ》された経験なんてないはずだ。

獅堂への思慕を自覚している日葵にとっては少しショックだったが、あれが正常な反応だろう。


その日は一日じゅうモヤモヤした気持ちでいたが、木崎も仕事中は普通に接してくれたからありがたかった。

終業まで残り三十分と迫り、日葵は仕事のスピードを上げた。昨日に続き今日も定時で上がれそうだ。まだ盆休みの会社もあるのか、それほど仕事が多くなかったためだ。

「よし、終わり！」

ターン、とＥｎｔｅｒボタンを打ち鳴らしたのが、定時になるのと同時だった。椅子に座ったまま思い切り伸びをする。隣の席では、千夏がパソコンの電源を落として帰り支度を始める。

「ひまちゃん、仕事終わったの？」

「終わりました。まだお休みのところ多いんですかね。これがずっと続けばいいのに」

「だよね。ねえ、もし予定がなかったら、これから食事でもどう？」

ぱぁ、と日葵は顔を綻ばせた。

「いいですね！　千夏さんと夕飯なんて久しぶり！」

日葵は急いでトイレに行き、獅堂にメッセージを送った。

〈今日は先輩とご飯に行くのでお迎えはいりません〉

《あ？　木崎ってやつじゃねえだろうな》

〈全然違います～。千夏さんです。楽しみ！〉

しばらくすると返信が来た。

《わかった。じゃあ店出る前に連絡しろよ。迎えに行くから》

〈今日は電車で帰ります〉

《ダメだ。また何かあったらどうすんだ》

しばらく押し問答をしたが、獅堂の気が変わらなそうなので諦めた。

「もう。心配性だなぁ」

ニヤニヤしながら化粧を直す。昨日の今日だから仕方ないのかと一瞬思ったが、そういえば獅堂と知り合ってからずっと送り迎えをしてもらっている。

トイレから出ると、エレベーターの前で千夏が待っていた。

「千夏さん、お待たせしました」

「大丈夫よ。行こっか」

エレベーターに乗り込み、日葵は一階のボタンを押した。

「何食べます？」

「え～、どうする？　肉も魚も食べたいし、お酒ものみたいな。ゆっくりできるところがいいね」

「そういえば、駅の近くに新しいお店ができましたよね」

「ああ、スペインバルだっけ」

日葵はわくわくしていた。千夏は既婚者のため、話したいことがあっても自分からはなかなか誘いにくいのだ。今日は彼女の夫も遅くなるそうで、心おきなくのめるらしい。獅堂のことを知ってもらうチャンスだ。

（魁斗さんのこと、どうやって話そうかな）

ヤクザだとはっきり言ってもいいものだろうか。それともオブラートに包む……？

何度か釘《くぎ》を刺されているだけに慎重になるが、綿密に計画を立てていたところで、話が盛り上がってきたら突っ走ってしまいそうだ。

話し合いの結果、駅前にできたスペインバルに行くことに決めた。スマホで調べたところ、メニューも豊富で客の評価も高い。

会社から数分歩いて店に到着した。オープンして間もないせいか、月曜だというのに店内は混雑している。

店員の案内で待合席に座った日葵は、店内の観察を始めた。

内装の壁は年季を感じさせるよう加工されたレンガ張りで、どこか懐かしい感じがする暖かい色の照明が無数にぶら下がっている。薄暗い店内には静かなジャズが流れており、雰囲気がとてもいい。今いる入り口付近にまでおいしそうな匂いが漂ってきて、期待が否応なしに高まった。

店員に呼ばれて、日葵は四人掛けのボックス席に千夏と向かい合って座った。両隣とは高い壁で仕切られているため、個室みたいな安心感がある。

店員が置いていったメニューをそれぞれ広げた。

「ボックス席を選ぶなんて珍しいですね。千夏さん、カウンター席が好きじゃないですか」

「まあね。お酒の瓶を眺めたいからカウンターに座ることが多いけど、今日はゆっくり話したかったから」

「ですよね」

日葵は深く考えずに笑った。

千夏だって、仕事のストレスや夫の愚痴など、いろいろと話したいことがあるのだろう。少し前まで喪女だったけれど、今なら夫婦間のあれこれも理解できる気がする。

料理はどれもおいしかった。生ハムやオリーブ、トマトを使ったピンチョスに始まり、魚介のアヒージョにオムレツ、小さめのパエリヤまでしっかり平らげた。

「ところで大丈夫？　あの噂聞いたけど」

千夏が真面目そうな声で尋ねてくる。

日葵はデザートを選んでいたメニューから顔を上げた。いつになく神妙な面持ちの千夏の顔にドキッとする。

「噂？　噂ってなんですか？」

「ひまちゃん、例のヤクザ風の男の人と付き合ってない？」

日葵はサッと頬が冷たくなるのを感じた。ついさっきまでウキウキしながらデザートを選んでいたのに、急に食欲が失せた。

「私、噂になってるんですか……？」

「ごめん。言い方が悪かったかも。まだそこまでじゃないと思うけど、木崎君にはこれ以上広めないようにって言っておいたよ」

「そうですか。ありがとうございます」

自分の声が震えている。誰もいないところで謝罪を受けたから洩れることはないと思っていたが、やはりそう簡単には済まされないらしい。しかし、噂になっていることよりも気になるのは、千夏にどう思われているかということだった。

「あの……千夏さんはどこまで聞きました？」

「私が木崎君から聞いたのは、彼が無理にひまちゃんをのみに誘おうとしたら、ヤクザ風の男に詰め寄られたって。彼、すごく怖がってた」

「はい……その件で、今朝木崎さんに謝られちゃいました。でも、きっともう大丈夫です。私からも強く言っておいたので」

「そう」

千夏は小さくため息を零した。

「それで、その人と付き合ってるの？」

「そうだと思います」

「思います、って……！　お互いの気持ちは確認したの？　その人、本当にひまちゃんだけ？」

すぐに肯定したかったが、一〇〇％そうだとは言い切れない。日葵は黙りこくった。

昨夜互いの気持ちは言葉で確認したつもりでいたが、今となっては自信がなかった。男性とこんな関係になったの自体はじめてで、どうすれば付き合っていることになるのかわからないのだ。

「ごめん。ちょっと興奮しちゃった。気持ち鎮めるね」

すみませーん、と千夏は手をあげて店員を呼び、甘いカクテルを注文した。

「ひまちゃんは？」

「じゃあ、ファジーネーブルで」

店員が去っていくと、日葵はおしぼりを弄りながら口を開いた。

「私、男の人と付き合うのってはじめてで、よくわからないんです。彼は『好きだ』と言ってくれたんですけど、ほかにも同じような人がいるかもしれないじゃないですか」

「疑わしい行動でもあるの？　たとえば、スマホを絶対に肌身離さず持ってるとか、部屋に自分のとは違う長い髪が落ちてるとか、避妊具が減ってるとか」

赤裸々な千夏の言葉に、ポッと顔が熱くなる。

「それはないです。むしろスマホも見せてくれるし、避妊具も知らないうちに減ってるってことはないです」

「じゃあたぶん大丈夫だと思う。問題はその人の素性だけど」

日葵は唇を噛み、しばらく逡巡したのちに腹を決めた。

「千夏さんの言う通り、彼はそういう筋の人です」

「本物なの？」

こくりと頷くと、千夏は顔を両手で覆って、はーっと息を吐いた。店員がドリンクを持ってきたため、手を下ろして受け取ったが、疲れたような顔をしている。

「ひまちゃんは彼とどうしたいの？」

胸を突き刺すような言葉に、心臓を掴まれたようになった。

「ずっと……一緒にいたいです」

「結婚したいってこと？」

「ゆくゆくは」

恐るおそる言って顔を上げた目に飛び込んできたのは、くしゃりと歪む千夏の顔。ズキン、と胸に鈍い痛みが走る。

髪で顔が隠れるくらいに深く俯いた彼女の肩は震えている。そして両手で顔を覆うと、声をあげて泣き出した。

「千夏さん……」

日葵は自分も泣きたくなって、彼女の隣の席に移動した。

おろおろするばかりでどうしたらいいのかわからない。いつも明るくて頼りになる彼女が泣くところなんて見たことがなかった。

(私のせいだ。私が不甲斐ないばかりに、千夏さんを泣かせた)

そう思うと胸が押しつぶされそうになり、涙がぽろぽろと零れた。震える千夏の肩を抱きしめて一緒に声をあげて泣く。

どうして、どうしてこんなことになってしまったのだろう。

ひとしきり泣いたのか、千夏が鼻を啜りつつ日葵を抱きしめ返した。大好きな先輩を泣かせたショックで、日葵のほうが泣き止むことができない。

「ひまちゃん、ごめんね。泣いたりして。ちょっとびっくりしちゃって」

「い、いいえ。わた、私のほうこそ、心配かけてごめんなさい」

冷房で冷えていた背中が、千夏の手でじんわりとあたためられていく。日葵も少し落ち着いて、すんすんとしゃくりあげるくらいになった。

千夏がバッグから取り出したハンカチで涙を拭ってくれる。彼女はどこまでも優しい。

「木崎君からあの話を聞いてから、ひまちゃんがその人と結婚したいって言ったらどうしよう、ってずっと考えてたの。部外者なのに余計なお世話かもしれないけど、ひまちゃんのことがすっごく好きで大事だからさ」

思いやりに溢れた言葉にまた涙がこみ上げて、うんうん、とハンカチで顔を押さえて頷く。

「さっき噂になってるって言ったけど、決して悪い意味じゃないの。ひまちゃんは第二営業部の宝で癒しだから、みんなも心配してるんだよ。ひまちゃんが幸せになれないなんて、絶対にあっちゃいけないことだもん」

言っている途中で千夏はまた涙声になった。

彼女の涙で、自分がどれだけ周りに心配をかけているかやっとわかった。はじめての恋に浮かれていたけれど、常識で考えればどう考えても相手が悪い。ましてや結婚だなんて。

日葵にとっても、千夏は先輩の枠を超えた特別な人だ。新人の頃から手取り足取り丁寧に仕事を教えられ、時には厳しく、けれど決してフォローを忘れない彼女には、悩みや愚痴を散々聞いてもらった。

誕生日にプレゼントももらったし、休日に一緒に出掛けたりもする。家族が弟だけになってしまった日葵には、姉みたいな存在だった。

その千夏をはじめ、気にしてくれていたらしい同僚たちにこれ以上心配をかけたくない。

(やっぱり、魁斗さんとお別れするしかないのかな……)

しかし、そう考えた瞬間に感じたことのない痛みが胸を突き上げた。

彼とは五つしか歳が離れていないのに、一緒にいるだけで妙な安心感があった。それは、子供の頃父に肩車をされた時の感覚に似ている。大きくなった自分はなんでもできる気がしたし、世界がずっと遠くまで見渡せたものだ。

『お前はもっと羽ばたける』

『自由でいいんだ』

『お前はそのままでいい』

粗野な言葉ではあったけれど、肯定されるたびに鎧《よろい》が一枚ずつ剥がれていく感じがした。それにだいぶ自信がついた。彼に出会わなければ、この先もずっとモブを続けていただろう。社会人としてではなく、ひとりの女として認めてくれたのも獅堂がはじめてだった。

「千夏さん……私、努力してみます」

精一杯嗚咽《おえつ》を抑えながら言った。背中を包む腕に、グッと力が籠められる。

「本当に好きなのね」

「好きでした」

獅堂と一緒にいる時、抱かれている時の満ち足りた感覚を思えば、身が切られるように辛い。でも、どうにかして思い切らねばならないだろう。彼とはたまたま出会っただけで、本来なら交わるはずがなかった人生なのだから。

それから千夏はいろいろなことを話してくれた。夫と知り合う前に通り過ぎた男性たちとのなれそめと別れ、経験や失敗について。

出会いが鮮烈だったり、なんとなく始まったりといろいろだけれど、どの恋も一番激しく燃え上がるのは付き合い始めの頃。そして徐々に落ちつき、最後はフッと消える。恋とは夏の花火みたいなものらしい。

「どの恋も最後は切なくて、この人を好きになるんじゃなかった、って思うこともあるんだけど、無駄だったとは思ってないよ。その経験があったから夫に出会えたんだもん」

しみじみと語る千夏の言葉には、既婚者ならではの説得力がある。

日葵は鼻をすすり上げて、憐《あわ》れむような千夏の顔を見つめた。思い切り泣いたせいなのか、今はだいぶすっきりしている。

「私にも……そのうち忘れられる時が来るんでしょうか」

「うん。それに、絶対にもっといい人が見つかるよ」

乾き始めた日葵の頬を拭う彼女の手は、優しい姉のそれだった。


千夏のおかげで店を出る頃には決心がついていた。すぐに吹っ切れるとは思わないけれど、時間が傷を癒すこともあると信じたい。

たくさん食べたせいでお腹はいっぱいだったけれど、胸には早くもぽっかり穴が開いたように感じる。

「それじゃ、ひまちゃん。また明日ね」

店の前で別れようとする千夏の手を急いで掴んだ。

「待ってください。私も一緒に行きます」

「そっか。じゃ、行こう」

千夏は一瞬驚いたような顔をしたが、すぐに何事もなかったかのように歩き出した。

午後九時を回った駅前通りはだいぶ人が少なくなっていて、家路を急ぐ人が日葵たちを追い越していく。以前はこうして千夏とよく一緒に帰ったものだ。この一か月間、隣に日葵がいないことを彼女はどう思っていたのだろう。

獅堂には、帰り時間がわかったら連絡をくれと言われていたが、今夜は黙ってアパートに帰るつもりだ。メッセージを送ったら電話がかかってくるだろうし、声を聞いたら会いたくなってしまう。会ったら別れが辛くなるから、連絡はしないのが正解だろう。

ところが、千夏が使う地下鉄の駅の入り口に着こうかという時、ふと車道にある車に気づき、足を止めた。見慣れた黒塗りのSUVが停まっているが、あれはまさか……？

「どうしたの？」

やはり足を止めた千夏が、日葵を見て、次に車から降りてこちらへ向かってくる男を見た。

「ひまちゃん」

千夏に腕を引っ張られるが、足に根っこが生えたみたいに動けない。日葵の背後にあるカフェの明かりに照らされて、近づいてくる獅堂の顔は明々と照らされている。

「連絡よこせって言ったのに。――こんばんは」

獅堂は千夏に向かって頭を下げた。

彼はいつも通り高そうなスーツをきちんと着こなして、ネクタイまでしている。ぱっと見は一般人と変わらないのに、それでも別れなくてはいけないのだろうか。

「こんばんは」

千夏も彼に向かって、日葵だけにわかる警戒心を隠した顔で頷いた。彼女にさりげなく腕を引っ張られても、日葵は動けなかった。

「じゃ、ひまちゃん。また明日、元気な顔見せて」

ようやく諦めた彼女が、後ろ髪引かれるような顔で地下鉄の階段を下りていく。獅堂の姿を見たせいで揺らいでいた心が、それで固まった。

「あの人がお前の大好きな先輩か。送らなくてよかったのか？……日葵？」

獅堂が日葵の腕を掴む。少し高めの体温に惹かれそうになるが、決死の思いで振りほどいた。

「私、自分の家に帰ります」

「何か用事でもあるのか？　だったらアパートに寄るけど」

「そうじゃなくて、あなたと……距離を置きたいんです」

「ああ？」

獅堂が距離を詰めてきて、俯いた視界に磨かれた革靴が映る。

「急に何言ってんだよ。お前、昨日からちょっと変だぞ」

日葵はキッと顔を上げたが、獅堂の顔を見たらやはり泣きそうになり、急いで背を向けた。

「別に思いつきで言ってるわけじゃありません。私とあなたではもともと棲む世界が違うじゃないですか。お互いの生活に戻るだけです」

「勝手なこと言うなよ」

肩がグッと掴まれる。日葵は彼の手を振りほどき、勢いよく振り返った。

「勝手はそっちじゃないですか。あなたに付きまとわれる理由なんてない」

「日葵」

もう一度獅堂が腕を掴んでくる。彼は怖いというより、珍しく焦ったような顔をしている。

「やめて」

「日葵」

「放して！」

大きな声をあげ、バッグを振り回してけん制した。周りの人が足を止め、徐々に人だかりができはじめたため、獅堂は手を引っ込めた。

日葵はハアハアと息を切らして、頬に張り付いた髪を剥がした。自分がボロボロ泣いているのはわかっていたが、もう何もかもどうでもいい。

「私がヤクザと付き合ってるんじゃないかって会社で噂になってるんです。……もう迎えに来ないで。荷物も適当に段ボールに詰めて、着払いで送り返してください」

野次馬《やじうま》たちが、修羅場だのなんだのと好き勝手に言いながら去っていく。

獅堂はしばらく無言で立ち尽くしていたが、やがて静かに頷いて踵を返した。

「わかった。お前はもう自由だ」

最後に彼が残した声は肌寒ささえ感じるほど冷たくて、陽だまりみたいにあたたかかった。

第五章　もがれた翼

獅堂に別れを告げてから一週間が経《た》った今でも、日葵は何かにつけて彼のことを思い出していた。

彼に触れられなくなった今、一番恋しいのはあの大きな手だ。

ごつごつと筋張った手に思い切り頰《ほお》ずりして、キスをして、頭を撫でくり回されたい。そして身体のあちこちに触れられながら、『お前は最高にかわいい』と言ってもらいたかった。

今思えば、獅堂には何から何まで世話になりっぱなしだった。彼が褒めちぎってくれたおかげでだいぶ自信もついたのに、礼のひとつも言わずに突き放すような真似《まね》をして……。

(私、最低だな)

彼はきっと傷ついただろう。悔やんでも悔やみき切れず、あれからまた以前のようにスイーツをドカ食いするようになってしまった。ストレスを感じると甘いものに走る癖がある。

そんな日葵も会社では平静を装っていた。プライベートで辛いことがあったからといって、仕事は待ってくれないのが助かる。むしろ仕事のおかげで気が紛れていた。

昼になり、日葵は弁当を持って休憩室に向かった。ここ数日は、珍しく朝から弁当をこしらえて会社に持参しているのだ。デザートの甘いものももちろん欠かせず、朝、駅ナカのコンビニでいくつか買ってきている。

最近弁当を持参しているのは、千夏とランチに行くと迷惑を掛けそうだからだ。彼女と話したら泣いてしまうだろう。

オフィス街にある日葵の会社では、外でランチを済ませる人が多く、休憩室を利用する人はわずかだ。静かに過ごしたい彼らには話しかけられることもあまりないため、しばらくは弁当持参で過ごそうと思う。今日はこのフロアの休憩室を使う人はいないようで、部屋には誰もいない。

日葵が休憩室に入って数分後、千夏がやってきた。

「ん……！　千夏さん。お疲れ様です」

おにぎりを咀嚼《そしゃく》する口元を手で覆いながら、日葵はもごもごと言った。彼女が来るとは思わずびっくりした。

「今日は私もお弁当作ってきたんだ〜」

千夏が真新しいランチバッグを掲げる。日葵が知る限り、彼女が弁当を持ってきたのは初めてだ。

「じゃあ一緒ですね。ここ、どうぞ」

「お邪魔しまーす」

千夏がいそいそと隣に座る。

彼女が広げた弁当は、唐揚げと味付けたまご、炒《いた》め物にトマトと色鮮やかだ。おにぎりと具沢山オムレツといった自分の弁当を見て、もう一度千夏の弁当を覗《のぞ》き込んだ。

「おいしそう〜。朝から豪華なお弁当作りましたね」

「でしょ？　実は夫が作ってくれたんだけどね」

「素敵！　いい旦那さんですね」

ふふ、とふたりで笑う。

「よかった。少しは元気になって」

気遣うような笑みを見せる千夏に、日葵はぺこりと頭を下げた。

「千夏さんにはご心配をお掛けしまして」

「いいえ～、とんでもございません。気にしないで。私が勝手に心配してるだけだから」

「ありがとうございます」

千夏は「いただきます」と手を合わせて弁当を食べ始めた。

食事をしながら仕事の愚痴や身内のことなど、他愛《たあい》もない話をする。ここ最近は帰りも別々だったため、彼女とゆっくり話すのは久しぶりだ。

デザートまで平らげて、食後に千夏がいれてくれたコーヒーを一緒に啜《すす》っているうちに、自然とあの話になった。あれ以来、ふたりともこの話題を避けていたのだ。

「ひまちゃん、このところいつも目が赤いよね。もしかして、まだ泣いてるの？」

やや声を落として千夏が尋ねる。彼女は心配そうな顔つきだ。

「はい……ひとりになると思い出しちゃって。情けないです」

「そんなことないよ。……そっか、大好きだったんだね。なんかゴメン。余計なことしたかも」

「いいえ。終わりにしなくちゃいけないってことは私もわかってましたから。好きってだけじゃうまくいかないんですよね、きっと」

言ったあとで照れ臭くなり髪を弄《いじ》った。

「なんか、急に大人になったみたいだね」

「大人になったかどうかはともかく、ちょっとだけ恋というものがわかった気はします」

力なく笑うと、コーヒーを啜っていた千夏が深く頷《うなず》く。

「そろそろ立ち直れそう？」

うーん、と少し考えてから、日葵は首を横に振った。

「もうちょっとかかりそうです」

「だよね……失恋の痛手を癒《いや》すには、新しい恋をするっていうのもひとつの手だけどね」

「そういうものなんですか？」

「うん。実はね、木崎君がひまちゃんの元カレと会う前に、彼から相談を受けてたの。木崎君、あの日ひまちゃんに告白しようとしてたみたいよ。だから焦ってたのかもね」

ええっ！　と日葵は大きな声をあげた。

「木崎さんが私に？　そうだったんだ……」

かつて憧れていた木崎が自分を憎からず思っていたなんて、想像すらしていなかった。

あの日の木崎は、確かに普段の彼からは考えられない強引さで迫ってきた。本来の彼は温和で優しく、女性にとっては無害で安心できるタイプ。彼と近づきたい人はたくさんいるのに、彼自身が無欲で恋愛に興味がないのでは、とまで言われていた。

告白しようとして誘っていたなら、なおさら傷ついたのではないだろうか。好きな人の前で、自分よりはるかに屈強そうな男にやり込められたのだから。

けれど、だからといって付き合えるかと問われたら話は別だ。腰を抱かれた時の違和感を思い出せば、なおさら難しいと感じる。

「それじゃ、木崎さんにすごく悪いことしちゃいましたね。でも、今はまだ新しい人のことは考えられません」

そう返すと、肩にそっと手が置かれた。

「そうだよね。ごめん。またお節介しちゃった」

「いいえ。私のために考えてくださってありがとうございます」

千夏は優しい笑みを浮かべた。

「私自身が絶頂期に別れたことってなかったから。ひまちゃんの気持ち考えずに先走ってごめんね。でも、その気になったらあいだを取り持つからいつでも言って」

その日の午後は、取引先から一方的に理不尽なクレームをつけられるという事件があったが、木崎があいだに入ってくれて無事丸く収まった。

クレームの内容は、発注した冷凍商品と違うものが届いたが、冷凍庫に空きがなく引き取ってほしいというものだった。常温に置かれた商品はもちろん全滅。しかしこちらは発注書通りに送っており、データも残っている。それなのに、先方の担当者が頑として譲らなかったのだ。

相手が大口の取引先だっただけにひとまずは謝ったが、無償で商品を引き取るわけにはいかない。その時は上司が不在で困っていたところ、ちょうど外回りから戻ってきた木崎が、事態の収拾に先方へ向かってくれたのだ。

夜八時を過ぎても、木崎に改めて礼を言おうと日葵は待っていた。その後、『直帰する』と彼から連絡が入ったため、千夏と一緒に帰ることにしたのだった。

オフィス街といえども、この時間の駅前通りには飲食店の明かりが点々と灯《とも》っている。店内で客が食事をする姿や香ばしい匂いに誘われて、日葵の腹はぐーぐーと盛大な音を立てた。失恋しようが理不尽なクレームを受けようが、食欲には影響がないタイプだ。

「今日は木崎さんのおかげで助かりました。彼、本当にいい人ですよね」

隣を歩く千夏が、それ！　と顔を輝かせた。

「木崎君だったら私も推せるな～。強さとか頼りがいはまだまだこれからって感じだけど、優しいという点では彼の右に出る人はいないと思う」

「ですよね」

笑顔で同意したが、頭に浮かぶのは獅堂の笑顔だ。日葵にとって、強さと頼りがいを兼ね揃《そろ》えた優しい人が、まさに獅堂だった。あんな人がほかにいるとは思えない。

でも……。

その獅堂だって、はじめは不埒《ふらち》で恐ろしいだけの男だったのだ。木崎とも交際しているうちに、どんどんいいところが見えてきて好きになれるかもしれない。

（木崎さんとのこと、考えてみてもいいのかな……彼を忘れるために）

そんなことを考えながら歩いていると、千夏が急に腕を掴《つか》んできた。

「ひまちゃん、ちょっと」

「え？」

彼女がちらちらと様子を窺《うかが》っているほうに目を向けると、暗い路地にいるガラの悪そうな男たちがこちらを見ている。明らかに獅堂の同業者と見受けられる風体だ。日葵はサッと顔を背けた。

「あの人たち、元カレの関係者？」

前を向いて歩きながら千夏が尋ねる。

「いいえ。たぶん全然知らない人です」

そうは言ったものの自信はない。

彼の組織の人たちと会ったのははじめの二回だけで、それもひと月以上前になる。

日葵からすると、獅堂以外の裏社会の人間は皆同じ顔に見えるし、彼の舎弟の顔なんて恐ろしくて直視したこともなかった。

「じゃあ関係ないか」

千夏は何事もなかったかのように笑ったが、日葵はこわばった笑みを作ることしかできなかった。

獅堂が会社の近くまで迎えに来る時、彼はいつも周りを警戒していた。出会った時にも彼は怪我《けが》をしていたし、敵対組織に常に狙われているようだった。

（もしかして、私が魁斗さんと付き合ってたのを知られてるのかな。別れたことを知らない敵対組織が、私を見張っていれば彼が現れると思ってる……？）

「ひまちゃん？　どうしたの？」

「い、いいえ。別に」

「そっか。じゃ、私はここで。また明日ね！」

「お疲れさまでした」

地下鉄の階段を下りていく千夏に手を振り、周りを警戒しながら速足で歩き出す。彼女といるうちは平静を装っていられたが、ひとりになったら怖くて堪《たま》らない。

このひと月のあいだ、獅堂と一緒にいて危険を感じたことはなかった。一度だけ、クラブでしつこくナンパされた時にも容易く蹴散らしてくれたし、彼といれば必ず助けてもらえるという安心感があった。

道を歩く時は必ず車道側を歩いてくれたし、足場の悪いところは手を引いてくれた。一般の男性よりも紳士的だと自信をもって言える。

時々獅堂は、自分といることで日葵が巻き添えを食うのでは、と心配しているようだったが、逆に守られていたというのもあるだろう。

その晩はアパートに着くまでなんとなくビクビクしていたが、翌朝になったらそんな恐怖もすっかり忘れていた。それに、千夏と一緒に帰れば何も問題ない。クラブでナンパされた時みたいに、暗がりでひとりにならない限り大丈夫だろう。

その日も、夜の八時を過ぎたあたりで仕事にケリをつけ、千夏と一緒に帰り支度を始めた。

仕事はそれなりに多かったけれど、今日はクレームもなく、スムーズに仕事が進んだ。

「ひまちゃん、一緒に帰れる？」

「もちろんです」

愛用のマグカップを手に立ち上がった千夏に続き、日葵もフロアをあとにする。

こうして一緒に帰る先輩がいるのは心強い。営業事務はほかにもいるが、一番ウマが合うのが千夏なのだ。

ビルの外に出た日葵は、んーっ、と両手を突きあげて伸びをした。この時期にしては涼しい風が吹いていて気持ちがいい。最近はすっかり日も短くなり、早くも秋の気配が漂ってきた。

「早くもっと涼しくならないかな。冬になったら旦那とスノボに行こうって話してるんだ」

楽しそうに話す千夏と歩きはじめる。

「千夏さん、スポーツ得意ですもんね」

「ひまちゃんはスキーとかスノボとかしないの？」

「私は運動音痴なので……やってみたいとは思ってるんですけど、なかなか勇気が出なくて」

「え！　じゃあ一緒に行こうよ。冬になったら声かけるから」

「いいんですか？　じゃあ道具とかウェアとか用意しなくちゃ！」

運動が苦手なのも、ウィンタースポーツをやったことがないのも本当で、冬になったら獅堂と一緒にやってみたいと思っていた。以前に聞いたところ、彼は雪道でも問題なく車で走れるし、スキーやスノボも得意らしい。

（あ、私また魁斗さんに結びつけてる。未練たらたらだなぁ）

自分の思考に今さらのように追い打ちをかけられて苦笑する。いったいいつまでこれが続くのだろう。

千夏と他愛もない話をして歩きつつも、昨日、怪しげな男たちがいた路地の横を通りかかる時、ついそこに目がいった。念のためいつでも通報できるようスマホを手にしていたが、今日はいないようだ。

ホッとするのも束《つか》の間、路地から勢いよく走ってきた車が、すんでのところで日葵のスカートをかすめた。

「ひゃっ！」

「ひまちゃん！　大丈夫⁉」

驚いて千夏と抱き合うように支え合っていると、急ブレーキをかけて停《と》まった車から、ガラの悪い男たちがどかどかと降りてきた。車は黒塗りのセダンだ。おろおろしているうちに、いかにもその筋の者と思われる男たちに取り囲まれた。

「あんた、獅堂の女だよな？」

後部座席から出てきた白髪まじりの髪を後ろで結んだ男が、ぎろりと日葵を見下ろす。周りの男たちとは風格が違う。しかし恐怖のためひと言も発せず、頬を震わせて男を見つめた。

「獅堂の奴な、さっき撃たれて救急車で運ばれたんだ。あんたに会いたがってる」

その言葉に、日葵はスーッと血の気が引く感じがした。

（魁斗さんが撃たれた？　嘘《うそ》でしょ⁉）

ぱくぱくと何度か空振りをしてから、どうにか蚊の鳴くような声を絞り出す。

「そっ、それで、彼は今どこにいるんですか？」

「知り合いがやってる病院だ。一緒に来るよな？」

「ひまちゃん、行っちゃダメ！」

「うるせえぞ、このアマ！」

手を伸ばそうとする千夏を男たちが押さえつける。日葵は息をのんだ。

「やめてください！　行きます。行きますから、この人には手を出さないで！」

獅堂が撃たれたというのが本当かどうかわからないが、行かなければ千夏に危害が及ぶだろう。

無関係の彼女が危険な目に遭うなんて、絶対にあってはならない。

「よし。車に乗せろ」

「あっ」

男のひとりに突き飛ばされて車に押し込まれた。ドアの外では千夏が男たちに何かを言われているが、まさか脅しをかけられていやしないだろうか。

「出せ」

髪を後ろで結んだ男が後部座席に乗ってきて、運転席に指示を出した。どうやらこの男がリーダーらしい。

（千夏さん……！）

走り去る車のリアウィンドウから、今にも泣き出しそうな顔で佇《たたず》む千夏が見える。彼女の姿はすぐに豆粒みたいに小さくなり、やがて視界から消えた。

＊

「カシラ、今日もヤバくないスか？」

「目がイッてるよな。もともと怖ぇ顔してるけど」

「誰かなんとかしろよ。あのままじゃ何人か殺るかもしんねぇぞ？」

日葵の会社から車で三十分ほど離れた壱佑会の事務所では、強面《こわもて》の男たちがひそひそと囁《ささや》き合っていた。

ここ最近の彼らは、触らぬ神に祟《たた》りなしとばかりに、獅堂からできるだけ距離を取っている。

それもそのはず、獅堂は手負いの獣みたいに不機嫌だった。

(聞こえてんだよ、バーカ)

ソファにふんぞり返った獅堂は、天井に向かってため息とともに煙草《たばこ》の煙を吐いた。

日葵に別れを告げられてからこっち、笑ったことなど一度もない。彼女のことを考えない日もなかったし、食事だってまともに喉を通らない。柔らかな肌の感触を思い出すたびに股間は滾《たぎ》るものの、あとから襲ってくる虚《むな》しさが怖くて自慰をする気も起きない。異常事態だ。

たったひと月一緒に過ごしただけで、日葵の荷物は段ボール四箱分もあった。その荷物をやっと送れたのが二日前。段ボールがあるうちはまだ彼女がいるような気がしていたが、送ったあとは淋《さび》しさだけが残った。

『がらんとしちまって』

広くなった部屋でそう呟《つぶや》いたが、がらんとしたのは自分の心だと気づいた。

段ボール四箱分の荷物なんて、あの部屋に日葵がいたという事実に比べたらちっぽけなもの。あの光り輝く楽しい日々は、切った張ったの世界に生きる獅堂にとって夢みたいな時間だった。

ベッドには日葵の匂いが残っていて、夜ごと獅堂を苦しませた。寝つきも悪くなったし、目が覚めた時に彼女の柔らかな身体を抱いていないことに愕然《がくぜん》とした。

カタギの女とこんな関係になったのがはじめてなら、あんなによく食べ、よく笑い、よく眠る健康的な女もはじめてだった。胸に空いた穴が大きすぎる。

(嫌われちまったんじゃ仕方ねえよな……)

何度も言い聞かせてはいるものの、未《いま》だ受け入れられていない。

木崎とかいう男とトラブルになった日の夜、確かに彼女の様子はおかしかった。さっきまで怒っていたかと思えば、好きだと何度も言ったり、激しく欲望をぶつけてきたり。情緒が安定していないように感じた。

ひとしきり身体を合わせたあとは気持ちも落ち着いたようだったが、やはりしこりを残していたのだろう。彼女を別れへと駆り立てる理由があるとしたら、それ以外に考えられない。翌日のあの様子から察するに、仲のいい先輩とやらにも追い打ちをかけられたはずだ。

身体を起こして煙草を灰皿に押し付けると、若衆たちがびくりとするのが目に入る。

獅堂はスマホの画面を開いた。通知はもちろんゼロだ。

こうして日に何度も確認している自分が時々情けなく思えた。そんなに気になるなら自分からメッセージでも送ればいいのだろうが、プライドが邪魔してどうしてもできずにいる。

(でも今日の俺は違う)

そんな日々を打開したくて、特別な時にしか着ない勝負スーツに身を包んだ。一流のテーラーで仕立てた濃紺のスーツに白いシャツ、カタギみたいな正統派のネクタイをして髪も下ろしている。

こんな格好で『やり直したい』なんて迎えにいったら、日葵は笑うだろうか。


今日は不動産の仲介客が数組やってくる日で、それなりに忙しく過ごした。

ヤクザといえども当然生活があるが、住まいに関しては一般の不動産屋では売買や貸し借りを断られることが多く、獅堂を頼ってくる者が割合にいるのだ。

大親分や商売がうまい者の中には、不動産をいくつも所有している者もいる。そんな日陰者である貸し手と借り手同士を結び、手数料をもらうのが獅堂のシノギだ。もちろん、立ち退きや地上げ、トラブルの仲介もする。

午後六時を回った。いよいよ決戦だと獅堂がそわそわし出した時、事務所の電話が鳴った。

電話をかけてきたのは会長の権田で、関東道現会の本部に顔を出した帰りに事務所に寄るという。

(運がねえな)

通用口に出た獅堂は、煙草に火をつけて天を仰いだ。このところ急に日が短くなった東京の空には、紫色の雲がたなびいている。

連絡を受けてから数分後には、繁華街の雑居ビルの前に強面の組員たちがずらりと並んだ。

会長専用の車がやってきたのはそれから十分後。同乗していた組員が後部座席のドアを開けると同時に、総出で頭を下げる。

「ご苦労様です！」

「うむ。みんなもご苦労だね」

ゆっくりと姿を現した権田は、真っ白な将軍髯《ひげ》の生えた口元をほころばせた。

短躯《たんく》ながら恰幅《かっぷく》のいい彼は、本部へ出向く際には必ず着ていく和装がよく似合っている。相変わらずどこからどう見ても人のいい老翁だ。顔つきが善人すぎる。

はじめて彼を見た時は、どこかの社長か金持ちの隠居かと思った。しかし、時々垣間《かいま》見せる裏の顔は、さすがに全国に悪名を轟《とどろ》かせる組織の直参だけあって恐ろしい。絶対に敵に回したくない人物のひとりだった。

権田は獅堂のもとまでまっすぐに歩いてきて肩に手を置いた。

「元気そうだな。そんな格好して珍しいじゃねえか。え？」

「今日は野暮用がありまして」

「もう済んだのか？」

「はい」

エレベーターに向かおうと踵を返した獅堂を、権田が呼びとめた。

「魁斗、ちょっと付き合え」

権田がグラスをあおる手ぶりをする。

「わかりました。俺の車を回してきます」

一瞬の間ののち、獅堂はそう答えた。親であり、恩人でもある彼の誘いを断る理由なんてない。

ビルの裏手にある立体駐車場に向かい、煙草をくゆらせつつ車を載せたパレットの到着を待つ。

なんとなく気持ちが落ち着かない。

実は、日葵と別れてからも、彼女の帰宅時間に合わせて毎晩会社の近くで様子を窺っていた。

敵対組織から、彼女が自分の女だとバレているかもしれないし、あのお人好《ひとよ》しな様子では、騙《だま》されてついていく可能性もあると考えたのだ。

彼女には言わなかったが、実際に乙原組の手の者と思われる男が、日葵の会社の近くでうろついていたことがあった。その時は捕まえて路地に引き込み、立ち上がれないくらいボコボコにしたが、常に見張っていられるとも限らない。

昨日は用事があって行けなかったため、今朝はわざわざアパートまで言って、彼女が無事出勤するところを見届けた。ほとんどストーカーだ。

権田の指示で、獅堂は彼が贔屓《ひいき》にしている小料理屋へ車を走らせた。

腹ごしらえをしたのち、今度は壱佑会の息がかかったキャバクラへ。彼とふたりでのむときのお決まりのコースだ。今日は日葵には会えないだろう。

VIPルームに通されて、すぐにきつい香水をつけた女たちに挟まれた。獅堂はこのノリが好きではない。

以前関係した玄人の女に嫉妬されて痛い目に遭っているせいもあるが、そもそも好いてもいない女に気を使って話を合わせなければならないのが苦痛だ。

「会長～、お酒頼んでいいですか？」

「もちろんだとも。どんどん頼め」

「ありがとうございます～。嬉《うれ》しい～！」

甘え声でしなだれかかる嬢に権田が相好を崩している。

獅堂としてはいい加減この手の店は卒業してほしいのだが、早くに妻を亡くした権田にとってオアシスらしいから仕方がない。

嬢たちは高い酒を次々に頼んでは、たいして手をつけずにまた新しい酒を頼んだ。

「獅堂さ～ん、今度おいしいお店連れてってくださいよぉ～。なんならこのあとアフターでも大丈夫ですから」

右隣にいる顔見知りの嬢が、上目遣いで獅堂の腕に胸を押しつけてくる。

「また今度な」

煙草に火をつけがてら、嬢の腕をやんわりと解いた。しかし、またすぐに腕を絡ませてくる。

「もう、そんなこと言って。ぜーったい連れてってくれないんだから」

「わかったからベタベタすんなって」

「ひどぉ〜い」

日葵と出会うまではそれなりに女に飢えていたが、今は触れられたくないとまで思ってしまう。彼女でなければダメなのだ。あのマシュマロみたいにふわふわな身体つきと、屈託のない笑顔、無垢《むく》な心を知ってしまったらもう戻れない。

権田がロックグラスを手に、獅堂の前に身を乗り出した。

「ごめんな、エミリ。こいつはモテるんだよ。——魁斗、お前さんイロができたって話じゃないか」

「できましたよ。振られましたけど」

「振られた？　お前を振るくらいじゃ相当いい女なんだろうな」

下卑たニヤニヤ笑いを張り付けた権田の顔を、獅堂は冷たい目で見下ろした。

「俺にはもったいないくらいのいい女でしたよ。いつも笑ってて、飯をうまそうに食うむっちりした女です」

「むっちりか……そりゃいい。お前もいい歳《とし》なのに、なんでちゃんと捕まえとかなかったんだよ」

獅堂は渋い顔で煙を胸いっぱいに吸い込んだ。

「そのつもりだったんですがね。俺じゃちょっと足りなかったみたいで」

「金か？」

権田が探るように顔を覗き込んでくる。獅堂は手つかずだったウーロンハイをひと口啜った。

「何も教えませんよ。俺だってまだ諦めてないんですから、金に飽かしてちょっかい出さないでください」

「バカ言え。お前さんの顔見りゃ相当惚《ほ》れてたってことくらいわかるよ。何せ俺は、お前がガキの頃から面倒見てんだからな。……ま、相手がシロウトなら別れたほうがいい」

「ごもっともです」

本当にその通りで反論する気も起きない。そんなこと、はじめからわかっていたはずなのにのめり込んだ自分が悪いのだ。

「ところで、乙原組の件はどうなってる？　派手にやってるみたいだが」

「相変わらず意地の張り合いですよ。時々おかしなのに後をつけられることがありますが、今のところはこのとおりピンピンしてます」

「別れた女のほうは大丈夫なのか？　まったくのカタギなんだろ？」

獅堂は煙草を手に押し黙った。

「相手がシロウト女とわかりゃ、まさか手を出すようなことはないだろうが、連中は普通のヤクザじゃねえ。お前が気をつけてやらないとな」

嬢が頼んだ豆菓子をポリポリと摘まむ権田を、獅堂は無言で見つめた。

怖いのはそれなのだ。

関東道現会から組を割った乙原組は、ただでさえ一般のヤクザ組織の枠に収まらなかったはぐれ者の集まりだ。暴対法や条例に触れないのをいいことに、子飼いの半グレや不良たちを使ってやりたい放題している。昔のヤクザみたいにカタギには手を出さないなんて保証もないのだ。

煙草を灰皿に押し付けて、獅堂はトイレに立った。

権田があんなことを言うものだから気になってスマホを見にきたが、当然日葵からの連絡はない。

散々逡巡したのちに、ようやく画面をタップした。

〈今何してる?〉

メッセージを送ってみたが、いくら待っても既読すらつかない。

舌打ちをしてスマホをポケットに落とし、ＶＩＰルームに戻る。権田が嬢たちと王様ゲームをしていた。

「魁斗、ずいぶん遅かったじゃないか。お前も混ざれ」

「あー、オヤジ、すんません。祖母が危篤みたいで帰らせてもらいます」

へっ、と権田は耳障りなガラガラ声で笑った。

「お前のバーさんよく危篤になるじゃねえか。ええ?」

「何せ歳なんで」

くじを引いた嬢が、キャーッと声をあげる。権田がこちらを見てにやりとした。

「大事な女のことじゃ仕方ねえな。行ってやれよ」

「ありがとうございます。代わりに誰か呼びますんで」

「いや、俺はタクシーで帰るから気にするな。——おーっ、俺が王様だー!」

店の外に出た獅堂は、気持ちを落ち着かせようと煙草を吸った。スマホの通話画面に表示させたのは、『日葵』の文字。彼女に電話をかけてみようというのだ。

ずっと我慢していたが、本当は日葵の声が聞きたくて堪らなかった。

通話ボタンをタップするが、何度呼んでも出ない。七回コールしたところで諦めた。

「アパートに行ってみるか……」

どうせここまでしたのだから、今さら意地を張っても仕方がないだろう。

組事務所に電話して権田の迎えを頼んでから、自分の車で日葵のアパートに向かう。

アパートに到着したものの、見上げた二階の角部屋は真っ暗だった。念のためチャイムを押してみるも、反応はない。人がいる気配もない。

時計を確認すると、時刻は八時半に迫っていた。この時間であれば、日葵も大抵は仕事を終えているが、先輩に付き合って残業している可能性もある。

(あいつならあり得るぞ)

しかし、今から会社に向かうと行き違いになるかもしれない。車に乗って待っていようと運転席のドアを開けた時、ポケットの中でスマホが震えた。

「ん？　……マジか！」

取り出したスマホの表示に、思わず咥《くわ》えていた煙草を落としそうになった。相手は日葵だ。ひとつ深呼吸をしてから通話ボタンをタップする。

「俺だ」

精一杯平静を装ったつもりが、明らかに声が浮いている。ところが、返ってきた声が日葵のものではなかったため、別の意味でドキッとした。

――そちらは獅堂さんのスマホですか？

「そうですが……お宅さん、どちら様？」

――日葵さんの同僚で、長野千夏と申します。あ、あの、ちょっとお伺いしたいことがありまして。獅堂さん、今病院ですか？　救急車で運ばれたりしました？　その感じだと特に大怪我をしているとかではないですよね？

突然早口でまくしたてられて困惑する。千夏というのは、確か日葵が懇意にしている先輩社員だ。先日会った時、彼女は獅堂に対して不審そうな目を向けていた。

「俺はピンピンしてるけど……？　どういうことだ？」

――ついさっき、ひまちゃんがガラの悪い男たちに無理やり車に乗せられていったんです。獅堂さんが撃たれて、救急車で運ばれて入院したから一緒に来てくれって言われて。私、騙されてると思って止めたんですけど、ひまちゃんは私を庇《かば》ってついていってしまって……！

途中から泣き出した千夏の声は涙声でよく聞き取れなかったし、話もよく見えない。しかし、日葵が攫《さら》われたということだけはわかる。

「俺に連絡をくれてありがとう。それで、どんな車だった？　男たちの特徴とか、何かわかることがあったら教えてほしい」

車を発進させながら獅堂は尋ねた。彼女がなぜ日葵のスマホを持っているのかわからないが、連絡をもらえたのはラッキーだ。

――車は黒いセダンでした。男たちは四人組で、リーダーの男は髪を後ろで結んでいました。あっ、そういえば車のナンバーを控えてあります。

「ナイス。教えてくれ」

通話中のメッセージアプリに四桁の数字が届く。

それから、車が進んだ方向や彼女が日葵のスマホを持っている理由など、いくつか質問をして通話を終えた。必死に感情をのみこんでいたものの、スーツの下は汗びっしょりだ。

千夏の話によると、日葵を乗せた車が走り去ったあと、歩道に彼女のスマホが落ちているのを見つけたらしい。警察には絶対に言うなと脅されていたことから、メッセージの先頭にあった獅堂に電話をよこしたとのこと。

彼女にはできるだけ明るい道を歩いて帰るよう告げた。

車は西の方角へ向けて走り去ったと千夏は言ったが、行先は当然わからない。が、リーダーと思《おぼ》しき長髪の男の風貌には心当たりがある。

詳しく聞けば、背が高くひょろっとしていて、白髪まじりだったとか。さらに釣り目の爬虫類顔といったら、乙原組の若頭である近藤に違いない。

「あンの野郎……」

獅堂は歯噛《はが》みをして事務所に電話した。すぐに若衆のひとりが出る。

「俺だ。今から言うナンバーを照会してくれ。恐らく乙原組だ」

すぐに返事が返ってきて、やはり乙原組の車だと判明した。

「悪いんだが、急いで人を集めてその車を探してもらえないか？　日葵が攫われた」

――お嬢が!?　了解です。すぐに方々声かけますんで！

つながった。

「助かる」

通話を切ってすぐに、今度は権田に電話する。しばらくかかったが、しつこくコールしてやっと
——何か忘れ物か？

慣れ親しんだだみ声が聞こえた途端、なぜかホッとして鼻の奥がツンとする。

「お楽しみのところすみません。オヤジにお願いがあるんですが」

——お前さんから頼みごとをされるなんて珍しいな。言ってみろよ。

「俺の女が攫われましてね。兵隊を貸してほしいんですよ。多けりゃ多いほど助かります」

——ああん？　言わんこっちゃねえ。乙原組か？

「はい。車に押し込んでどこかへ走り去ったようで」

——わかった。ほかならねえお前の頼みとあっちゃ、枝葉の組のもんから地下に潜ってる奴らまで総動員するよ。何かわかったら連絡させる。

「ありがとうございます。心強いです」

現段階でわかっている情報をかいつまんで話してから、通話を切った。

最初の一報が入ったのはそれから十五分ほどが経った時だ。

獅堂の舎弟からもたらされた情報によると、当該の車両は南西方向に進み、高速道路にのったらしい。獅堂もすぐに南西方向へ舵《かじ》を切り、一路高速道路へ向かう。

今、都内では日葵を乗せた車をおびただしい数の車が追っているはずだ。

すべての情報は一度壱佑会に集約され、すぐさま捜索に当たっている全車両に知らされる。同じ方向へ進む車が増えるに従い、次第に袋のネズミになっていくという算段だ。

高速道路の案内看板が出てきたところで、獅堂は一度側道に逸《そ》れた。暗がりに車を停め、足元の内張りを剥《は》がしてビニール袋に入った得物を取り出す。

油のしみ込んだ新聞紙の包みを剥がすと、中から黒光りする拳銃が現れた。ずっしりと重いそれをホルスターにしまい、車を発進させる。

(必ず助けるから、それまで無事でいてくれよ)

街灯の明かりが次々と後ろに流れていくなか、前だけを見つめる獅堂の目は闇を睨《にら》む獣のそれだった。

＊

自分を乗せた車が高速道路にのったのはわかったが、日葵にはどうすることもできなかった。

両手の親指を結束バンドで固定されたうえ、四人の屈強な男に囲まれているのだ。はじめて獅堂の組織の男たちの車に乗せられた時とは、わけが違う。

この男たちが獅堂の仲間でないことはもうわかっていた。

車内では獅堂や壱佑会をあざける言葉が飛び交っていた。それに、彼の仲間だったら自由を奪うようなことはしないだろう。彼らは人懐こい顔で、日葵を『お嬢』と呼んでいたのだから。

高速道路を一時間余りも走っただろうか。下道に下りた車はひと気のない片側一車線の道を走り、次第に中央線すらない山道を登り始めた。

はじめて獅堂と出会った翌朝、迎えに来た若衆たちと獅堂が、山だの海だのと不穏な話をしていたのを思い出す。このルートはまさか、山に連れていかれるのでは……？

「あ、あの……どど、どこへ向かってるんでしょうか」

日葵はかすれた声を絞り出した。右隣の、仲間からカシラと呼ばれている長髪の男が、日葵の顎をもち上げた。

「いいところだよ。そこでお兄さんたちと遊んでもらおうか」

周りから下卑た笑いが起こる。日葵は男を睨みつけながら、お兄さんというにはおこがましいのでは、と考えていた。

「震えちゃって。かわいいねぇ」

日葵の胸をかすめようとする手を急いでかわした。

「やめてください！　触ったら車から飛び降りますよ！　目的地に着くまでに私が死んでもいいんですか？」

「気が強ぇな。やっぱヤクザのイロになろうとする女は違うね」

若頭の男が大きな口を開けて笑う。そして、爬虫類じみた顔を近づけてきた。

「けどな、そういうことじゃねえんだわ。アンタが生きていようが死んでいようが関係ねぇ。ああいうまっすぐにしか進めねえイノシシみてえな野郎は、自分のイロが攫われたとなりゃあ死に物狂いで助けに来んだよ。そこをみんなで取り囲んで、バーン、だ」

男が見せた拳銃を弾く手つきに、全身の血が一瞬で凍り付く。

「彼をおびき寄せるつもり？　ひどい!!」

日葵は結束バンドで不自由になった手で、急いでバッグの中を漁《あさ》った。彼らの目的がわかった今、これは罠《わな》だと一刻も早く知らせなければ。

しかし、いくら探しても頼みの綱であるスマホが見つからない。

(ない！　ない！　どうしてスマホがないの!?)

「何探してんのかな？　コンドーム？」

げらげらと笑う男たちを、涙目でキッと睨みつける。まるで悪夢だ。自分が攫われただけでもそう感じていたのに、獅堂が危険な目に遭わされるのはもっと耐え難い。

「そろそろか」

若頭の男が懐からスマホを取り出し電話をかけはじめた。あまりに早くつながったため男がびくりとする。

「ああ、乙原組の近藤ですけど。今大丈夫ですかね？」

日葵は懸命に聞き耳を立てたが、走行音が邪魔で向こうの声は聞こえない。

「いや、今ね？　アンタの……おい、アンタ名前なんつった？」

顔を近づけてくる近藤と名乗った男の様子に、相手が獅堂だと確信する。

「魁斗さん！　来ちゃダ——ぐっ」

途中まで言ったところで、左にいる男に後ろから口を塞がれた。日葵は手足をバタつかせたが、相手が熊みたいな大男では到底歯が立たない。

近藤がにやりと不気味な笑みを浮かべる。

「まあいいや。このぽっちゃりした女、アンタのイロだろ？　今、俺の車に乗ってんだわ。もちろんひとりで来るよな？　ほかに連れてきたら女は殺す。場所は……」

まるで仕事の話でもするかのような口ぶりで淡々と説明し、近藤は通話を切った。

「最っ低……！」

塞がれていた口をやっと解放された日葵は、ヤニ臭くなった口元を腕でこすり、笑っている近藤を睨みつける。

今はへらへらしているこの男も、いざとなったら本当に人を殺すことができるのだろう。獅堂は『ヤクザなんてそんなものだ』と言っていたが、彼とこの男とでは決定的に何かが違う。

曲がりくねった道を車はどんどん上った。結構高い場所まで来たことは鼓膜が変になったことからもわかる。

「この辺でいいだろう」

近藤の指示で、車がすれ違えるよう作られた待避所みたいなところで降ろされた。引きずられるようにして林の中へと進むと、そこだけぽっかりと木がないところに出る。

男たちは談笑しながら一服したり、日葵からそう離れていない場所で用を足したりしはじめた。

夜の山は虫の声が聞こえる以外は静まり返っていて、男たちが話す声だけが響いていた。ほかに通過する車もなく気味が悪い。

近藤が煙草を咥えたままどこかへ電話をかけ始めた。

「俺です。……ええ、連れてきましたよ。……はい。……はい、わかりました」

「おやっさん、なんて言ってました？」

通話を終えた近藤に、日葵を捕まえている熊みたいな男が声をかける。

「女を置いて帰っていいってよ。もともとオヤジには女を攫えとしか言われてねえからな」

「で、そうするんで？」

「ああ？　それで俺の腹が収まるわけねえだろ。あの野郎には散々コケにされてんだ。今日こそ息の根を止めてやらねえと気が済まねえ」

釣り目がちな目元に浮かんだ冷酷な笑みに、日葵の肌はゾワッと粟立《あわだ》った。この男は本当に獅堂を亡き者にしようとしている。彼がここに到着するのをなんとしても阻止しなければ。

日葵は熊みたいな男の手を振りほどいて、近藤に迫った。

「お願いします！　なんでもしますから獅堂さんだけは助けてください……！」

「なんでも？　そういや、獅堂が来るまでだいぶ時間があるな。この女、ヤッちまうか？」

周りにいる男たちが興奮した様子で近づいてくる。日葵は腰を屈《かが》めて警戒した。

「そ……そうしたら獅堂さんには何もしないって約束しますか？」

「ああ、するする。当たり前じゃねえか」

ただでさえ重たい目を糸のように細くして、近藤が近づいてくる。

その顔を見て日葵は悟った。彼らに身体を差し出したところで、きっと獅堂の命は助からない。この男たちには、はじめから約束を守るつもりなんて毛頭ないのだと。

気がついたら地面を蹴っていた。しかし、両手の自由を奪われているせいで思うように走れない。

「このアマ！　逃げんな！」

「殺すぞ！」

日葵の背中に怒号を浴びせながら、男たちが追いかけてくる。街灯ひとつない辺りは真っ暗で、エンジンをかけた状態の車のライトを頼りに走る。

「きゃあっ」

何かに躓《つまず》いて盛大に転んだ。すぐに追いついた男たちが日葵を仰向《あおむ》けにし、ひとりが腕を押さえつけ、ふたりがそれぞれの脚を押さえつける。

近藤が日葵の太腿《ふともも》に跨《また》がり、トラウザーズのベルトをカチャカチャと外し始めた。

「おいおい、おとなしくしてねえと怪我するよ？」

「いや！　やめて！　いやぁぁあああ」

その時、パンと何かが弾けるような音がして、下半身がフッと軽くなった。急に後ろに仰《の》け反《ぞ》った近藤が、肩を押さえてのたうち回っている。

「カシラ！」

「クソッ、どこからだ!?」

慌てふためいてきょろきょろする男たちに背を向け、日葵は芋虫みたいに地面を這《は》った。腰が抜けて立ち上がれないのだ。

(何が起きたの？　魁斗さんが来るにはいくらなんでも早すぎない？)

その時、車のヘッドライトをバックに、誰かがこちらへ向かってくるのが見えた。逆光で真っ黒だったシルエットが次第にはっきりしてきて、それが木刀を担いで歩いてくる獅堂だとわかる。

「おどれら……何したかわかってんのか」

(魁斗さん……！)

憤怒に彩られた表情で低く唸《うな》る彼を見た瞬間、日葵の胸は張り裂けそうになった。

肘まで腕まくりした彼のシャツにはホルスターが装着されており、左の胸には拳銃が収まっている。いつもきれいにセットされている髪は汗で額に張り付き、眉間には深い皺《しわ》が寄っていた。

「てめえ……！」

男たちがどこからかナイフを取り出して、獅堂に向かっていく。それを獅堂は木刀を振り回してけん制し、日葵がいるところまでやってきた。

「怪我はないか？」

「だい、じょぶ」

安堵《あんど》のせいで涙が止まらない。日葵の髪をひと撫でした獅堂はすぐに男たちに向かっていった。

静かな山の中で、誰のものともわからない怒号と殴打する音が響く。彼らがいるところまではヘッドライトの明かりも届かず、戦況がわからない。

「いってぇ……あンの野郎」

離れた場所に横たわっていた近藤がむくりと起き上がったため、日葵は戦慄した。彼は撃たれたらしい左肩を押さえ、よろめきながら立ち上がる。

日葵は急いで地面を蹴ったが、脚に力が入らず地面に倒れ込んだ。すぐに追いつかれて無理やり立たされる。

「ひっ」

ゴリッと何かがこめかみに押し当てられ、心臓が凍った。恐るおそる向けた目に映ったのはやはり拳銃だ。

「獅堂ォ！　この女、殺《ヤ》ッてもいいかぁ？」

近藤の声に、獅堂が闇の中からゆらりと姿を現す。

ヘッドライトに照らされた彼はますます髪を振り乱し、シャツはところどころ破れている。乙原組の三人は伸されたのだろうか。

獅堂は、日葵から数メートル離れたところで立ち止まった。

「この野郎……はったおされてえのか」

「アンタもよくそんな口利くよな。自分のイロを人質に取られてんのによ。道具を捨てて地面に両手を付け！　早くしろや、コラぁ！」

突然怒り狂いだした近藤に銃口を強く押し付けられ、日葵はガタガタと震えた。気を抜いたらすぐにでも気絶してしまいそうだ。

獅堂は苦渋に満ちた顔で木刀と拳銃を放り投げた。そして地面に両手両膝をつく。

「ははっ。かっこいいじゃねぇか、獅堂ちゃん。ステゴロじゃなーんもできねえよなぁ。ほら。土下座しろ、土下座」

近藤が靴で獅堂の後頭部を踏みつける。

地面に額をこすりつける獅堂の姿に、日葵は胸が万力で締め付けられる思いがした。普段からプライドの高さが窺える彼が土下座するところなんて見たくない。

「やめて！　もうやめてください！」

「アホンダラ。これからだっつーの」

さっき獅堂とやり合っていた男たちが、暗がりからよろよろと現れた。

「獅堂……てめえ！　やってくれんじゃねえか」

さっきの仕返しとばかりに、彼らは無防備になった獅堂に三人がかりで殴る蹴るの暴行を加えた。

日葵を人質に取られていなければこんなふうに殴られることもなかっただろうに、縮こまって身体をガードするしかない。

「やめて……！　やめてよ……!!」

泣き叫ぶことしかできない自分が、悔しくて堪らなかった。このままでは本当に彼は死んでしまう。何かチャンスがないものだろうか。

その時、遠くから車が近づいてくる音に気付いた。車は一台や二台ではなく、おびただしい数の車が列をなして山道を登ってくるような音だ。

「なんだ？」

近藤が道路のほうへ目を向けた。獅堂を殴っていた男たちも気づいたのか、手を止めて道路のほうを見ている。

ハッと気が付けば、近藤の手が下がり、こめかみに当てられていた銃口が明後日のほうを向いていた。やるなら今しかない。日葵は腕を掴む手を振りほどいて身を翻し、近藤の股間を思い切り蹴り上げた。

「ぐあっ!!」

近藤はその場に倒れ込み、股間を押さえて悶絶《もんぜつ》した。しかし、うまくいったと思ったのも束の間、獅堂を殴っていた男のうちのひとりが、近藤が落とした拳銃を拾い日葵に向かって銃口を向けた。

「このアマ!」

「日葵!!」

男が発砲した瞬間、日葵は飛んできた獅堂に突き飛ばされた。彼はすぐに起き上がり、自分の銃を拾って男たちに次々発砲した。

罠にかかった獣みたいな声をあげて男たちが転げ回る。脚を撃たれたのか、男たちはもう立ち上がれない。獅堂も近藤が落とした銃を拾い上げた途端、その場にうずくまってしまった。

「魁斗さん!?」

駆け寄った日葵は、彼を抱き起こそうとして背中に触れた。ぬるついた感触に驚いて自分の手を見れば、べったりと赤黒いものが付着している。思わずひゅっと息を吸った。

「魁斗さん!　魁斗さん!　ああ……どうしよう!!」

「よかった……お前が無事で」

肩で息をしつつ安らいだような笑みを向ける獅堂に、日葵は顔を歪《ゆが》めた。

「そんなこと言ってる場合じゃないでしょう！　救急車、救急車！　そうだ、スマホが見つからなかったんだ。魁斗さんのスマホを――」

慌ただしく獅堂のポケットを探る手を掴まれた。

「呼ぶな。サツに捕まんだろうが」

「だって、魁斗さんが……！」

ぼろぼろと泣きながら叫ぶ日葵の頬を、彼はいつもの笑みで優しく撫でた。

「死なねえよ。それにほら」

彼が指差した方向に目を向けたところ、小さな明かりがいくつもこちらへ向かってくるのが見えた。

あとからあとからやってくる足音が、静かな林の中に響く。近くまでやってくると、ようやく獅堂の組織の男たちだとわかった。

「カシラ！　お嬢も！」

「カシラ、撃たれたんスか⁉」

「……ったく、来るなっつったのにバカな奴らだ」

それだけ言うと、獅堂は日葵の腕の中でフッと目を閉じた。

「魁斗さん！　魁斗さん！　お願い、早く彼を病院に……！」

蛇のような車列をなして下山した車は、都内に入ってすぐに散り散りになった。

数えきれない数の車はほとんどが壱佑会の会長がよこした助っ人《すけっと》で、病院までついてきたのは組の若衆が乗った数台だけ。獅堂の車は若衆が代わりに運転した。

あれから獅堂が目を覚ますことはなく、後部座席で日葵にぐったりと寄りかかったままだった。

彼の呼吸がいつ止まるかとハラハラしたが、なんとか病院まではもった。あとは手術がうまくいくことを祈るばかりだ。

ここは組事務所の近くにあるクリニックで、普段から彼らが抗争による怪我の治療などで利用しているらしい。夜中に電話で叩き起こされた医師は眠そうな声で応じていた。

(魁斗さん、頑張って)

お通夜みたいに暗く沈んだ待合室で、日葵は祈り続けた。

獅堂が処置室に入ってからすでに数時間が経過している。待合室には大勢の組員がいたが、皆欠伸《あくび》もせずに神妙な面持ちで待っている。

周りには強面の男たちがひしめいていたが、もう彼らを恐れる気持ちはなかった。全員、獅堂のことを心から案じる仲間だ。それに、彼らは乙原組の男たちと比べて根はいい人に見える。

「お嬢、そんなに心配せんでも大丈夫ですよ」

隣にいた男に声を掛けられ、日葵は顔を上げた。初めて見る顔だ。銀縁眼鏡をかけたオールバックの男は、獅堂よりひと回りほど上だろう。

彼は両膝に手をついて頭を下げた。

「自分は壱佑会の若頭補佐で、桜木と申します」

「佐伯日葵です。あなた方が来てくれなかったら今頃どうなってたか……本当にありがとうございました」

「礼なら会社の同僚に言うといいですよ。そうだ、これを預かってます」

桜木がポケットから取り出したものを見て、日葵は目を丸くした。タッセルがついたピンクのレザー調ケースにセットされたスマホは、間違いなく日葵のものだ。

「私のスマホ……？　どうしてあなたが？」

「攫われた場所に落ちていたのをお嬢の同僚が拾ってくれたようで、ついさっき受け取ってきました。彼女がカシラに連絡を取ってくれたんですよ」

「そうだったんですね。ありがとうございます」

礼を言ってスマホを受け取り、最初に通話履歴を確認した。昨夜、日葵が攫われた直後と思われる時間に、獅堂への発信記録がある。それから、メッセージには謎の四桁の数字。

「彼女、キレ者ですね。サツには知らせるなと脅されたようですが、お嬢を攫った車のナンバーを控えていてカシラに教えてくれたようで」

桜木が告げた言葉に胸が熱くなり、日葵はスマホを抱きしめた。

千夏には感謝してもしきれない。昨夜は、前の晩に駅に向かう途中でガラの悪い男たちを見かけたせいで、いつでも通報できるよう画面ロックを外した状態でスマホを手にしていた。

現場に落ちていたというのは、車に押し込まれる際に落としてしまったのだろう。それらの偶然と、千夏の機転がうまく重なった結果助かったのだ。

獅堂の手術が長引きそうだったため、日葵は若衆ふたりとコンビニへ向かった。待機している人たちの食料と、獅堂の飲み物や当面の入院に必要なものを買うためだ。少し外の空気を吸ったほうが、気が紛れるとも思った。

しかし、買い物から戻った日葵はクリニックに入った途端に愕然とした。

待合室のいたるところで、いかつい男たちが人目も憚《はばか》らずすすり泣きをしている。まさか、獅堂の身に何かあったのでは。

「魁斗さん！」

コンビニ袋をその場に放り投げて、唯一明かりが洩《も》れている病室のドアに駆け込んだ。そこには獅堂と近しい男たちがひしめいていて、眠っている彼を取り囲んでいた。

「魁……斗さん……」

恐るおそる近づいていくと、両目を真っ赤にした桜木に肩を叩かれる。

「カシラに会ってやってください」

男たちが道を開け、日葵は獅堂が横たわるベッドの脇に立った。見下ろす彼の顔は真っ白で血の気がなく、まるで人形か何かのようだ。

（嘘……本当に？）

信じられない。こうなることがわかっていたら、周りに何を言われても彼の手を離さなかったのに。冷たい言葉で突き放したり、意地を張ったりもしなかったのに。

悔やんでも悔やみきれない思いが胸を突き上げ、ぽろぽろと涙を零《こぼ》した。

桜木が用意した丸椅子に座り、獅堂の額に張り付いた髪を指で避ける。

意志の強さを表したような眉のあいだには、わずかに皺が寄っていた。睫毛《まつげ》は濃く長く、瞼《まぶた》を閉じていれば、強面の顔がずいぶんと優しく見える。

見れば見るほど端正な顔立ちに、胸が強く締めつけられた。この男らしく、日葵を魅了してやまない顔を眺められるのもあと少しだなんて。

まだぬくもりの残る頬に、そっと触れる。

「魁斗さん、私……あなたのことが大好きでした。こんなにも誰かを好きになったのは初めてだったんです。これからもずっと一緒にいられたらどんなに幸せかって、私……私……」

その時、獅堂の瞼が突然ぱちりと開いた。

ギャッ、と日葵は声をあげて椅子ごと仰け反ったが、屈強な男たちが支えてくれたおかげで難を逃れた。

「カシラ‼」

「カシラ、目が覚めたんですね！」

男たちは野太い声で口々に言って、病室が一気にお祭りムードになる。

(は⁉　ちょっと、どういうこと⁉)

混乱の極みの日葵は、まだボーッとしている獅堂と浮かれている組員たちを見回して、はくはくと浅い呼吸を繰り返した。胸を押さえる手に、ドッドッドッと強い拍動が伝わってくる。彼は死んでなどいなかったのだ。

「うぅ……いってぇ」

獅堂が眉間に皺を寄せて顔を歪めた。苦しそうな声を聞いた時、彼は本当に助かったのだとようやく実感できた。

「魁斗さん！　ちょ、なんで!?　なんでみんな泣いてたの!?」

びっくりするやら嬉しいやら腹立たしいやらで、以前は恐れていたはずの男たちを睨みつける。

そんな日葵に、男たちは泣き笑いが止まらないようだ。次第に自分までおかしくなってきて、涙を流して笑った。

つられて笑っていた獅堂が、痛みを堪えるように目元を歪める。

「お前ら、俺が死んだって言ったのか？」

「いいえ？」

と、桜木。

「死んだら酸素マスクも点滴も外しますので普通はわかるかと」

言われてみれば、獅堂の口元は酸素マスクで覆われているし、点滴も何本もつながっている。

ひとりで早合点していたことに気づき、熱くなった頬を隠そうと前髪を弄った。

「だって、みんな泣いてたから……」

獅堂の目が覚めたことを伝えにいった若衆に連れられて、年配の医師がやってきた。夜中に叩き起こされて執刀までこなした医師は、獅堂よりも顔色が悪い。

医師は日葵の質問に丁寧に答え、自分でボタンを押して投与するタイプの痛み止めの説明をして出ていった。

今夜はその医師と、手術を手伝った助手たちがクリニックに泊まってくれるらしい。あまりのありがたさに日葵と組員一同は深々と頭を下げた。

すでに夜が明けていて、末端の組員たちはコンビニで買ってきた軽食を手に帰っていった。

病室に残った日葵と桜木、獅堂がかわいがっている若衆たち数人は、食事をしながら静かに話をしている。

獅堂は痛み止めが効いたのか、うとうとしたり起きたりを繰り返している。だいぶ顔色もよくなり、ひとまずはホッとした。

医師の説明によると、銃創は貫通した一発のみだったようだ。弾丸は奇跡的に肋骨《ろっこつ》のあいだを通過したため、骨折はなし。肺からの出血が多く血が溜まっていたため開胸手術にはなったが、肺と横隔膜の一部を損傷しただけで済んだらしい。体力がある人なら回復も早いだろうと聞き、獅堂ならそれはお墨付きだと思った。

日葵はベッドにギリギリまで椅子を近づけた。

(魁斗さん……痛いのかな)

時々彼の眉が動くたびにハラハラしてしまう。獅堂が身を挺《てい》して守ってくれたおかげで日葵は無傷で済んだのだ。彼が今感じている痛みを分かち合えたらどんなによかったか。

獅堂の額をゆっくりと撫で、そっと口づけを落とす。

わざとらしく咳払《せきばら》いをした桜木が、椅子から腰を上げた。

「用事があることを忘れてました。ではカシラ、ここはお嬢に任せて俺は失礼します」

「おう」

獅堂が目を閉じたまま、かすれ声で返す。起きていたのだろうか。

すると、ベッドの向かい側にいる金髪の若衆も立ち上がった。

「あー、そうだ。俺も今日は現場仕事があるんだった。お前もだよな？」

「えっ、何かありましたっけ？」

スパーン、と金髪の男が、話しかけた隣の若い男の頭を叩いた。彼は痛そうに頭を抱えている。

「このボンクラが。こういう時は気を利かせんだよ」

日葵はドキドキしながら、病室を出ていく彼らの後ろ姿を見守った。やはりヤクザとは恐ろしいものだ。

ふたりきりになった途端に、獅堂は覚醒したようだった。しかし、いろいろありすぎて何から話せばいいのかわからない。

しばらく続いた沈黙を破ったのは日葵だった。

「痛いですか？　あっ、いえ……痛いですよね」

「少しな。お前こそどうなんだ？　どこか怪我してないか？」

「私のはせいぜい擦り傷くらいです。あの……助けに来てくれて本当にありがとうございました」

獅堂がホッとしたように息を吐き、目を閉じる。

「そうか、よかった……マジで死んじまうかと思ったぜ」

「本当に……魁斗さんが無事で、本当によがっ、よがっだ……！」

「バカ野郎……お前のことだよ」

獅堂がイラついたような声を出す。

しかし日葵は、獅堂が撃たれた時の恐怖を思い出して嗚咽《おえつ》が抑えられなくなっていた。車の中では日葵に身体を預けたままピクリともしなかったし、本当に死んでしまうのでは、と恐ろしくて堪らなかったのだ。

「ったく、心配させやがって……クソッ」

悪態をついた瞬間、獅堂の目尻から涙がひと筋零れた。さっきまで紙のように白かった彼の顔は赤く、必死に涙を堪えているように見える。

「魁斗さん……」

胸に溢《あふ》れる愛《いと》しさが涙となって、日葵の頬を次々と濡らした。男性が、しかも獅堂みたいに強い人が泣くところなんて初めて見る。

「ごめんなさい……ごめんなさい」

これほどまでに心配をかけていたのかとやっと気づいた。しゃくりあげながら彼の頬を拭う。

「俺は……お前がずたぼろにされるかと思ってよ……高速を限界までぶっ飛ばして、山道もほとんどノーブレーキで登って……奴らに脅されたのか？　俺が撃たれて救急車で運ばれたって、本気で思ったんじゃねえだろうな」

「もちろんおかしいとは思いました。でも、最初の出会いがあんなだったから、もしかして、って思いも少しはあって……最後は千夏さんにまで手を出されそうになったので、仕方なく言うことを聞いたんです」

「そうだったのかよ……こっちにこい」

獅堂が腕を広げる。ベッドに身を乗り出した日葵の髪に彼の手が触れた。

「もっとだ」

腰を上げた日葵が獅堂に覆いかぶさるようにすると、点滴の管だらけの腕で抱き寄せられた。

「俺はお前が好きだ。いや、愛してると言ってもいい。親にも愛されたことがない奴が何言ってんだと思うかもしれねえけど、俺は本気だ」

「魁斗さん……」

「『棲む世界が違う』ってあの時言われて、何度も思いきろうとした。でも、どうしても諦められねえんだ。お前のすべてが好きなんだ」

ふ、と自嘲的な笑みを零した獅堂の目が、壁にかけられたスーツのジャケットに向けられる。

「実は、今夜キメるつもりでいたんだ。バカみてぇだよな。カタギみたいに髪を下ろして、あんなクソ真面目なネクタイ締めて……ぐっ……！」

「魁斗さん⁉　大丈夫ですか⁉」

はあはあと苦しそうな息をする彼を前に、どうすることもできない自分がもどかしい。急いで医師を呼びに行こうとドアへ向かったところ、後ろから呼び止められる。

獅堂のそばに戻った日葵は、彼の額に浮かんだ玉の汗をハンカチで押さえ、手を握った。

「ねえ、なんだかすごく苦しそう。あとでゆっくり聞きますから、もう喋《しゃべ》らないで」

「大丈夫だから。もう少し喋らせろよ」

苦しそうに歪んだ獅堂の顔に薄く笑みが広がる。

「みっともねえとわかっちゃいるんだが、これが本心なんだ。お前に別れを告げられたあと、俺は抜け殻みたいになった。お前がいなかったら俺は――」

「俺は？　なんですか？」

「生きていけそうにねぇ……」

力なく彼が言った時、日葵の心臓は今にもはち切れそうになった。胸を焦がす熱い思いが一気に溢れる。お前がいないと生きていけないだなんて、これ以上ない告白ではないか。

「バカ……バカぁ……なんで、そこまで……」

獅堂の頭をくしゃくしゃとかき回し、汗ばんだ額や頬に何度もキスをする。酸素マスクが邪魔だ。今すぐに彼にキスがしたいのに。

自分が誰かの生きる支えになるなんて考えたこともなかった。そんな大した人間ではないし、ぽちゃモブの自分は誰かに何かを与えることも、与えられることもないと思って生きてきた。

そんな自分を変えてくれたのは獅堂にほかならなかった。日葵のほうこそ、獅堂なしではもう生きられない気がしている。

酸素マスクの中に、くぐもった低い笑いが響く。

「さっき、これからもずっと一緒にいたい、って言ってくれたよな？」

「聞こえてたんですか？」

「ああ。そこだけはっきりとな」

あの時はすでに彼がこと切れていると思ったため、思いがけず素直な言葉が出た。今となってはちょっと恥ずかしいけれど、あれは本心だった。

獅堂が日葵の頬に手を宛て、まっすぐに見つめてくる。彼の目は痛み止めのせいか少し虚《うつ》ろだ。

「お前が不安になる気持ちもわからねえわけじゃないんだ。カタギのお前には本当はカタギが似合ってる。お前の会社の……木崎とかいったか。ああいう優男が――」

獅堂の顔が歪んだため、日葵は慌てた。彼が点滴だらけの手で日葵の手を握る。

「大丈夫……大丈夫だ。……でも、俺以上にお前を幸せにできる男もいねえってこともわかってほしい。俺はこんな奴だけど、誰よりもお前が好きだ。愛してる。絶対に幸せにすると誓って言える。周りにも四の五の言わせねぇ。だから……一生ついてきてほしい」

「魁斗さん」

日葵は彼の手を強く握った。

「でも私、今夜みたいにことがまたあったらと思うと生きた心地がしない。私を置いて先にいなくなったりしない？」

「絶対にしねえよ」

「逮捕されない？　ひとりにしない？」

「努力する」

「ヤクザは……辞めませんよね」

「あ？　辞めるわけねえだろ。それが俺なんだから受け入れろよ」

日葵はクスッと笑った。彼も日葵のすべてを受け入れて愛してくれたのだ。夫婦になるなら、彼のすべてを受け入れなければならないだろう。

「魁斗さん……私、あなたについていきます」

ぼろぼろと泣きながら、獅堂の手に頬ずりをする。本当は、昨夜彼が命がけで日葵を助けに来てくれた時から気持ちは決まっていた。いや、きっと出会った時にはすでに離れられない運命にあったのだろう。

握った獅堂の手から力が抜けていき、日葵はハッとした。

「魁斗さん？　魁斗さん!?」

「よかった……」

その言葉だけを残して、獅堂はスースーと静かな寝息を立てはじめた。切れ長の美しい目元からスーッとひとつ筋だけ零れた涙を、日葵は笑みを湛《たた》えながら指ですくった。

第六章　この豊かな胸は彼のすべてを受け止めるためにある

それから数週間が経ち、無事退院の日を迎えた。

就寝時の胸帯はまだ欠かせないものの、傷もすっかり塞がり本人は元気そのものだ。壱佑会の若衆に持ってきてもらった愛車に、喜び勇んで乗り込んだのだった。

その隣で、日葵は病院を出てからこっち、ずっとハラハラしている。早く家に帰りたいと言っていたにもかかわらず、退院したその足で祖母が暮らす施設に向かうと彼が言いだしたからだ。

「魁斗さん。それって、どうしても今日でなくちゃならないんですか？」

「アポを入れてるわけじゃないんだが、俺が今日行っておきたいんだよ。……ったく、だからお前は家で待ってろって言ったのに」

鋭い目で一瞥《いちべつ》されて、日葵は膝の上で両手を握りしめた。

「何度も同じこと言って悪いとは思ってるんです。でも、離れてたらそれはそれで心配じゃないですか。ついさっきまで入院してたんですよ？」

「こんな傷たいしたことねえっての。極道やってりゃ、流れ弾のひとつやふたつ常に食らってんだから」

（常に!?）

日葵は目を丸くして獅堂の横顔を見つめた。言われてみれば彼の身体はあちこち傷だらけだし、出会ったのも彼の怪我がきっかけだ。この先、ずっと一緒に人生を歩んでいくというのに、こちらの心臓がもつのだろうか。

獅堂の祖母が暮らす施設は病院から車で一時間もあるらしい。獅堂のマンションからも小一時間。彼が少年院から出た時には、祖母はすでにその施設にいて、他へ移りたくないと本人が言う。だから、こうして車を飛ばして、最低でも月に一度は顔を見せにいっているのだそう。

日葵も、獅堂が祖母に会いにいくのが嫌なわけでは決してなかった。退院してすぐに短くない距離を運転するのが不満なのだ。

車の多い都内の道を西から東へと抜け、橋をいくつか渡って施設についた。海に近いこの辺りは潮の匂いがする。

駐車場に車を停め、入り口に向かって歩き出した。祖母は重度の認知症だから期待するなと言われたけれど、彼の身内に会うのは初めてだからドキドキする。

「魁斗さん、今夜、何か食べたいものあります？　私が何か作りますよ。……魁斗さん？」

「あ？　……ああ」

獅堂の様子がおかしい。まるで戦いにでも赴くかのように厳しい表情をした顔は汗だくだ。

「魁斗さん」

施設の入り口前で彼を引き留め、バッグから取り出したハンカチで彼の顔を拭いた。心なしか顔色まで悪い。

「傷が痛むんですか？」

「そうじゃねえ。……情けねえ話だが、ここへ来るといつもこうなんだ。気になるなら車で待っててもいいんだぞ？」

日葵は首を横に振った。きっと、昔の出来事を思い出してしまうのだろう。

「だったら、なおのこと一緒に行きます。魁斗さんをひとりにできませんから」

受付で手続きを済ませて談話室で待っていると、職員が車いすで老婆を連れてやってきた。ピンクのカーディガンにグレーのパンツを穿いた獅堂の祖母は、背中が曲がり、顔も手も皺くちゃで子供みたいに小さい。

こんな小柄な女性が、今では身長一九〇センチを超える大男となった孫を手に掛けようとしたなんて、にわかには信じ難い。

「おい、ババァ。来てやったぞ」

獅堂が両手をポケットに突っ込んで顔を近づけた。大きな声で言ったにもかかわらず、祖母は何も言わずにボーっとしている。

「獅堂さーん。お孫さん来てくれたよ～」

女性の職員が声を掛けても返事はなく、職員は「ごゆっくり」と言って持ち場に戻っていった。

車いすにちょこんと座った祖母は呆然《ぼうぜん》と宙を見たままだ。目も合わない。

「いつもこうなんだ。気にすんな」

獅堂は椅子に座り、祖母の車いすを自分に引き寄せた。

その時、突然彼女が顔を歪めて獅堂にすがりついたため、日葵はビクッとした。車いすから立ち上がって彼のスーツを握る手には、それまで見せていた姿からは想像もできないほど力が籠《こ》められている。

「カイ君……カイ君!! どうしよう、ばーちゃん、お父さんを……お父さんを……!」

「大丈夫だ。ババァは何もしてねえよ」

祖母を抱きしめる獅堂の手がぶるぶると震えていて、日葵はどうしたらいいかわからなくなった。

しかし、これも彼の人生の一部なのだ。心を強く持って受け止めなければならない。

しばらく泣きわめいていた祖母は、獅堂と飛んできた職員によってなだめられ、やがて落ち着いて自室に連れられていった。

施設を出てから、駐車場に向かうあいだ日葵は終始無言だった。祖母の様子にもショックだったが、あの時のふたりのやり取りが心に引っかかって仕方がなかったのだ。

『カイ君……カイ君、どうしよう、ばーちゃん、お父さんを……お父さんを……!』

『大丈夫だ。ババァは何もしてねえよ』

(あの言動……もしかして、本当はおばあさんが彼のおじいさんを殺した……?)

「悪かったな。ビビっただろ」

前を歩いていた獅堂が振り返って、日葵は顔を上げた。

「そんなこと……私たちは夫婦になるんだもん。全部受け止めて当然ですよ」

ふん、とガッツポーズを取ってみせると、彼が口の端を上げる。

「ばーさんな、会いに行くたびにああなるんだ。俺の顔を見て昔を思い出すんだろうな」

「もしかして、本当はおばあ様がおじい様を……？」

車に乗り込むと、彼はエンジンをかけて煙草に火をつけた。そして、本当は何があったのかを日葵に話した。

高校生の時、学校から帰ってきたら祖父が死んでいて、傍らには刃物を持った祖母がいたこと。以前から精神的に追い詰められていた祖母がそれを境に正気ではなくなり、代わりに自分が少年院に入ったこと……

「パクられたのはそれ一度きりだ。俺が年少に入ってるうちに、ババァはメンタルがやられるどころか、あの通りすっかりボケちまってた。俺が代わりにパクられたことは覚えてねえってのが唯一の救いかな。……墓場まで持ってくつもりだよ。あのばーさん、家で唯一まともな人だったからな」

ひとしきり話した獅堂は、ふーっと窓の外に向かって煙を吐いた。

「あ？　なんでお前が泣くんだよ」

バレないようにこっそりとハンカチで涙を拭っていたのに、目ざとく気づかれた。鼻を思い切り啜って両手を広げる。

「魁斗さんも泣いていいんですよ。はい」

「なんのつもりだ？」

「私の胸に飛び込んできて」

獅堂は笑いながら、吸い殻を灰皿に押し付けた。

「泣かねえけど、お前の胸には抱かれてえな」

豊かな胸に顔を押し付けてくる獅堂の頭を、日葵はギュッと抱きしめた。

彼みたいに強い人でも、泣くことがあるのだと入院中に知った。その時、これからは彼に大切にされるだけでなく、彼を大切にしたいと心から思ったのだ。

「やわらけぇ」

「忘れたい過去は今日この場に置いていきましょう。ね？」

ぽちゃモブだった自分も、今までもそうやって幾度も辛いことを乗り越えてきた。日葵よりも強い彼ならきっとできると思う。

「お前、やっぱ最高の女だな……」

くぐもった声で呟く愛しい男の顔を、日葵は聖母みたいな気持ちで見つめた。


ドォ――――ン、バラバラバラ……ドォーン……

心臓に響く音とともに、夜空に色とりどりの花が咲いては儚《はかな》く散っていく。

花火といえばもちろん夏がメジャーだが、涼しくなってきた秋に催される花火大会も魅力的だ。過ごしやすさに加え、湿度も下がって光がくっきりと見えるようになるからだろう。

日葵を恐怖の淵《ふち》に叩き落とした事件から、数週間が経った九月末。退院したばかりの獅堂に連れられてやってきたのは、ビーチで行われる秋花火の会場である。

時期が外れていることと、都内の花火大会と違ってそれほど人も多くないため、退院したばかりの獅堂を心配する日葵にとっても安心していられる。

星が散らばる夜空に大輪の花が咲き、少し遅れてからビクッとするほどの大きな音が鳴り響いた。

お〜、とふたり揃って歓声を上げる。

「さすが、尺玉はでけぇな」

「ホントですね〜。こんなに大きい花火、はじめて見ました」

空を見上げればきれいな円形の花火が咲き乱れ、地上では変わった色遣いのスターマインが波しぶきのように踊る。なんて贅沢《ぜいたく》なのだろう。獅堂が退院したばかりでどうかと思ったが、やはり来てよかった。

花火は次々と惜しげもなく上がり、そしてインターバルに入った。

しばらく余韻に浸っていた日葵だったが、ふと、獅堂がこちらばかりをみていることに気づく。

「ん？」

小首を傾《かし》げると、獅堂の口角が上がった。

「いや。浴衣姿がかわいいなと思って」

アップにして耳の横に垂らした髪を彼が弄る。日葵はきょろきょろしたが、有料観客席にひしめく人々は皆会話に夢中だ。

「えへへ……ありがとうございます。魁斗さんも素敵ですよ」

退院の翌日に花火大会に行くと決まった時から、さっさと浴衣とその他一式を揃え始めた甲斐があった。

浴衣、髪飾り、かごバッグ。会場がビーチということもあって、足元は下駄《げた》ではなくビーチサンダルだ。デート自体が久しぶりなのに、獅堂がチラチラと見てくるのでそのたびに照れてしまう。

獅堂も今日は浴衣姿で色っぽさが際立っていた。少し伸びた髪を横に流したスタイルも素敵だ。もともとイケメンの彼がこんな格好をしたら、どこを見たらいいのかわからない。

「お前、変わったよな」

「え？　そうですか？」

獅堂が深く頷く。

「出会った頃はもっとおどおどしてて、卑屈なところもあっただろ。うん、いいぞ。お前はもっと自信をもっていい」

「魁斗さんがたくさん褒めてくれたお陰ですよ」

獅堂の腕に自分の腕を回して抱きつく。

「お、おい、あんまくっつくなよ。溜まりに溜まってんだから」

そう言いつつも、どさくさ紛れに胸をつついてくる。そしてさりげなく脚を閉じた。

強面の彼がおろおろするのが面白くて、思わず笑ってしまう。

「魁斗さんのいいところは、思ったことをちゃんと口にしてくれるところですね。あと欲望に忠実」

「あ？」

「だって、はじめはエッチなことをしたいから褒めてくれてるんだと思ってましたもん」

まさに欲望に満ちた獅堂の目が、日葵の胸と太腿に注がれた。

「バッ……バッカ野郎、俺がエロいことばっか考えてるわけねぇだろ？　……まあ、ちっとは考えてたけどな」

「バカ野郎？　またそんな口利いてる……。あんまり口が悪いと子供の教育に良くないんだから」

「あん？　まだできてないよな？」

下腹を撫でる手をぴしゃりと叩く。

「できてない、できてない！　このお肉は自前です」

獅堂は少し笑ってから耳元に唇を寄せてきた。

「なあ、今晩ナマでしていいか？」

ゴホゴホッ、と咳払いをして周りを見る。人混みでなんてことを言うのだろう。

頬を熱くしつつボソッと返した声は、周りの歓声になかばかき消された。

「い……いいですけど？」

次のプログラムが始まると放送が流れたためだ。

それなりに長い入院生活のあいだ、獅堂とはいろいろなことを話した。

彼の複雑な家族関係や、ヤクザになった経緯、シノギのこと。先日は少年院に入った本当の理由も知った。

そのすべてが日葵にとっては驚きの内容で、時には怒り、笑い、泣いた。

私生児だった獅堂を置いて母親が蒸発したくだりではものすごく腹が立ったし、一度は彼を殺そうとした祖母の罪を被って、代わりに少年院に入った話ではボロボロと涙を零した。

日葵がこの体型のせいでたくさんの悲しい思いをしたと話した時には、彼も自分のことのように憤り、抱きしめてくれた。『お前はそのままでいい。いや、そのままがいい』と言われた時は本当に嬉しかった。

獅堂のこの優しさは日葵だけに向けられたものではなく、昔からだったようだ。人生が辛いことばかりで、それでも打たれても、打たれても自力で這《は》い上がってきたために、こうして強く優しい心をもつに至ったのだろう。

『親に愛されたことがない』と言っていた彼を、これからは全力で愛していきたい。

だから、彼がもし避妊をやめたいと言ったら喜んで了承するつもりでいた。日葵も昔から子供が大好きで、ふたりの子だったら絶対にかわいいに決まっている。家事も完璧な彼のこと、素敵なイクメンになるに違いない。

ヒュルル……と音をさせながらあがっていく花火を目で追う。今日の目玉である二尺玉だ。

「あっ、ほら！　魁斗さん、花火があがりましたよ。わあっ！」

「おー、デカい！　……きれいだなぁ」

そう声をあげてしまうほどの巨大なしだれ柳が、満天の星を覆った。大迫力のきれいな花火と、潮の匂い、海風。さらに隣に大好きな人がいるなんて、こんな幸せなことがあるだろうか。

花火大会が終わったあとは、近くの温泉旅館まで車で移動した。

浴衣から部屋着に着替えて、食べきれないほどの豪華な部屋食を済ませたのち、ようやく風呂である。露天風呂付の部屋のため、ずっと楽しみにしていた。

「わあ、素敵！」

タオルで前を隠して外に出た日葵は、初めて見る専用露天風呂の光景に目を輝かせた。

風呂は岩風呂風に作られており、一番高さのある岩からお湯が滝みたいに浴槽に注がれていた。洗い場に敷かれた檜《ひのき》の簀《す》の子には、あたたかな明かりが最低限置かれているだけ。低い垣根の向こうに見える海には月明かりが注がれ、ちらちらとオレンジ色に揺れているのがなんとも幻想的だ。

「ねえ、魁斗さん。ここから海が見えてきれいですよ。えっ、あれって灯台かな？　すっごくいい雰囲気――」

あとから出てきた獅堂を振り返ったところ、ギョッとして即座に背を向けた。

「ちょ……やだ」

素っ裸でやってきた彼の股間はすでにギンギンだ。日葵にとっても彼の裸を見るのは久しぶりのため、目のやり場に困ってしまう。

貸切風呂があるところにしたのは何もここでおかしなことをするためではなく、刺青《いれずみ》があって大浴場に入れない獅堂のためなのだ。

（でも、魁斗さんはやる気満々っぽい……！）

泊まりで遊びに来たからにはそういうことももちろん考えてはいたが、ここは室内とは違う。部屋に置かれた館内見取り図によると、バルコニーは隣の部屋と繋がっているのだ。

日葵は急いで身体を流し、浴槽に浸かった。いくぶんぬるめに調整された湯が、慣れない浴衣で疲れた身体をじんわりと解していく。

「はぁ〜、気持ちいい〜」

「熱くないか？」

「ちょうどいいですよ」

機嫌がよさそうに隣に入ってきた獅堂の股間は相変わらずだ。目の前でぶらりと揺れる重たそうな物体に動揺し、敢《あ》えて生々しい傷痕に視線を移す。

「い、痛みはどうですか？　退院したばかりだし、今日はさすがに疲れたでしょう？」

「もうだいぶ経つから痛くねぇよ。疲れてもいない。それより、ずっと気になって仕方がなかったんだが、あれから大丈夫だったか？　お前の同僚の木崎とかいう男」

ぐっと顔を近づけてきた獅堂の目つきが険しい。一瞬だけ気持ちが揺れたと知られたら大変なことになりそうだ。

「木崎さんとは特に何もありませんよ。魁斗さんとのこともみんなもう知ってるし、私にちょっかいを出してくる人はひとりもいません」

そうか、と日葵の頬に手を宛てた獅堂が顔を覗き込んでくる。

「ほかの男に触られたりもしてねぇだろうな。バカにされたり、セクハラされたりとか」

「もう、魁斗さん心配しすぎ。むしろ彼氏がヤクザだってみんなに怖がられてますよ。最難関の弟も最後には『姉貴が選んだ人なら』って納得してくれましたし。バイトでもらった給料をコツコツ貯《た》めてたらしくて、『もう仕送りはいらない』って言ってくれて……私もう、嬉しくて泣いちゃいました」

「へえ、そりゃよかったな。できた弟だ」

自分が褒められたわけでもないのに、えへへ、と日葵は相好を崩した。

フッと笑った獅堂が、日葵の頬を撫でる。

「周りのことはそうやってせいぜいビビらせておけよ。お前に触れていいのは俺だけなんだから」

つつ、と顎のラインを滑った指に顔を持ち上げられて、唇同士が触れた。久しぶりのその感覚に、腰がぞくりと震える。身体の芯がキュンと疼《うず》く。

日葵は瞼を半分だけ開いて彼を見た。

「溜まって……るんでしたっけ？」

「金にしたら五億ってとこかな」

「何それ。意味わかんない」

クスッと笑って彼に口づける。

少し深くしただけで獅堂は呻《うめ》き、キスをしながら日葵を自分の膝にのせた。彼の昂《たか》ぶりが力強く屹立《きつりつ》しすぎているせいで、もう少しのところで入ってしまうところだった。

「私がのって傷が痛くない？」

「全然。お前こそ心配しすぎだ。俺はそんなにヤワじゃねぇ」

獅堂は大きな口を開けて日葵の唇を貪った。彼に跨った日葵の尻を痛いくらいに揉《も》みしだきつつ、頭をくねらせて唇を、舌を吸い、口内の粘膜を余すところなく犯す。その荒々しい息遣いに抑えきれない欲望を感じる。

「んんっ……！」

臀部《でんぶ》を撫で回していた手がいきなり際どいところに触れ、びくんと身体が跳ねた。

不埒な指は日葵の脚のあいだ、きゅんきゅんと疼く谷間の外側を優しくなぞっている。その指がさらに核心に近づき、堪らず腰を揺らした。

「入れてぇ……」

吐息まじりの呟きで口内が満たされた。互いの下腹に挟まっている屹立がびくびくと揺れている。

「隣に聞こえますよ」

このままでは温泉に浸かりながら致すことになってしまう。さっさと部屋に戻ったほうがよさそうだと獅堂の身体から下りようとするが、臀部をがっちりホールドされていて動けない。

「聞こえたっていいだろ」

「ダメですよ……！　迷惑だし、フロントに叱られます」

「じゃ、声我慢してろよ」

獅堂が蠱惑的な顔つきでそう言った直後、秘めやかな場所が甘い刺激に襲われた。花びらの外側、内側、そして柔らかな谷間と、長い指が巧みになぞる。

「ひゃ――」

不意に大きな声が出そうになった日葵は、慌てて口を押さえた。指の腹で敏感になった花芽をコリコリと揺らされ、びくっ、びくっと身体のあちこちが跳ねる。

「すっかり硬くなってんじゃねえか……なんだ、お前もヤりてぇのか」

「ふ、っ……！　そ、そんなことするから――んっ！」

掴まれた臀部が上下に揺らされた。水面が揺れるリズミカルな音に合わせて、硬く筋張ったものが秘裂をごりごりとこする。温泉の湯も滑らかだが、日葵の泉からもこんこんと蜜が湧き出ていたらしい。

（だ、ダメ……気持ちよすぎる！）

獅堂が溜まっているということは、日葵にとっても久しぶりなのだ。身体があたたまっているのもあってか、いつもの何倍も感じる。

「ま、待って……う、うう、おね、がい」

「ダメだ」

「んんっ、声、出ちゃ、うぅ……っ」

懇願の甲斐なく、獅堂は日葵の腰を動かすスピードをますます上げた。夜の静寂を破るような激しい水音が盛大に鳴り響いている。もし隣のバルコニーに人がいたら、何をしているのかと思うだろう。

悪い予感は的中するもので、カラカラと隣の窓が開き、バルコニーに人が出てくる気配があった。

（ヤバい！　魁斗さん、ダメ……！）

涙目になって首を横に振り合図するも、獅堂は気づかない。眉間に皺を寄せた彼の目は恍惚《こうこつ》としている。濡れた薄い唇から、ああ、とため息が洩れた。

「やべ……イきそ——」

まずい！　とばかりに日葵はキスで獅堂の口を塞いだが、それがよくなかった。気をよくしたのか、獅堂がますます興奮した様子で激しく口内を蹂躙してきたのだ。

「ふ、んぅ……ぅう」

ねっとりと絡ませあった舌が、日葵の口内のあらゆるところを強くこすった。唇の裏の粘膜、舌の表面、裏側……上顎をくすぐられたらゾクゾクしてしまう。

「ふぁ……かい、と……さぁん」

「色っぽいな、日葵……」

「んん……」

力の入らなくなった腰を、獅堂がキスをしたまま立たせた。すぐに後ろを向かされて浴槽の外の簀の子に両手をつく。太腿と尻の境をぐっと掴まれた直後、谷間をぬらりとした舌の感触が這った。

「ンッッッ!!」

思わず、ぶるぶるっと太腿の肉が震えた。あたたかなものが秘裂を優しく上下にこすり、花芽のところで止まって、ちろちろとそこばかりをくすぐる。そして今度は、花びらを軽く吸ったり、その内側や外側を丁寧に舐め、また花芽をからかった。

「ん……んん、う、んッ!!」

矢継ぎ早の愛撫《あいぶ》に、下半身の震えが止まらない。脚のあいだを覗いてみれば、日葵の尻の前に彼が膝をついているのが見える。

「なんか今、変な声が聞こえなかった？」

「動物じゃねぇの？」

隣のバルコニーで男女が話す声が響いた。どうやらカップルらしく、やはり温泉に浸かっている様子だ。向こうは普通に露天風呂を楽しんでいるというのに、こちらはどうしてこんなことに。

秘所の外側を愛撫していた舌が、ついに蜜口にまで侵入してきた。ぐちゅぐちゅと抜き差ししては、また花芽を執拗《しつよう》に舐め回され、快感がどんどん高まっていく。

「ん、ん～っ……ふ、っ」

声を出してはいけないのがまた辛い。すぐにでも達してしまいそうなほど敏感になっているけれど、絶対に声が出てしまうから懸命に堪えている。しかも絶頂を我慢すればするほど、心地よさが増していくのだ。

ところが、ざばりと湯から上がった獅堂がいきなり蜜口に屹立を宛《あて》がったため、必死に口を押さえた。

「わりぃ、ちょっと俺我慢できねぇわ」

「ちょ――」

（こ、ここで入れる――!?）

心の内でヒーヒー言いながら、日葵は必死に両手で口を押さえた。

ずぶりと彼が入ってきた時には息が止まりそうになった。なんて大きさ。なんて硬さ。最後にしたよりも数段逞《たくま》しく感じるのは、五億円分溜め込んだからだろうか。

日葵は涙目になってかぶりを振った。とても我慢なんてできなくて、ひっ、はっ、あっ、と小さく声を洩らす。ちょろちょろと湯口から出る音がかき消してくれることを祈るしかない。

「日葵よぉ……お前、やっぱ最高だわ」

日葵の両手を後ろから引っ張り、獅堂は腰がぶつかるほど激しく奥を突いた。

これを思えば、舌での愛撫なんてほんの序の口だ。五億円分の欲望を溜め込んだ肉杭の威力はすさまじく、恥じらいもモラルもどんどん頭から抜け落ちていく。

八月のあいだにしっかり教え込まれたことを、日葵の身体はちゃんと覚えていた。その証拠に、一番奥の甘い場所がキュンキュンと疼きっぱなしだ。

「は、ンッ、かい、とさぁん……来ちゃう……来ちゃうよぉ……」

絶頂がすぐ目の前に差し迫り、日葵はすすり泣きみたいな声を出した。抽送はますます激しく、獅堂の息遣いもふーふーと荒々しい。

「俺も……イッていいか？　このまま中に出すけど」

こくこくと日葵は頷く。

「あんッ、は……一緒に、イッて……ッ」

その瞬間、獅堂の手が日葵の口を後ろから押さえた。身体の内側から何かが噴き出しそうなほどの悦《よろこ》びに襲われ、びくびくと身体を揺らす。

「んん、ンぅ……ッッ!!」

「日葵……ッ」

胎内で獅堂が弾けるのが日葵にもわかった。彼の分身はドクドクと激しくわななき、日葵の身体の奥深い場所に何度も種を注ぐ。

薄い膜ひとつ隔てずにつながれたことにも喜びを感じたけれど、何より、彼が放ったものが今一斉に奥へ向かって泳いでいっているのだと思うと、妙に感動を覚えた。

「は……あ……ァん」

ひとしきり波が去ったあとで、あまりの心地よさにコテンと獅堂に背中を預ける。頭がふわふわするのは達したからというだけではなさそうだ。

「のぼせたか？」

「ちょっと」

「じゃ、ゆっくりあがるぞ」

獅堂に支えられて、つながったまま浴槽を出る。後ろから手を掴まれて、ペンギンみたいに歩かされて笑ってしまった。

「きゃっ」

身体を拭いてから一緒にベッドに倒れ込んだ。すぐさま、ちゅっ、ちゅっといろいろなところにキスが降ってきてくすくすと笑う。獅堂も楽しそうだ。

「抜いたら俺の子供たちが出てきちまうかな」

アップにしたままのうなじを撫でながら獅堂が言う。

「俺の、じゃなくて俺たちの、でしょ？」

「違いねえ」

獅堂は笑いながら、それでも屹立を引き抜いた。日葵の身体を仰向けにすると、すぐにまた入ってくる。

「あ……んッ」

日葵はうっとりと目を閉じて吐息を洩らした。気兼ねなく声を出せるのがありがたい。

「後ろからするのもいいんだが、お前の顔が見たくなるんだよな」

ふふ、と日葵は笑って、こんもりとした獅堂の胸に指を這わせた。

龍虎が雄々しく咆哮《ほうこう》し合う姿を描いた刺青も、今ではすっかり見慣れた。左わき腹に新しくできた傷を『男の勲章』だと彼は言うけれど、そんな勲章がこの身体には数えきれないほどある。今までどれだけの死線をくぐってきたのだろう。

日葵の太腿を抱えて、獅堂がさらに深くまで入ってきた。この全身で圧し掛かられる感じには心が満たされる。

「は……あぁん……あん……」

覆いかぶさってきた彼に乳首を吸われ、甘やかな疼きに背中を反らした。それと同時に逞しい剛直に胎内をえぐられ、無意識に腰が揺れる。

緩急のある動きで入り口から奥までを丁寧に突かれるのが、なんとも心地よかった。一度達したせいもあるだろうが、こんなにも気持ちがいいのは——

「やっぱナマはすげぇな」

律動しながら呟いた獅堂の言葉に、日葵は思わず唇をほころばせた。彼も同じことを考えていたらしい。

「お前もよく感じるか？」

「ん……すっごく……気持ちがいいです」

「そいつはよかった」

そう呟いて、彼はとろりとした目で日葵の唇を親指でなぞった。戯れに武骨な指を口に含んでみれば、獅堂の目がスッと細くなる。

日葵は獅堂の手を取り、ちゃぷちゃぷとしゃぶり始めた。少し硬い指先から手入れされた爪、指の股。それから、手のひらへと、ねっとりと舌を這わせてはキスをする。

獅堂の顔に目を向けると、とろけるような眼差《まなざ》しと視線が絡み合った。興奮しているのか、彼の鼻孔が広がっている。息を荒くした獅堂は、ますます抽送のスピードを上げた。

日葵も堪らず、はあはあと喘《あえ》いだ。獅堂の手を淫らに舐めながら、たぷたぷと揺れる胸を突き出して腰を振る。

「すっかりエロい女になりやがって。小悪魔かよ」

空いているほうの手で日葵の乳房を鷲掴みにし、獅堂は色っぽく眉を寄せた。

その粗野な口ぶりにぞくりとして、日葵は吐息を洩らした。ある時から、抱かれている最中にこんなふうに言われると、やたらと気持ちが昂《たかぶ》ることに気づいたのだ。

そのせいで急に切迫感が差し迫ってきた。あまりの心地よさに膝がわななき、獅堂の腕にすがりつく。

「あんっ、はっ……そんなこと言うから……も、イッちゃいそ……っ」

「お前はチョロくてかわいいな」

ふにゃけた声を出しつつも、獅堂は激しく奥を穿《うが》った。彼はまだ余裕がありそうだ。矢継ぎ早の抽送に目の前がチカチカする。

「あ、ああ……深い……っ、そこ、すごく、感じるっ……！」

「イけよ。何度でもイかせるから」

「あっ、あ、あっ……‼」

身体の奥深いところから快感がせり上がり、顎を反らして浅い呼吸を繰り返した。強烈な快楽をもたらす波が、今にも日葵をのみ込もうとしている。

「あ、イく、イくッッッ」

その瞬間、日葵は派手な嬌声を喉から迸らせて、四肢を痙攣させながらのぼりつめた。

「あ……あ、あ……はぁ……」

あまりの心地よさに肌がびりびりする。頭のてっぺんからつま先まで、すべての産毛がさあっと泡立つのがわかった。

長い絶頂の余韻に身を任せながら感じるのは、この上ない幸せと獅堂に対する愛だ。身体だけでなく、心まで満たされるこの感覚は、彼と一緒でなければ味わえないだろう。

「魁斗さん……好き。大好き……」

汗ばんだ彼の頭を胸に引き寄せると、ざらりとした髯が日葵の下乳を撫でた。

「俺もお前が好きだ。お前みたいな女はほかにいない」

「え〜……いっぱいいるでしょ」

チュッ、チュッと乳房に愛おしそうにキスをされているせいで、くすぐったくて堪らない。

「こんなにかわいくて、おっぱいがデカい女がいるかよ。しかも元気で、丈夫で、よく食って、いつも笑ってて、思いやりがある。やっぱりお前しかいねえ」

「ありがとうございます。そんなこと言ってくれるの魁斗さんだけですよ。『お前みたいな男はほかにいない』」

「ああ……？」

獅堂の三白眼がスッと細くなる。彼の口調を真似て言ったのが逆鱗《げきりん》に触れたらしい。

「きゃっ！　魁斗さん、くすぐったい……！」

仕返し、とばかりに胸のあいだに顔をうずめてきた獅堂が、バストで自分の顔を挟んで両側から揺らしたり、乳首を指で弄んだりした。

くすぐったいやら気持ちがいいやらで、キャッキャと声をあげる。身体はまだつながったまま。胎内に残された彼自身は一向に力を失う様子もなく、日葵のなかで元気に跳ねている。

獅堂は笑いながら日葵を抱いて、ベッドの上で転がった。彼を見下ろす格好になる。

「きれいだ」

静かに呟いた獅堂の手が、日葵の耳に触れ、頬、首筋、乳房へとするすると下りていった。恍惚とした視線が日葵を捉え、ドキドキと胸が高鳴る。

「ありがとうございます。魁斗さんも素敵ですよ」

以前だったら謙遜しただろうが、今の日葵は素直にありがとうと言える。

獅堂を素敵だと言ったのも本心から出た言葉だった。射貫くような三白眼は炯々《けいけい》と輝き、勇猛な龍虎が描かれた胸と腹は、皮膚の下の筋肉の形がわかるほどくっきりと盛り上がっている。ゾクゾクするほどいい男だ。

「自分で動いてみな」

「下手ですよ？」

「慣れてたら逆に困る」

きれいに割れた彼の腹部に手を置き、日葵はおずおずと腰を揺らし始めた。はじめは前後にゆっくりと、それから、ちょっと勇気を出して大きく腰を回してみる。

蜜洞の中の彼自身が、どんどん大きく硬くなっていくのがわかった。それにつれて、胎内の感覚も鋭くなっていく。

「う……ふン」

目を閉じて快感に集中すると、あまりの心地よさに自然と吐息が洩れた。波が寄せては返すリズムで腰を回せば、これを永遠に続けていたいと思うような優しい刺激に包まれる。

薄く目を開けると、ほとんど閉じてしまいそうな獅堂の目がこちらを捉えていた。鼻腔《びこう》は広がり、口元は緩み、とても気持ちがよさそうにしている。

「うまいぞ」

囁くように言った彼には、まだまだ余裕がありそうだ。なんとなく悔しくて、ますます彼を締めつけて腰を回す。蠱惑的に眉を顰《しか》めた獅堂が舌なめずりをするのが見えた。

下から激しい突き上げが始まったのはその時だった。

「ひゃ……！　あ、あんッ、あ、ああっ」

パンパンと音が鳴るほど突かれて、日葵は彼の上で跳ねた。リズミカルに突き上げられたかと思えば、ウエストを掴まれて腰を大きく回される。

雄々しくそそり立った剛直が、日葵の中を容赦なくごりごりと抉《えぐ》った。こうした緩急をつけた器用な動きは日葵にはできそうにない。

「や、ちょっ、まっ――」

堪らず獅堂の腕にすがりつく。少々大きすぎる日葵のバストがぷるんぷるんと揺れて痛いくらいだったが、獅堂が押さえてくれたため楽になった。

いや、楽に、というか、余計に気持ちがよくなったというべきか。

「ちょっとじれったくなった」

「は、ひぁ……あん……ずるい……！」

逞しい肉杭による愛撫に加え、胸の蕾《つぼみ》まで弄られてぴくぴくと脚が震えた。獅堂のほうが長《た》けているのは仕方がないが、だからといってこんなにも急激に攻められたら降伏するしかないではないか。現実に、絶頂がすぐそこに見えている。

日葵の腰がもち上げられ、剛直がいきなり引き抜かれた。またすぐに入ってくるのかと思いきや、挿入はされずに谷間の上を、くちゅんと滑る。

「ひゃぁああっ！」

ぐずぐずにとろけた秘裂に沿って、熱い昂ぶりが素早く滑った。はち切れんばかりに膨らんだ先端の膨らみ、くびれや皺、稲妻みたいに絡みついた血管が、敏感になった蜜口や秘核をいちいち強くこする。暴力的な快感に、下半身全体がぞくりと震える。

「ひあっ、あぁんッ、すごい……それ、よすぎて、ああっ……」

日葵はふるふるとかぶりを振った。挿入されてもいないのにはしたないと思う気持ちとは裏腹に、勝手に揺れる腰が止められない。

「はあンっ!!」

瞬間的に達してしまい、獅堂の上でぶるぶると身体を震わせる。なおも肉杭の上を滑らせようとする彼の手を強く握った。

「イッたのか」

「い……イッてません」

簡単に達してしまったことが恥ずかしくて、つい嘘をついた。

「本当か？　イッたんだろう」

「い、イッてな――ひゃうっ!!」

力強い手で持ち上げられた日葵の腰が、こん棒のごとく立ち上がった彼自身の上に下ろされた。ずぷりと獅堂が入ってきてすぐに、いきなり激しい抽送が始まる。

律動しつつ起き上がった獅堂に肩を押されて、日葵はベッドに倒れ込んだ。横向きにされて片脚を持ち上げられ、松葉が組み合わさる体勢になる。

「は、あっ、あっ、無理、ひぁっ……!!」

獅堂は日葵の片脚を抱え、一番深いところをトントンと穿った。小刻みに優しくそこばかりを突かれると、極上の甘ったるい快感に頭がとろけそうになる。

「イッたんだろ？　嘘はよくないぞ、嘘は」

「い、イきました……！　嘘ついてごめんなさい――あん、あっ、やっ、はぁん……ッ！」

小刻みに打たれる楔《くさび》の刺激に目の前がチカチカする。喉から迸る喘ぎが止まらず、勝手に涙が滲《にじ》んでくる。

「あ、ああんっ……はん、ああ……そこ、キュンキュンする……！　いい、気持ちいいのぉ、魁斗さぁん……ああっ」

達してすぐに最奥を小刻みに突かれたせいで、また絶頂にのみ込まれた。ぴくぴくと四肢を痙攣させながら、シーツに顔をこすりつける。

「ああん……もっと、もっとぉ……」

夏のあいだじゅう執拗に愛されたおかげでどこを刺激されても感じるようになったのはもちろん、何度も続けて絶頂できるようになった。結婚を了承しなかったところで、もう獅堂以外の男では満足できなかっただろう。身も心も彼の虜《とりこ》だ。

「日葵……俺も気持ちいいよ。ヤバいくらいにな」

「魁斗さん、もうイッちゃう？　ねえ、まだダメよぅ……」

「ちょっと厳しいかもわかんねぇな」

獅堂にしては気弱な声で笑いつつも、猛々《たけだけ》しく中を突いてくる。

いったん動きを止めた彼は、日葵をうつ伏せにした。そして日葵の脇に両手をつき、ぐちゅぐちゅと素早く楔を打ち込む。

「ふわぁああ……！　ああっ！」

涙目になった日葵は伸びた猫みたいな体勢で喘いだ。今度は奥だけでなく、目いっぱい腰を引き一気に滑り込ませてきたり、一か所を執拗に攻めたりする。

「ンぁ、あっ……それ、すごい……！　いろんなとこ、こすれてる……ッ」

「あんま締めんなって……まだ終わってほしくねえんだろ？」

「む、無理……だもんっ！　あッ、あッ、イくぅっ！」

また階段を駆け上がって、日葵はビクビクと身体を跳ねさせた。胎内のものが一層大きさを増す。

強欲な洞が勝手に彼を締め付け、腰を揺らめかせる。

圧し掛かってきた獅堂に日葵はぺちゃんこに押しつぶされたが、それでも剛直にすがりついた。

「う、動くなって……もってかれる」

「ダメ、かい、とさん……っ、止まっちゃ、ダメ」

「俺も、止まりたくねえっ……クソッ」

獅堂はやけになったかのように、猛《たけ》り狂ったものを激しく抜き差しした。

パンパンと腰がぶつかり合う音と、ふたりの荒々しい息遣いが室内に響く。

獅堂が零した汗が日葵の背中をパタパタと叩いた。頭のてっぺんも、指先も痺《しび》れていたが決して止まりたくなかった。ふたり一緒に果てるまでは。

「日葵……愛してる……愛してる……」

背中に響く全力疾走の途中かのような声に胸が熱くなり、シーツを握りしめる。

「魁斗さんっ、私も、私も……！」

「次は一緒にイこう。もう……もたねえ」

「うん、うんっ……！　ああっ!!」

こくこくと頷いた直後、限界まで膨れ上がっていた快感が勢いよく弾けた。

その瞬間意識が遠のき、一瞬だけ光も音も消えた。けれど、ただ明々と燃え盛る情熱の炎だけを頼りに自分を取り戻し、そこにあった歓喜の渦に打ち震える。

「は、あ……、あ……、か、魁斗さんっ……！」

「日葵……日葵……ッ」

どろどろに混ざり合った箇所が強く痙攣していたが、それがどちらのものかはわからなかった。

ただ、愛する人の分身が日葵の中に次々と種を注いでいるのだけは、手に取るようにわかった。

「日葵……愛してる」

少し疲れたような声で囁いて、獅堂は日葵の背中に口づけを落とした。そして日葵を後ろから抱きしめて、ベッドに横向きに転がる。

「魁斗さん……好き。大好き」

バストを押しつぶしている彼の腕にキスをする。なぜだか胸が熱くてひと粒だけ涙が零れた。

「泣くなよ」

「自分でもなんで泣いてるのかわからないんです。幸せすぎるのかな」

クスッと笑い声を立てた獅堂が、身体を捩って唇にキスをよこした。

すんすんと鼻をすすりながら、優しい口づけに応える。情事のあとの互いを慈しむような甘い口づけがなんとも心地いい。

するりと彼が出ていくと、急に寂しい気持ちになった。けれど、それをわかっているかのように、すぐさま獅堂が日葵を抱きすくめてくる。

髪に、頬に、耳に、肩に。次々とキスの雨が降り、愛されていることを実感する。彼の気持ちがひしひしと伝わってきて胸があたたかくなった。

男らしい武骨な手が、日葵の頭を繰り返し優しく撫でる。こうして抱きしめられていると、大きな安心感に包まれているみたいで眠くなってくる。

「最近――」

獅堂がぽつりと口にしたため、うとうとしかけていた日葵は身じろぎをした。逞しい胸にほとんど密着しているせいで顔は見えない。

「今見えてるこの世界が、本当は夢なんじゃないかって思うことがあるんだ。本当の俺は、ごみ溜めの中で薄汚れた姿で眠ってるんじゃねえかって……」

「そんな悲しくなること言わないで」

日葵は彼の背中に回した手に力を籠めた。

「もちろん現実にはそんなことはねえってわかってる。『これで俺の人生も終わりか』ってくらいに危険な目に何度も遭ったけど、そのたびにスレスレで生き延びてきたのは、お前に会うためだったんじゃねえかって思えてきて――」

その時、獅堂が勢いよく離れたため、びっくりした日葵は彼を目で追った。

(魁斗さん?)

ベッドの端に突っ伏す彼の耳は真っ赤に燃えている。

「やべ……ガキみてぇなこと言っちまった。忘れてくれ」

日葵はフフッと噴き出した。

(恥ずかしさのあまり転がっちゃったの？　ちょっとかわいすぎない？)

くすくすと笑って、勇猛な昇り龍の描かれた背中を抱きしめる。愛しさで胸が破裂しそうだ。

「そこまで思ってもらえるなんて嬉しいです。私にだけは、いくらでも弱いところを見せてもいいんですよ？」

「た、たまになら見せてやってもいいぜ」

強がってみせる獅堂にますます女心を掴まれて、日葵は彼の背中に頬ずりした。

日葵と魁斗が都内の神社で結婚式を挙げたのは、それから二か月後のことだった。

参列者は、花嫁の介添人として来てもらった千夏と雄志のふたりだけ。厳かな笙《しょう》の音に合わせて巫女が舞うなか、森に囲まれた静謐《せいひつ》な社で行われた式に、夫婦となる喜びと決意を新たにしたのだった。

そして季節は廻《めぐ》り、さらに一年と数か月後——

「はぁー……素敵だったなぁ、魁斗さん。今見ても惚《ほ》れ惚《ぼ》れしちゃう」

結婚式のアルバムをスマホで眺めながら、日葵は頬に手を宛てため息をついた。

白い紋付き袴《ばかま》に袖を通した魁斗は、立派な体格ということもあり、モデルと見紛《みまが》うほど凛々《りり》しく美しい。

当日のヘアスタイルは長めのトップを後ろに柔らかく流したツーブロックで、彼が近づくたびにドキドキした。ずっとこのままでいてほしいくらいだったが、そんなわけにはいかないため、こうしてちょくちょく結婚式の画像を眺めてはニマニマしている。

式ののち、この姿のまま結婚の報告に会長宅を訪れた際には、権田は孫か息子の晴れ姿を見るようにハンカチで目元を押さえていた。早くに妻に先立たれた権田には子供がいないのだ。それを見てやはり目を潤ませている魁斗を見たら、日葵までもらい泣きしてしまった。

「でも、こっちも捨てがたいんだよねぇ」

スライドした画面に現れたのは、淡いグレーのタキシードを着た魁斗だ。こちらは別の日にスタジオで撮影したもので、黒のタキシード姿や、伊達《だて》メガネをかけたバージョンもある。

端正な顔立ちに均整の取れたスタイルは、どこをとっても非の打ちどころがない。何を着てもよく似合う自慢の夫だ。

「まーた見てんのか？　実物が目の前にいるだろう」

長々と滞在していたベビーベッドの横から、日葵が座っているソファに魁斗がやってくる。

「だって、かっこいいんだもん。魁斗さんだって、私の花嫁姿を待ち受けにしてるの知ってるんだから」

「そりゃあな。あと魔除《まよ》けだ」

魁斗がソファの背もたれの向こうで唇の端を上げる。

「モテモテで困ってるんだもんね」

「まあな。時々はオヤジのキャバクラ通いに付き合わなきゃなんねえのが辛いところだ。俺にはお前っていう恋女房がいるってのに」

背もたれの向こうからキスが降ってきて、日葵はスマホを脇に置いた。頬に宛てられた大きな手に自分の手を重ね、男らしい武骨な感触を味わう。

結婚してからは初めてのことだらけで戸惑いも多かったけれど、この手を頼りに今日までやってきた。結婚する前も、した後も、頼りがいのある大きな手だ。家事をすることが増えたのと、おむつ替えなどで少し荒れている。

日葵は産休に入るギリギリまで仕事をしていたが、魁斗の家事力が高いおかげで、妊娠中だけでなく産後も頼りっぱなしだ。何も言わなくても、日葵が望んでいることを察知して自ら動いてくれる彼は本当に素晴らしい。

ちゅっ、と音を立てて唇は離れていき、代わりに手を引かれた。

「結婚式の写真もいいんだけど、これ見ろよ」

連れていかれたのは、彼がさっきまで根が生えたように立っていたベビーベッドの柵の前だ。

三か月になる娘は、グーに握った薄桃色の両手を顔の横に置き、口をもぐもぐと動かして眠っている。

きれいな二重瞼《ふたえまぶた》に長い睫毛、小さな鼻と血色のいい丸い頬がとにかくかわいらしい。周囲を明るく照らす人になってほしいとの願いから、『あかり』と名付けた。

「ほら、この寝顔。この顔に勝る宝はないと思うぜ、俺は」

ベッドの柵に手をかけて相好を崩す魁斗を見て、日葵は笑みを零した。彼は、最近よく笑うようになった娘がかわいくて仕方ないのだ。

眠りながら百面相をしている愛娘《まなむすめ》の顔を、日葵はとっくりと眺めた。

「ホント、なんでこんなにかわいいんだろ。魁斗さんに似てるからかな」

「俺か？　黒目がデカいところとか、鼻の形が小さいところとか、無条件でかわいいところとか、お前にそっくりだと思うんだけど？」

「あれ？　今さらっと私のこと褒めた？」

「ああ。さらっとでもこってりとでも褒めるぞ。今でもお前はすっげぇかわいい。ママになってもかわいい」

にやりとする魁斗に、日葵は「えへへ〜」と後ろで手を組んで腰をくねらせた。彼は相変わらず褒めるのかうまい。

「今日の夕飯は魁斗さんの好きなステーキにしちゃおうかな〜〜」

魁斗は笑って、大きな手で優しく日葵の頭を撫でた。

「お前は相変わらずチョロいな。そこがかわいいんだけど」

「どうも、『ぽちゃモブ女子』改め、『チョロかわ女子』です」

おどけて言うと、噴き出した魁斗が腹を抱えて笑う。『ぽちゃモブ』なんて言葉、久しぶりに口にした。それを忘れさせてくれたのは目の前にいる大好きな夫だ。

娘を起こさないよう声を抑えた笑いがようやく収まった。日葵の頬に手を宛てた魁斗が、優しさに溢れた目で見つめてくる。

「愛してるよ、日葵。お前とあかりを絶対に幸せにするから」

「私も愛してる……これからもずっと。あかりと、お腹《なか》にいる子と一緒に幸せになろうね」

まだちっとも膨らんでいない下腹に手を宛てると、一瞬遅れて魁斗の目が零《こぼ》れ落ちんばかりに大きくなった。

「あ!? えっ？ ふたり目……？ もうできたのか？ 聞いてねえよ……!!」

笑いながら強く抱きしめる大きな腕のなかで、日葵は笑いながら幸せを噛《か》みしめるのだった。

あとがき

はじめましての方も、私の作品をいつもお読みいただいている方も、この度は『ぽちゃモブ女子の私が執着強めのイケメンヤクザに溺愛されるなんて！』をお手に取っていただき、ありがとうございます。作者のととりとわです。

ルネッタブックス様では四冊目の刊行となります。あとがきの文字数が限られていていつもお礼を言えずにいるのですが、今回こそは言わせていただきます！　書籍刊行に際しまして、ハーパーコリンズ・ジャパンのご担当者様、編集ご担当様、素敵な表紙イラストを描いてくださいました如月瑞《きさらぎみず》先生やご関係の皆様には心よりお礼申し上げます。ありがとうございました。

さて、私が極道ものを書くのはこれで三冊目となります。プロットは通常いくつか提出するのですが、なぜかいつも極道ものを選んでいただきます。書きたいと思ってるのがバレてるのでしょうか。妙だな。

今作のヒロインは幼い頃からのぽっちゃり体型のせいで、自己肯定感の低い喪女。自宅アパートの外階段下に倒れていた魁斗を助けたことで、突然ヤクザと関わることになります。

……が。……が!!　美しくもオカンなこのヤクザがめちゃくちゃに褒めてくれ、でろでろに甘やかしてくれ、自己肯定感爆上げ↑↑してくれる男でした。

ヒロインの特徴は、以前にX（旧ツイッター）でネタ募集をしたところ、フォロワーさんのおひとりが提案してくださったものです。おかげさまで素敵なお話になり（自画自賛）、感謝のしようもありません。刊行したらお礼をしなくては。五億円くらいでいいかな？

ヒーローの魁斗は胸に龍虎、背中に昇竜《しょうりゅう》の和彫りを背負っています。極道ものを書いているとはいえ、その筋の方とお付き合いがあったことは一度もないのですが、数年前までしていた仕事の訪問先で、立派な和彫りを背負ってる方はいらっしゃいました。

普段はニコニコと愛想のいい優しい感じのおじさまでしたが、ある時五分袖のTシャツを着ていらっしゃったんですね。そうしたら、前腕の中ほどまで、いわゆるカイナ七分まであったんですよ、極彩色のモンモンが。（モンモンとは極道用語で刺青のことです）

それまではフレンドリーな感じで訪問していた私でしたが、以来ちょっと丁寧に話すようにはなりました。それくらいに実物の和彫りを目にすると怖いです。ヤクザヒーローに憧れるのは物語の中だけにしましょう、という話。

ヒーローが背負ってるモンモンではありませんが、このお話がみなさんの楽しいひと時を鮮やかに彩ることができれば幸いです。

ととりとわ

ルネッタ🄻ブックス

ぽちゃモブ女子の私が執着強めのイケメンヤクザに溺愛されるなんて!

2024年7月25日　第１刷発行　定価はカバーに表示してあります

著　者　ととりとわ　©TOWA TOTORI 2024
発行人　鈴木幸辰
発行所　株式会社ハーパーコリンズ・ジャパン
東京都千代田区大手町 1-5-1
04-2951-2000（注文）
0570-008091　（読者サービス係）

印刷・製本　中央精版印刷株式会社

ISBN978-4-596-63955-4

※この作品はフィクションであり、実在の人物・団体・事件等とは関係ありません。